Sobo

Alles im Fluss

Sobo

Alles im Fluss

Altberliner
Berlin · München

Es heißt, die Leute glauben nicht mehr an Helden.
Zum Teufel mit ihnen.
Wir beide, Max, wir werden ihnen ihre Helden wiedergeben.
Roger Ward im Film ›Mad Max‹

»... Der Bericht des Deutschen Wetterdienstes, ausgegeben um 20 Uhr: Über Süddeutschland entwickelt sich eine ausgedehnte Tiefdruckzone. Dabei dringt merklich kühlere Luft nach Baden Württemberg. Die Vorhersage für Baden Württemberg bis morgen früh: wiederholt Regen. In der zweiten Tageshälfte auch Gewitter. Nachts zeitweise Regen.
Und nun die Pegelstände für Brandenburg und das Oder-Neiße-Gebiet ...«
Wetterbericht des Ersten Deutschen Fernsehens

1

Die Bieberbecks saßen in ihrem Wohnzimmer. In ihrem Einfamilienhaus. In ihrer Kleinstadt. In ihrem Schwabenland. In ihrer Welt. Sie saßen und schauten fern. Es war früher Abend, kurz nach dem Essen und fast alle Familienmitglieder hatten den Tag bereits abgeschrieben. Sie hatten sich in Erwartung der Nacht, wie jeden Abend, gemeinsam im Wohnzimmer eingefunden. Mutter Bieberbeck saß auf der Couch und strickte dabei, wie an unsichtbaren Fäden geführt, Socken mit orange-beigem Ringelmuster für ihren Mann und Vater der Familie. Der trug diese dann, für alle Welt sichtbar, in seinen Birkenstocksandalen stolz vor sich her. Er saß mit einer halben Pobreite Abstand neben ihr und starrte abwechselnd in die Abendzeitung und auf den Bildschirm. Dazwischen schob er sich die Lesebrille auf der Nase zurecht und stöhnte dabei abgrundtief. Der Grund war entweder das viele Leid in Zeitung und Fernsehwelt oder seine bescheidenen beruflichen Probleme in der Schule, die ihn hinterrücks auch noch zu Hause überfielen und aufstöhnen ließen. Seine Frau blickte daraufhin ganz kurz von den Socken weg und zu ihm auf, um dann umso verbissener nach der verloren gegangenen Masche zu suchen.

Vater Bieberbeck war Lehrer im hiesigen Bertold-Brecht-Gymnasium, und nicht unbeliebt. Vater Bieberbeck war ein Alt-68er, der nach wie vor auf Ringelsocken und Sandalen stand. Außerdem trug er sein schütteres Haar als ein Relikt schon längst vergangener Zeiten im Nacken noch immer halblang (während es ihm vorne bereits hoffnungslos ausging). Bei Vater Bieberbeck konnten sogar Versager gelegentlich glänzen. Für hoffnungslose Fälle war er die allerletzte Rettung. Vater Bieberbeck unterrichtete Latein und Geschichte. Er war aber vor allem leidenschaftlicher Geschichtslehrer. Wobei es ihm in erster Linie die Antike angetan hatte. Deswegen trugen seine Kinder auch alle ausnahmslos Namen antiker Göttergestalten. Hermes, Penelope, Julus hießen sie und litten darunter. Und ärgerten sich darüber. Und verfluchten ihn dafür.

Hermes, der vierzehnjährige und ältere Sohn der Bieberbecks, hing wie ein ausgespuckter Speichelbatzen im Sessel und löffelte gelangweilt in seinem Diät-Mehrkorn-Jogurt herum. Er träumte dabei von seinen Lieblingsspeisen, die seit geraumer Zeit nur noch in Gedanken seinen Gaumen verführten. Schweinswürste mit Sauerkraut zum Beispiel. Oder Truthahngeschnetzeltes mit Semmelknödel dampften ihm durch den Kopf und ließen ihm das Wasser im Mund zusammenlaufen. Ja, für Hermes waren die Lieblingsgerichte in unerreichbare Ferne gerückt, seit Dr. Johannes Scherzinger, der Hausarzt der Familie, bei ihm Polypionie diagnostizierte; was umgangssprachlich nichts anderes als Fresssucht bedeutete. Mutter Bieberbeck verschrieb Hermes daraufhin eine gnadenlose Diät, bestehend aus Mehrkorn-Jogurts und Rhabarbersoßen, mit Weizenkeimlingen und Karottenmüsliriegeln. Und Vater Bieberbeck verdonnerte seinen Sohn zu einem olympionikischen Fitnessprogramm mit atemberaubenden Trainingseinheiten.

Vor der ärztlichen Diagnose verspeiste Hermes alles, was ihm in den Mund kam. Nichts war vor ihm und seinem Appetit sicher. Selbst Oma Bieberbecks getrocknete Pflaumen und Penelopes Eiweißpowerriegel mussten daran glauben. Auch in der Schule wurde Hermes mit allem voll gestopft, was irgendwie und irgendwo übrig geblieben war. Er wurde deswegen auch nur *TeA* genannt. *TeA* war der Name des Herstellers einer ortsansässigen Mülltonnenfirma. Dementsprechend sah Hermes auch aus. Hermes sah aus wie *TeA*, – wie eine Mülltonne. Er war breit, fett, plump und stank aus dem Mund. Pickel verwandelten sein ohnehin schon unansehnliches Pfannkuchengesicht in ein Schlachtfeld mit eitrig gespickten Mienen, die jeden Augenblick wie Klappmesser aus sich heraus- und wie ferngesteuerte Raketen hochgehen konnten. Das störte Hermes allerdings nicht im Geringsten. Er hatte gelernt mit sich und seinem Anblick zu leben und ging Spiegeln und spöttischen Kommentaren weitläufig aus dem Weg.

In der Schule hing Hermes meistens in der letzten Stuhlreihe herum und döste vor sich hin. So lange bis ihn Herr Luhmann, sein Mathematiklehrer, an die Tafel zitierte. Wenn Hermes mit der Kreide in der Hand vor der Tafel stand, trat Herr Luhmann einen Schritt zurück und rümpfte die Nase. Hermes wurde schließlich den Eindruck nicht los, dass ihn selbst die Zahlen an der Tafel nicht riechen konnten, denn, wie auch immer er sie addierte, subtrahierte oder multiplizierte, es kam immer das falsche Ergebnis heraus, sodass ihn Herr Luhmann schließlich wieder zurück in die letzte Reihe schickte.

Von dem Tag an, als Dr. Scherzinger sich mit seinem Urteil in sein Leben mischen musste, änderte sich für Hermes alles. Seine Welt fing plötzlich an eine andere zu sein. Sie schlug Schwindel erregende Purzelbäume und stand dabei Kopf. Die von Dr. Scherzinger verschriebenen daumendicken Pillen machten Hermes' Appetit- und Hungergelüste nicht nur völlig zunichte, sondern verursachten auch noch unangenehmes Magengrummeln, was wiederum hemmungsloses Furzen zur Folge hatte. Hermes furzte, ohne dass er es wollte. Hermes furzte meistens dann, wenn er es nicht wollte. Hermes furzte immer. Hermes war gegen die Furzerei machtlos. Sein Schließmuskel horchte von diesem Tag an nicht mehr auf ihn. Hermes stank nicht nur aus dem Mund wie eine Jauchegrube, sondern zog auch noch einen Schweif aus verfaulten Eiern oder vergammelten Kohlköpfen hinter sich her. In der Schule wurde er deswegen nicht mehr nur gehässig *TeA!* gerufen. Die Anrede beschränkte sich von dem Tag an, an dem die Pillen in sein Leben traten, auf ein Ekel erregendes »Wäh!«. Alle seine Mitschüler machten jetzt einen großen Bogen um ihn. Auch Herrn Luhmann schien der Geruch in unmittelbarer Nähe zu überfordern. Er rief seitdem Hermes nicht mehr an die Tafel. Hermes konnte das nur recht sein.

Das Schlimmste aber waren für Hermes nicht so sehr die würgenden Pillen und der zwanghafte Nahrungsmittelentzug. Das Schlimmste war, dass sich sein Vater in den Kopf gesetzt hatte, Hermes nicht nur abzuspecken, sondern aus ihm so schnell als möglich einen rekordverdächtigen Olympioniken zu machen. Zu einem durchtrainierten Spitzensportler mit einer Figur wie Adonis und der Lunge eines westfälischen Ackergauls sollte Hermes nach Ansicht von Vater Bieberbeck mutieren. Er steckte ihn deswegen auch in die unterschiedlichsten Sportvereine und Turnvereinigungen. Vom Tischtennisspiel bis zum Volleyball, von Badminton über Aerobic bis zur Gymnastik mit Bändern quälte und furzte sich nun Hermes durch manche Turnhalle. Für Hermes war dieser ganze vom Vater verordnete Fitnesswahn natürlich in erster Linie lästig. In zweiter Linie war es ihm völlig egal. Ja, mit der Appetitlosigkeit und dem zwanghaften Hungerentzug trat auch eine völlige Gleichgültigkeit in Hermes' Leben. Am liebsten wollte er mit seiner Familie, und am allerliebsten mit der ganzen Welt, nichts mehr zu tun haben. Hermes wollte einfach in Ruhe gelassen werden.

Ganz anders seine ältere, siebzehnjährige Schwester Penelope. Sie stand jetzt hinter Hermes' Sessel und kreiste gleichmäßig wie ein eiernder Propeller ihren Kopf. Penelope war das, was Vater Bieberbeck aus Hermes machen wollte. Eine fanatische Sportlerin mit Hang zum sportlichen Größenwahn. Aerobic, Calanetic, Bizeps, Trizeps waren für sie so geläufig wie Truthahngeschnetzeltes für Hermes oder die Schlacht bei Salamis für Vater Bieberbeck. Penelope trainierte immer und überall. Ganz egal, wo sie war oder stand. Sie stand! Sie stand immer und saß nie. Zumindest konnte sich in der Familie niemand ernsthaft daran erinnern, sie jemals sitzen gesehen zu haben.

»Sitzen schlafft ab«, sagte sie immer und schüttelte dabei die Arme wie Kirschbäume. Oder kreiste das Bein hoch vor sich in die Luft gestreckt, so lange bis den anderen allein schon vom Zuschauen übel wurde. Dementsprechend sah Penelope auch aus. Fit, frisch und bis in die Fingermuskeln hinein durchtrainiert. Sie sah aus wie eine Mischung aus Grace Jones und Naomi Campell. Nur weiß. Penelope war eine Augenweide, ein voyeuristischer Genuss. Und genauso empfand es auch das andere Geschlecht. Das pirschte sich in Form von jungen Halbwüchsigen mit Oberlippenflaum und unreiner Haut an sie heran und belagerte sie wie Hunde einen angepinkelten Baum, um mit anzüglichen Komplimenten möglichst zielsicher zu treffen. Hermes durchschaute dieses Spiel. Und vor allem durchschaute er Penelope. Sie genoss diese Balzerei, indem sie mit einem abschätzigen »Ach diese Typen« ständig damit kokettierte. Ja, die Jungs waren hinter Penelope her wie der Teufel hinter den armen Seelen.

Julus, der Jüngste der Bieberbecks, saß auf dem Boden und spielte mit seinen Puppen. Julus war fünf und wäre nichts lieber gewesen als ein Mädchen. Er hatte schulterlange Engelslocken, die er sich am liebsten, trotz des Widerstands von Vater Bieberbeck, zu Zöpfen zusammenbinden ließ.

»Wie Pipi!«, sagte er immer und meinte sein großes Vorbild, die Langstrumpf. Mama Bieberbeck erwiderte auf Vaters Bedenken immer nur: »Ach lass ihn doch!« und »Sind doch nur Kindereien!«, was ihrem Mann allerdings nicht so recht in den Kopf wollte.

Als Vater Bieberbeck wieder einmal herzergreifend stöhnte und dabei die Abendzeitung sinken und in den Schoß fallen ließ, um dann auch noch ein völlig überraschtes »Da!« aus sich herauszuquetschen, unterbrachen alle anderen ihre Tätigkeit. Sie starrten auf den Vater, der mit einem noch verblüffterem »Da, schaut!« und seinem ausgestreckten Finger auf den Bildschirm zeigte. Hermes ließ seinen Löffel im Diät-Mehrkorn-Jogurt stecken. Penelope unterbrach ihre Kreisbewegungen. Mama Bieberbeck verlor nicht nur eine Masche, sondern den ganzen Strumpf. Julus blickte von seinen Puppen hoch. Und Opa Bieberbeck, der die ganze Zeit über röchelnd wie eine Kaffeemaschine im Sessel geschlafen hatte, schreckte mit »Was-wo-wer-wann-warum ... bin ich?« aus seinem Schlaf auf. Alle starrten jetzt auf den Bildschirm und beobachteten das flimmernde Geschehen. Man sah Häuser, bis zum Dach in einen See untergetaucht. Man sah Autos und landwirtschaftliche Geräte, Bettdecken und Sessel, Tische und ganze Schränke herumschwimmen wie Schiffe und untergehen wie die Titanic. Man sah Menschen mit hoffnungslosem Gesichtsausdruck und herabhängenden Mundwinkeln in Gummistiefeln auf Dächern sitzen. Man sah Sandsäcke aufgetürmt zu wabenmustrigen Bergen. Man sah einen Reporter, der in dunkelgrünem Gummianzug aussah wie ein verunglückter Angler. Er hatte anstatt einer Angel ein Mikrofon mit leuchtendem Windschutz in der Hand, in das er, mit tropfenden Haaren und beschlagener Brille, dramatisch hineingurgelte. Die kehligen Laute hörten sich in den Ohren der Bieberbecks wie reißerische Überschriften auf den Titelseiten der Tageszeitungen an:

»Hochwasser an der Oder! Eine Hochwasserkatastrophe ganz besonderen Ausmaßes! Die Jahrhundertflut! Die Jahrhundertflut, meine Damen und Herren, ist zu befürchten! Die Deiche drohen zu brechen! Die Bundeswehr und tausende von freiwilligen Helfern arbeiten rund um die Uhr! Sie versuchen die Deiche zu retten! Und mit ihnen die Menschen, die verzweifelt ihr Hab und Gut in Sicherheit bringen! Sie packen die Koffer mit dem Nötigsten zusammen! Für die Evakuierung! Schulen, Gemeindehäuser, Turnhallen und Kirchen in hochwasserfreien Gebieten stehen für die Einquartierung der Überfluteten zur Verfügung! Manche kommen auch bei Verwandten unter! Andere wiederum wollen ihr untergehendes Hab und Gut auf keinen Fall alleine zurücklassen! So wie diese Familie hier, in einer kleinen Ortschaft in der Nähe von Frankfurt/Oder, die noch immer hofft, hier bleiben und ausharren zu können ...«

»Das ist ja ...«, schrie Vater Bieberbeck wie von einem Fausthieb getroffen, »Mein Bruder!«, ergänzte Mutter Bieberbeck. »Die schöne Thekla!«, fügte Opa Bieberbeck noch immer verschlafen hinzu und meinte damit Bieberbecks Schwägerin. »Und Jenny!«, brüllte Julus und »René!« und »Das Baby!«

Die Familie Krause aus Lutzo, einem kleinen Kaff an der übergelaufenen Oder, schaukelte jetzt ziemlich betröpfelt und in einem apfelsinenfarbenen Schlauchboot ins Bild.

»Aber wo ist Oma?«, fragte Hermes noch immer in den Sessel gequetscht. Alle anderen fragten sich das selbstverständlich auch. Bis ein plötzlicher Kameraschwenk die Frage für alle sichtbar beantwortete. Oma Krause saß auf dem Dach des Hauses und weigerte sich, wie der Reporter schilderte, herunterzukommen um sich retten zu lassen.

»Sture Alte!«, brummte Opa Bieberbeck vor sich hin und »Mutter!«, schrie Mutter Bieberbeck mahnend in den viereckigen Kasten, als würde ihre Stimme die Alte zur Vernunft zwingen können.

»Wir müssen ihnen helfen!«, sagte Vater Bieberbeck, ohne den Blick von der Oma zu nehmen, woraufhin alle anderen ihn fragend anstarrten.

»Ja, wir rücken hier ein wenig zusammen«, sagte er nach kurzer Überlegung wie selbstverständlich, »und nehmen unsere Verwandten für die Zeit der Hochwasserkatastrophe bei uns auf!«

»Was??«, fiel allen gleichzeitig aus dem Mund, so als ob es sich dabei nur um einen Scherz handeln konnte, der auf keinen Fall ernst gemeint sein sollte.

War er aber doch! Obwohl der Kommentar der meisten Bieberbecks verkürzt zitiert: »Bloß keine Ossis hier!« lautete. Penelope verzog dabei sogar so angewidert das Gesicht, als ob Ossis eine todbringende Krankheit wären oder wie Hermes' daumendicke Pillen schmecken würden. Vater Bieberbeck starrte noch immer wie benommen auf den Fernsehschirm und sagte mit entschlossener Stimme:

»Das sind keine Ossis, das sind unsere Verwandten. Tante, Onkel, Cousinen und Neffen. Begreift ihr das denn nicht?!«

»Doch, eben darum!«, sagte Hermes teilnahmslos. Er stocherte wieder mit dem Plastiklöffel in seinem Körner-Diät-Jogurt herum. Er konnte sich lebhaft in allen Fassetten ausmalen, wie es wäre, wenn sechs Köppe mehr dieses Haus bewohnten. Hermes war es eigentlich egal, von wo sie kamen. Ob aus Ostdeutschland, Westdeutschland oder vom Ende der

Welt. Dass überhaupt jemand kam, war für ihn viel schlimmer. Hermes wollte, wie schon gesagt, nichts lieber als seine Ruhe. Einfach nur in Ruhe gelassen werden. Aber sechs Personen mehr in diesem kleinen Haus bedeuteten Chaos, Trubel, Aufregung und Durcheinander. Ganz davon abgesehen, dass er höchstwahrscheinlich sein Zimmer mit der ätzenden Tunte Julus teilen müsste, worauf er nicht die geringste Lust hatte. Also, für ihn stand fest: Er musste unbedingt verhindern, dass die Krauses auch nur einen Fuß in dieses Haus setzten.

Penelope dachte genauso. Sie konnte Ossis überhaupt nicht ausstehen. Sie kannte eigentlich keinen. Aber eine Freundin von einer Freundin hatte einen Freund und der kannte ein Mädchen und die war kurzzeitig mit einem aus dem Osten zusammen. Und was die erzählt hatte, reichte Penelope aus, um der unumstößlichen Überzeugung zu sein, »mit denen!!!« überhaupt nichts zu tun haben zu wollen. Und schon gar nicht Bett, Stuhl und Haus zu teilen.

Mutter Bieberbeck hatte im Prinzip eigentlich nichts gegen ihren Bruder, seine Frau und die Kinder. Nein, sie mochte sie sogar ganz gern. Na ja, ihre Schwägerin Thekla vielleicht nicht unbedingt. Sie war in ihren Augen eine besserwisserische, arrogante Zicke. Aber einziehen, das konnte sie sich dann doch nicht so richtig vorstellen. Letztendlich hätte sie das Ganze dann wieder auszubaden. Sechs Personen mehr würde auch für sechs Personen mehr Arbeit bedeuten. Und die bliebe dann selbstverständlich wiederum an ihr hängen. Darauf hatte sie keine Lust. Also war auch sie dagegen. Obwohl es um ihren Bruder ging, dem das Wasser im Moment im wahrsten Sinne des Wortes bis zum Halse stand.

Oma Bieberbeck, von der bisher noch gar nicht die Rede gewesen war, die aber auch mit im Haus wohnte, glaubte, dass mit den Ossis nicht nur Menschen ins Haus kämen, sondern vor allem Bakterien, Viren und sonstige Krankheitserreger. Das hatte ihrer Meinung nach gar nicht so sehr mit den Ossis zu tun, sondern vielmehr mit den Krankheitserregern generell. Die waren nämlich, aufgrund von Oma Bieberbecks Überzeugung, überall und ganz besonders in der Nähe von menschlichen Wesen zu Hause. Weshalb sie deren Nähe auch kategorisch aus dem Weg fuhr (ja, fuhr, sie saß nämlich meistens im Rollstuhl!) Ob Ossis oder Wessis, ihre allergrößten Feinde waren die Krankheitserreger. Oma Bieberbeck war nämlich ein leibhaftiger Hypochonder. Sie war für alle Krankheiten dieser Welt empfänglich wie die Jungfrau Maria für den Heiligen Geist. Hörte sie an einem Tag von einer Erkrankung, konnte man davon ausgehen, dass sie am nächsten Tag bereits selber die Krankheit hatte. Prompt tauchte dann Dr. Johannes Scherzinger auf, ihr Ein und Alles, um sie daraufhin zu untersuchen. Eigentlich war Oma Bieberbeck kerngesund, sonst wäre sie kaum neunundsiebzig Jahre alt geworden. Wobei sie alles Menschenmögliche dafür tat, ihr Lebensende vielleicht noch einmal um das Doppelte hinauszuzögern. Seit mehreren Jahren verließ sie zum Beispiel nicht mehr das Haus. »Wegen der Krankheitserreger!« Mindestens zwanzigmal am Tag wusch sie sich die Hände. Meistens trug sie einen auffälligen Mundschutz wie Michael Jackson und ständig – auch im Hochsommer!! – feine Lederhandschuhe. Für Oma Bieberbeck waren die ostdeutschen Verwandten also in erster Linie Viren- und Bakterienüberträger und als solche eine unberechenbare Gefahr.

Der Einzige, der sich neben Vater Bieberbeck für die Verwandten aus Ostdeutschland einsetzte, war Opa Bieberbeck. Er freute sich bereits auf die neuen Mitbewohner. Opa Bieberbeck war immer darum bemüht, möglichst viele Menschen um sich zu scharen, weil dadurch die Chancen stiegen, möglichst viele erfolgreich anzuschnorren. Opa Bieberbeck war nämlich ein alter Schnorrer, der jeden so oft als möglich um irgendetwas gnadenlos anpumpte. Und meistens um Geld. Er suchte die Gesellschaft von Menschen wie Fliegen einen dampfenden Haufen. Das hatte zur Folge, dass Oma Bieberbeck ihn frühzeitig verstieß. Sie unterhielt sich mit ihm nur noch in sicherem Abstand und durch geschlossene Türen. Opa Bieberbeck war's egal. Er hatte schon lange das Interesse an seiner nörgelnden, hypochondrischen Frau verloren und sich noch länger um vielfachen Ersatz bemüht. Opa Bieberbeck trieb sich ständig, zum Argwohn seines Sohnes, mit viel jüngeren Frauen Händchen haltend in der Öffentlichkeit herum. Er zwinkerte Hermes und Julus, wenn seine Eskapaden mal wieder in der Familie zur Sprache kamen, viel sagend zu oder spielte lüstern mit seiner schlabbrigen Zunge. Was Penelope dann immer nur mit einem abschätzigen »Iiiieh!« kommentierte.

Opa Bieberbeck war aber nicht immer so. Es gab Lebensabschnitte, in denen er ein eher normales Leben führte. Von dem Tag an, als er seine Frau an einem schneestöbernden Frühjahrsabend kennen lernte bis zu seiner frühzeitigen Pensionierung mit einundsechzig Jahren, trat Ruhe in seinem Leben ein. Während dieser Zeit war Opa Bieberbeck in der städtischen Abfallbeseitigung und Straßenreinigung tätig. Obgleich er mit Krawatte und Bügelfaltenhose im Büro saß und für die Dienstpläne zuständig war, zählten vor allem Müllfahrer und Straßenkehrer zu seinen engsten Freunden, mit denen er nicht nur in der Mittagspause Skat spielte und Bier aus der Flasche trank, sondern auch nach Feierabend seine Freizeit verbrachte.

Mit seiner Frau dagegen hatte Opa Bieberbeck schon seit Jahrzehnten nicht mehr viel zu schaffen. Die beiden gingen sich erfolgreich aus dem Weg. Das war nicht immer so. Opa Bieberbeck hatte seine Frau einst auf dem Faschingsball des städtischen Straßenreinigungsamtes im mit Luftschlangen, Konfetti und Luftballons dekorierten Kolpinghaus kennen und lieben gelernt. Oma Bieberbeck war die jüngere Schwester eines Müllfahrers, in dessen Begleitung die Oma als Indianersquaw verkleidet, mit geflochtenen Zöpfen und backsteinrot geschminkt, Opa Bieberbeck auf sich aufmerksam machte. Ihm gefielen besonders ihre froschgrünen Augen, in denen ganz aus der Nähe betrachtet goldene Flecken schimmerten, die wie Seerosen in einen von Algen zugewucherten See aussahen. Dieser grün melierte Oma-Blick im backsteinroten

Gesicht fesselte den Opa so, dass er alles drauf und dransetzte die Oma im Sturm zu erobern, was trotz anfänglicher Verweigerung noch am selben Abend gelang. Oma wurde prompt schwanger. Als Hermann als Frühgeburt an einem kalten Wintertag im Jahre 1952 zur Welt kam, war die Liebe der Eheleute Bieberbeck bereits auf ein Leben zu zweit ohne große Gefühle geschrumpft. Von dem Tag seiner Pensionierung an kümmerte sich Opa als gut erhaltener Rentner vermehrt um das andere Geschlecht. Er änderte nicht nur seine Garderobe, die nun ausschließlich aus Designer-Anzügen und Hemden von Armani bestand, sondern auch die Interessen. Opa Bieberbeck war nur noch selten zu Hause. Nebenerwerbsquellen, mit denen er erfolgreich seine Rente aufzubessern verstand, wurden jetzt seine Leidenschaft.

Julus war ebenfalls gegen die Einquartierung der Krauses. Obwohl er nicht genau wusste warum. Das mag an seinem bescheidenen Alter von fünf Jahren gelegen haben. Obgleich er ansonsten immer ganz genau wusste, was er wollte und vor allem was nicht. Dass seine Mutter und Penelope gegen die Krauses waren, reichte ihm offenbar aus, derselben Meinung zu sein. Julus war ohnehin immer derselben Meinung wie die Frauen der Familie. Höchstwahrscheinlich aus Sympathie für das weibliche Geschlecht. Oder aber auch aus Berechnung, wie Hermes vermutete, weil die »kleine Tunte!«, wie er ihn immer abschätzig nannte, ganz genau wusste, dass die beiden ihm dann anschließend so manch einen zuvor ausgeschlagenen Wunsch erfüllten.

Wenn es also demokratisch zugegangen wäre in der Familie Bieberbeck, hätten die Verwandten aus Ostdeutschland, nach dem Abstimmungsergebnis von fünf zu zwei nicht mit ihrer Hilfe rechnen dürfen. Aber demokratisch geht es immer nur so lange zu, bis irgendjemand auf den Tisch schlägt. In diesem Falle war es Vater Bieberbeck. Er ließ sich durch nichts auf dieser Welt von seinem Vorhaben abbringen, die arg gebeutelten Krauses einzuquartieren. Und als kein Argument mehr half und jedes Dafür mit unzähligen Dagegen abgeschmettert wurde, schlug Herr Bieberbeck tatsächlich mit bloßer Hand auf den Tisch, dass die Gläser schepperten. Das erste Mal in der Geschichte der Familie Bieberbeck griff Vater Bieberbeck zu einem so schlagkräftigen Mittel, um seine Überzeugung kundzutun. Dementsprechend war auch die Reaktion. Hermes verschluckte sich und fing an zu husten, sodass ihm Penelope, eine Trainingsmöglichkeit witternd, tatkräftig zur Seite sprang. Sie klopfte ihm wie bei einer gymnastischen Übung rhythmisch auf den Rücken. Julus nahm seine Puppen beschützend in den Arm, als wollte Vater Bieberbeck sie auffressen. Und Mutter Bieberbeck ließ nach den Maschen und der Socke auch noch die Stricknadeln zu Boden fallen.

Nur Opa Bieberbeck blickte gelassen auf seinen Sohn und freute sich mehr denn je auf die Krauses.

Alle Familienmitglieder verstummten und schauten jetzt Vater Bieberbeck erwartungsvoll an.

Dem Vater schien die scheppernde Entgleisung auf einmal ziemlich peinlich zu sein. Er murmelte: »Äh ... also ... äh, amicus ... äh ... certus ... in ... äh ... incerta ... cernitus ... äh ... Ja! Äh ... so wird's gemacht!« vor sich hin, als wollte er sich und seinem schwindenden Selbstbewusstsein Mut zusprechen. Er stand auf, um anschließend im Wohnzimmer herumzustolpern.

Ein einziges Mal waren die Krauses bisher bei den Bieberbecks gewesen. Vor vielen Jahren und kurz nach der Wende, waren sie hier mit großen Erwartungen und Neugierde aufgetaucht, und auf eine Verwandtschaft gestoßen, die ebenso erwartungsvoll und neugierig war. Das Treffen war ein einziges Desaster.

»Denk daran!«, sagte Mutter Bieberbeck mahnend und meinte damit ihren herumirrenden Mann, der nur »Ja, ja!« erwiderte und »Es muss ja nicht immer wie damals sein!«

Nach einer kurzen Pause, in der niemand der Familie auch nur einen einzigen Laut von sich gab, fügte Vater Bieberbeck kleinlaut hinzu: »Ein Fehler ist schließlich dazu da, dass man daraus lernt!«

Damit versuchte der Vater natürlich, das zurückliegende verwandtschaftliche Erlebnis zu beschönigen. Es war nämlich nicht nur *ein* Fehler, der das Treffen der zwei Familien zu einem Albtraum werden ließ, sondern eine Vielzahl von provozierten Missverständissen und missverstandenen Provokationen, die die Familien aufeinander krachen ließen. Das fing schon damit an, dass Oma Bieberbeck, die damals den Menschenkontakt noch nicht so rigoros mied, die Familie Krause zur Begrüßung als »zweitklassige Deutsche« bezeichnete.

Nach einem gekünstelten Lächeln behauptete sie auch noch ohne den Hauch eines Zweifels, dass »die Ossis uns Westdeutschen schmarotzend« an das Eingemachte und unsere Pfründe wollten. Als dann Thekla den Anfeindungen widersprach, zog sich Oma Bieberbeck eingeschnappt in ihr Schlafzimmer zurück, schloss sich ein und kam bis zu deren Abreise auch nicht mehr heraus. Am Nachmittag im Garten bei Kaffee und Kuchen schmachtete dann Vater Bieberbeck, schon ein wenig angetrunken vom vielen Haselnusslikör, seine Schwägerin Thekla an und bombardierte sie mit so unverschämt schönen Komplimenten (»Du siehst aus wie Catherine Deneuve in ›Die letzte Metro‹! Mein Lieblingsfilm!«), sodass sich deren Gesicht rot verfärbte. Sie schaute unsicher zu ihrem Mann, der den Blick unfiltriert zu Mutter Bieberbeck weiterreichte. Mutter Bieberbeck sprang, ebenfalls mit farbverändertem Gesicht vom Tisch auf, um sich wie die Oma in ihr Schafzimmer zurückzuziehen. Was wiederum ihren Bruder zu Höchstform motivierte. Er stauchte seine Frau Thekla im Garten vor dem Haus laut und erregt zusammen, dass die völlig außer sich »Du kannst mich mal!« und »Was war mit der Pädagogen-Tussi vor drei Monaten!« brüllte.

An den Fenstern der Nachbarshäuser tauchten daraufhin Köpfe wie Pilze hinter den Vorhängen auf, die so lange nicht mehr verschwanden, bis die Krauses endlich wieder weg waren.

»Wir fahren!«, brüllte Vater Krause mit schweißbedeckter Stirn und weißen Speichelecken am Mund. Er stürmte zurück ins Haus, packte alles in Windeseile zusammen und saß Minuten später mit laufendem Motor hinter dem Lenkrad seines Trabbis. Thekla blieb nichts anderes übrig als sich ihrem Mann anzuschließen. Sie packte die Kinder auf den Rücksitz, stieg selbst in den Wagen und ließ noch ein »Tut mir Leid!« zurück, bevor sie, ihr Mann und die Kinder reifenquietschend und ohne zu winken davonbrausten. Das war der erste und bisher letzte Besuch der Krauses. Seither beschränkte sich der Kontakt der zwei Familien auf Postkarten zur Weihnachtszeit und Anrufe zu den Geburtstagen.

Diese Geschichte kam Mutter Bieberbeck jetzt in aller Detailgenauigkeit wieder in den Sinn. Auch ihr Mann schien sich ganz gut daran zu erinnern. Jedenfalls verursachte allein der Gedanke daran rote Flecken in seinem Gesicht. Und dennoch, Vater Bieberbeck war von seinem Entschluss nicht abzubringen. Im Gegenteil. Um seine Meinung noch einmal deutlich zu machen, schlappte er zum Wohnzimmer hinaus, ließ die Tür ins Schloss krachen und machte sich davon. Er ließ die Familie schweigend und ratlos zurück. Selbst Mutter Bieberbeck, die glaubte ihren Mann nach neunzehnjähriger Ehe in- und auswendig zu kennen, war von dieser Reaktion überrascht. So war ihr Hermann, der sich selbst am liebsten Hektor nannte und noch lieber so genannt werden wollte, so war er noch nie gewesen.

Die Familie hatte sich anschließend nicht mehr viel zu sagen und ging, nicht viel später, nacheinander zu Bett. Nur die Mutter blieb wach, in Sorge um ihren Mann, der trotz

Unterricht am nächsten Tag noch immer nicht zu Hause war. Die Uhr schlug. Die Zeit verging. Die Mutter strickte und strickte und als der Strumpf fast fertig war, knallte die Haustür. Der Vater torkelte herein, stolperte und fiel und blieb wie ein Kartoffelsack im Flur vor der Treppe liegen. Er roch wie ein Bierfass und schaute mit verschobener Optik wie mit verdampfenden Bildern hinter den Augen.

Er lallte: »Aus einem Fehler kann man doch lernen« und versuchte sich aus der Horizontalen am Treppengeländer hochzuziehen. Was ihm aber erst mit Hilfe seiner zupackenden Frau vollends gelang. Auf wackeligen Beinen stand der Vater nun an die Mutter gelehnt und lallte weiter und so, dass sie ihn kaum verstehen konnte.

»Pscht!«, flüsterte Mutter Bieberbeck mit dem Zeigefinger auf dem Mund, »die Kinder schlafen schon!«.

Woraufhin der Vater sich, wie ein Schwerverwundeter mit Mutters Hilfe die Treppe hinaufschleppte. Dabei knickte er hin und wieder ein und kam wie in der Kirche, nur nicht so andächtig, zum Knien.

Hermes und Penelope standen hinter der angelehnten Kinderzimmertür und grinsten vor Freude. Zweimal in der Nacht hörte Hermes den Vater noch aus dem Zimmer stürzen, wie die Feuerwehr bei Einsatz, – und im Klo verschwinden. Dann war endlich Ruhe.

»... Nachdem die Hochwasserfluten der Oder in der Nacht ganz Brandenburg erreicht haben, haben die dortigen Behörden Katastrophenalarm ausgelöst. In der Gemeinde Lutzo besteht nach wie vor die Gefahr eines Dammbruchs. Einer Evakuierung der 340 Gemeindemitglieder steht nichts mehr im Wege. Auch in Eisenhüttenstadt und Frankfurt steigen die Pegelstände. Dort gehen die Behörden aber davon aus, dass die Deiche nicht überspült werden. Die weiteren Aussichten: wechselnde Bewölkung mit Schauern, regnerisch und kühl.«

Nachrichten des Ersten Deutschen Fernsehens

2 Am nächsten Morgen machte Vater Bieberbeck einen miserablen Eindruck, was bei allen Familienmitgliedern abwechselnd Mitleid und Schadenfreude provozierte. Vater Bieberbeck saß zusammengekauert und weiß wie die Fliesen an der Wand im Esszimmer. Er hatte ein völlig zerknittertes Gesicht, abstehende Haare und dunkle Ringe um die Augen, die drohten bis in die Kaffeetasse hineinzubaumeln. Er starrte auf seinen voll gepackten Teller, den er um nichts auf dieser Welt auch nur anrühren wollte. Selbst die Blicke darauf verursachten bei ihm an diesem Morgen ein flaues Gefühl in der Magengegend, sodass er mit einer Handbewegung den Teller aus seinem Gesichtsfeld und in das von Hermes bugsierte. In Hermes' Mund lief dabei der Speichel zusammen wie nach dem Druck auf die Klospülung. Als Penelope von ihrem morgendlichen Fünf-Kilometer-Jogging-Lauf frisch wie ein Pfefferminzbonbon zurückkehrte und ein gut gelauntes »Guuuten Moooorgeeeen!« in die Küche platzierte, zuckte Vater Bieberbeck zusammen. Sein Gesicht mutierte zu einer einzigen kopfgroßen Falte und seine Hände bettelten flehend um Rücksicht. Von diesem Zeitpunkt an durfte im Esszimmer, wo an diesem Morgen erstaunlicherweise schon der Teufel los war, nur noch im Flüsterton gesprochen werden. Selbst Opa Bieberbeck tauchte, was für ihn absolut untypisch war, schon um halb neun in morgendlicher Frühe auf. Er war geschniegelt und gestriegelt, als wollte er zu seiner eigenen Beerdigung.

Er stand im schwarzen Anzug und mit einer sonnenblumengelben Fliege um den Hals im Esszimmer und roch dabei wie »nach einem billigen Parfüm alter Frauen«.

»War aber ziemlich teuer!«, versuchte er Penelopes spöttischem Kommentar spontan zu kontern. Was nur heißen konnte, geklaut oder unmöglich selbst bezahlt.

»I-s-s-e-y M-i-y-a-k-e!«, verkündete er fast buchstabierend und mit anschwellendem Brustton. »Der Duft für den jungen, aufregenden Mann!«, woraufhin alle im Esszimmer in Gelächter ausbrachen. Bis auf Vater Bieberbeck, der wieder seine Falte im Gesicht spazieren trug. Wohin er in diesem duftenden Aufzug unterwegs war, wollte der Opa allerdings nicht verraten.

»Geheimnis!«, sagte er lächelnd.

Jeder in der Familie ahnte bereits wieder eine seiner regelmäßig wiederkehrenden Schandtaten, die nicht nur Opas Ruf als »alten Spinner« bestätigen sollte, sondern die Familie einmal mehr in Verruf bringen würde. Die Oma forderte schon lange, den »kindischen Deppen!«, wie sie ihn immer abschätzig nannte, endlich entmündigen zu lassen.

»Der ist doch nicht mehr zurechnungsfähig!«, sagte sie, woraufhin ihr niemand widersprechen wollte. Jeder wusste: Opa ist zwar ein wenig »blemblem« und ziemlich durchgeknallt aber auch liebenswert, lustig und »irgendwie total okay«. Darüber hinaus war er auch noch der beste Geschichtenerzähler, den man sich vorstellen kann. Vor allem Hermes kam in den Genuss von Opa Bieberbecks Storys. Na ja, ob das nun wirklich ein Genuss war oder nicht, hätte Hermes gar nicht beantworten können. Auf jeden Fall rückte der Opa ständig mit angeblich »hundertprozentig Selbsterlebtem« heraus und kaute seinem Enkel, ob der nun wollte oder nicht, regelmäßig ein Ohr ab.

»Haste mal 'n Fünfer!«, flüsterte er seinem Sohn und Vater Bieberbeck zum Abschied ins Ohr. Der griff, ohne ihn anzuschauen, in die Hosentasche, fischte eine Hand voll Münzen heraus und steckte sie ihm mit einer abweisenden Geste, was nur ›Verdufte endlich!‹ heißen konnte, zu. Im Hinausgehen schnorrte er Mutter Bieberbeck noch um ein paar Kippen an und düste dann endlich türeknallend mit einem fröhlichen »Tschüss ihr Lieben!« davon.

Ein Ton ergibt den anderen. Das morgendliche Familienkonzert war in vollem Gange. Der Türknall ließ nicht nur den Vater erneut zusammenzucken, sondern auch Oma Bieberbeck in ihrem Schlafzimmer erwachen und »Looooooreeeee!« durch sämtliche geschlossenen Türen, und dennoch gut hörbar, kreischen.

Mit Lore war natürlich nicht nur Mama Bieberbeck gemeint, sondern auch erstens: Mein Frühstück. Zweitens: Die Morgenzeitung. Und drittens: Wasch dir die Hände, bevor du mein Zimmer betrittst.

Die väterliche Katerstimmung nutzte Julus an diesem Morgen schamlos aus. Lange war er nicht gesehen, bis er dann zum Entsetzen aller mit Lockenwicklern im Haar, zerrissener Jeans und Lippenstift um den Mund am Frühstückstisch auftauchte.

»Heute gehe ich als Barbie!«, erklärte er selbstbewusst, woraufhin Hermes nur »Schwuchtel« zischte. Sein Vater tippte sich zaghaft mit dem Finger an die Stirn und ersparte sich katergeschädigt jeden weiteren Kommentar. Er stand auf, zeigte auf die Uhr, was so viel wie »Wir müssen!« bedeutete, und verließ mit der Schulmappe unterm Arm das Esszimmer.

Vater Bieberbeck brachte jeden Morgen Julus in den Kindergarten und nahm Hermes gelegentlich mit in die Schule. Hermes konnte des Vaters Durchhänger ganz selbstlos ausnutzen. Er sagte: »Hab erst zur zweiten!«, und blieb am Tisch vor seinem Vollkornhaferkleieschleimmüsli sitzen. Nachdem beide, Julus als Barbie und der Vater als wandelnde Leiche, verschwunden waren, Penelope seit unendlich langer Zeit unter der Dusche stand und sich mittlerweile bereits aufgelöst haben musste, schob sich Hermes alle übrig gebliebenen Essensreste, inklusive des unangerührten Tellers vom Vater, in den Schulranzen, schrie noch »Tschüss Mami!« die Treppen hoch und düste ebenfalls, noch drei, vier Fürze wie prall gefüllte Koffer im Flur zurücklassend, davon.

Auf Schule hatte Hermes an diesem Morgen keine Lust. Luhmanns Mathematik-Klausur stand auf dem Stundenplan und kam ihm völlig ungelegen. Außerdem qualmten seine Nasenlöcher und sein Hunger fraß bereits schwarze Löcher in seinen Bauch. Also schlenderte er zu Fuß (Radfahren war ihm jetzt, mit fast nüchternem Magen, viel zu anstrengend) zum Fluss hinunter, setzte sich auf eine Parkbank, widmete sich seinem Appetit und frühstückte erst mal ordentlich.

Zu dieser Zeit war zu Hause wie immer etwas Ruhe eingekehrt. Penelope war inzwischen dabei ihren Body von oben nach unten und unten nach oben mit einem Aprikosenmandelnussöl (ph-Wert neutral) einzucremen. Anschließend begann sie sich ebenso lange zu schminken und zu parfümieren, sich anzuziehen und letztendlich Schul-Ausgangs-hiptop zu stylen. Was jeden Morgen zur Folge hatte, dass das Bad von halb acht bis neun für alle anderen Familienmitglieder tabu war, was jeder, ohne großes Murren akzeptierte. Wenn absichtlich oder aus Versehen mal nicht, wurde Opa Bieberbeck von Penelope mit »Spanner!« beschimpft, Hermes mit

»Idiot!« und die anderen mit »Verdammt-noch-mal-hat-man-in-diesem-Haus-nicht-mal-fünf-Minuten-für-sich!«

Oma verspürte inzwischen wieder mal ein »Zwicken!«, ein »Ziehen!«, ein »ganz unheimliches Stechen!« im rechten Wadenbein, was dann sofort zu einer lebensbedrohlichen Durchblutungsstörung hochgeredet wurde. Mutter Bieberbeck musste auf der Stelle Dr. Johannes Scherzinger anrufen, der dann auch unverzüglich mit vollem Medikamentenkoffer und Lassen-Sie-sich-helfen-Gesicht auftauchte. Für solch prompte Hilfsbereitschaft stopfte ihm die Oma fast ihre komplette Monatsrente in den Rachen, mit der sich der Doktor dann einmal im Jahr einen neuen BMW leisten durfte. Herr Scherzinger hatte aber nicht nur zwei Ohren für die Oma übrig, sondern auch ein Auge auf Mutter Bieberbeck geworfen. Die saß jetzt in der Küche, steckte sich eine Zigarette an und dampfte kräftig, vom morgendlichen Stress gezeichnet, vor sich hin.

»Sie müssen mal ausspannen!«, versuchte Doktor Scherzinger ihr einen kostenlosen ärztlichen Rat zu geben. Immerhin hatte er bei der Oma geholfen. Das »Zwicken« war weg. Das »Ziehen« hatte sich verzogen. Und das »ganz unheimliche Stechen« stach jetzt nicht mehr im Wadenbein, sondern ab nachmittags in der Brust.

Doktor Scherzinger setzte sich zu Mutter Bieberbeck an den Tisch. Er packte ihre Hand wie eine Leberkässemmel und sagte: »Ich mess mal Ihren Puls!«

Dann schaute er auf die Uhr und maß und maß und zählte und zählte. Als die Mutter schon befürchtete, dass der Doktor niemals zu einem eindeutigen Ergebnis kommen oder Zweideutiges im Schilde führen würde, legte Herr Scherzinger seine zweite Hand unter die ihrige, sodass die jetzt wie eine Bulette im Brötchen zwischen den beiden Arzthänden lag. Der Doktor schaute ihr tief in ihre bergseeblauen Augen und sagte:

»Sie brauchen mal Urlaub!«, was so klang wie: »Und ich komme mit!«

»Hahahaha!«, lachte Lore Bieberbeck, zog ihre Hand aus seiner Doppelwhopper-Handauflegzange und stöhnte wie über einen missratenen Witz:

»Uuuuurlaub!, ein Fremdwort und unmöglich und jetzt schon gar nicht, wo doch die Krauses kommen!«

Sie steckte sich erneut einen Glimmstängel zwischen die Lippen und blies den Rauch wie den nie zu realisierenden Urlaub in die Luft.

»Aber, aber ...«, versuchte sich Doktor Scherzinger in Mitgefühl. Er rutschte auf seinem Stuhl eine halbe Pobreite näher zu Mutter Bieberbeck hin, um sie mit seinem Schmachtblick wie mit einem Lasso in Wildwest-Manier einzufangen. Frau Bieberbeck war aber keine Kuh, sondern eine sehr attraktiv aussehende Frau Ende dreißig, sodass daraus nichts wurde. Als der Doktor wieder den Puls fühlen wollte und dabei der Mutter weiter auf die Pelle rückte, wobei er nur noch auf einem klitzekleinen Po-Zipfelchen sitzen konnte, stürmte Penelope abflugbereit in die Küche, woraufhin der

Doktor vor Schreck das Gleichgewicht verlor und vom Stuhl kippte.

»Aber, aber ...«, sagte jetzt Penelope und das klang wie ›Sie sind mir aber ein schlimmer Finger!‹, was beim Doktor rote Flecken auf den Wangen verursachte, die wie Rotkäppchens Rotbäckchen aussahen.

Doktor Scherzinger sprang auf und verließ die beiden hurtig, wie auf der Flucht vor dem bösen Wolf: »Ich wollte eh gehen!«, rief er noch, so als ob sein Fall der erste Schritt dazu gewesen wäre. Mutter Bieberbeck und Penelope blieben, wie zwei pubertierende Mädchen, sich kringelnd und Tränen verströmend vor Lachen zurück. Natürlich war es der Mutter auch ein wenig peinlich. Vor allem als Penelope dann von Frau zu Frau zu ihr sagte:

»Der ist ja total scharf auf dich!«

Lore Bieberbeck winkte und lenkte ab, sagte in mütterlich ernstem Tonfall: »Du musst jetzt gehen!« und schob ihre älteste Tochter, gestylt wie zu einer Modenschau, aus dem Haus.

Als Hermes auf der Parkbank am Fluss das letzte Leberwurstbrötchen in den Mund schob und genießend auf den dahintreibenden Fluss starrte, tauchte plötzlich eine, oder besser zwei Personen wie das Ungeheuer von Loch Ness in seinem Gesichtsfeld auf. Der Anblick hinterließ bei Hermes akute Schluckbeschwerden, sodass ihm der letzte Brötchenbissen beinahe im Halse stecken blieb. Es war wie eine Fata Morgana am Fluss, ein Flimmern im Hirn, das Hermes' Blick verstellte.

›Und das bei vollem Magen‹, dachte er und rieb sich die Verwunderung aus den Augen. Dennoch blieb alles wie gesehen. Vor ihm latschte am Ufer auf der Promenade an den säumenden Pappeln vorbei Opa Bieberbeck in die Arme einer sicher zwei Generationen jüngeren Frau verwickelt, der er liebevoll über das schulterlange Haar strich.

›Das Geheimnis!‹, dachte Hermes und ›Der Alte ist eindeutig wieder auf Aufriss.‹ Er zerrte den Schulranzen intuitiv von der Parkbank hoch und hielt ihn sich tarnend vor das Gesicht. Aber selbst wenn Hermes sich mitten auf der Uferpromenade dem Opa in den Weg geworfen hätte, hätte der ihn bestimmt nicht gesehen. So sehr war er mit der Frau beschäftigt. Der Opa legte sich mächtig ins Zeug, kicherte und lachte und gab sich frisch verliebt.

Hermes schlich in sicherem Abstand von einer Pappel zur anderen hüpfend, dem Opa und seiner Tussi hinterher. Sie liefen turtelnd die Uferpromenade entlang. Dann bogen sie am großen Parkhaus und dem Gloria Kino in eine Seitenstraße ein und verschwanden dort wie in Luft aufgelöst aus Hermes' Gesichtsfeld.

Verflucht! Er hatte den Opa, seine Begleitung und sicher auch eine interessante Story verloren.

Dafür trat ihm aber ein Typ, wenige Jahre älter als er und ebenso viele Klassen über ihm, in den Weg. Hermes wurde den Eindruck nicht los, dass dieser Junge die ganze Zeit über, als er den Opa verfolgt hatte, hinter ihm her gewesen war. Dem

Verfolger folgt der Verfolger und folglich fällt der, der dem anderen eine Grube gräbt, selbst hinein.

›Komisch!‹, dachte Hermes, ›warum geht mir dieser Typ trotz meiner Ausdünstungen nicht aus dem Weg? Warum nähert er sich mir kamikazemäßig, ohne mit den Fingern schützend an der Nase?‹

»Hey!«, drang jetzt vergnügt aus dem Mund des Typen, der genauso aussah wie aus einem Hennes&Mauritz-Prospekt.

›Entweder er ist angeboren geruchsunempfindlich oder er hat seine Geruchsnerven für unbestimmte Zeit auf Erholung geschickt‹, schoss es Hermes durch den Kopf, ›oder aber er führt irgendetwas kalkulierend im Schilde.‹

»Wie geht's?«, setzte der Typ, mit Ohrring im Läppchen, einer wie mit dem Lineal vermessenen Mittelscheitelfrisur und Pomade im Haar, noch immer grinsend nach.

»Was geht dich das an?!«, konterte Hermes, wobei er seine Ablehnung noch eindrucksvoll furzend, wie ein mehrstimmiges Konzert für Schlaginstrumente, verdeutlichte.

Als hätte der Typ nicht nur schwer wiegende olfaktorische Probleme, sondern auch noch einen völlig verschmalzten Hörkanal, säuselte er, ohne auf die Furzerei zu reagieren:

»Nichts!, rein gar nichts! Du hast Recht, war nur so 'ne Frage!«

Er quasselte sich, um eine allerbeste Atmosphäre bemüht, um Kopf und Kragen.

›Dem tropft die schmierige Schleimspur gleich aus den Nasenlöchern‹, dachte Hermes und befürchtete jeden Mcment einen handgreiflichen Übergriff mit Zungenkuss und anfassen.

So weit kam es dann doch nicht. Dafür hatte der Typ nicht sich selbst, sondern jemand anderen vorgesehen.

»Du ... äh ... ich hab da 'ne Cousine ... äh ... Annabell, sie ist 15 ... äh ... und die redet ständig von dir!«, sagte das H&M-Bürschchen jetzt.

›Oh, Gott‹, dachte Hermes, wieder eine dieser Tussis, die sich über ihn abschätzig äußerten und sich über seine körperliche Konstitution witzelnd ausließen.

»Und nicht schlecht!«, fügte da der Typ hinzu.

Während der Junge grinste wie die Zeugen Jehovas an den Straßenecken wurde Hermes skeptisch. Erstens war es unmöglich, dass ein Mädchen in diesem Alter gut über ihn geredet hätte, es sei denn ... es sei denn, sie war ähnlich hässlich wie er.

»Wie sieht sie aus?«, fragte Hermes ins strahlende Jehovasgesicht.

Der Typ pfiff durch die Zähne, ließ die Zunge wie einen Einmachgummi schnalzen und sagte oder sang vielmehr lang gezogen und gedehnt wie eben dieser schnalzende Gummi: »Suuuuuuuper!«

»Unmöglich! Ausgeschlossen!«, schnalzte Hermes völlig überzeugt zurück. Er wollte den H&M-Prospekt mit den Zeugen Jehova und dem Einmachgummi einfach stehen lassen, als der ihn plötzlich an der Schulter festhielt und »Doch, doch, ehrlich, die steht auf dich!« ins Ohr trötete.

»Und was hast du davon?«, schleuderte Hermes dem Jungen ins Gesicht, der bei näherer Betrachtung wirklich aussah wie aus dem besagten Modeprospekt.

»Ich? ... äh ... nichts ... äh ... Ich wollte dir nur Bescheid sagen ... äh ...«

»Und warum macht sie das nicht selber?«, rief Hermes, noch skeptischer als zuvor dazwischen.

»Äh ... ja, warum? ... äh ... keine Ahnung ... äh ... schüchtern!!!, Ja genau ... sie ist ... äh ... schüchtern. Total schüchtern, die Kleine! Hahaha!!!«

Hermes wusste natürlich, dass kein Wort wahr sein konnte. Durch jahrelange Erfahrung mit Menschen gereift, kannte er diese Art von Typen. Schönlinge, aufgeblasene Wichtigtuer, Modefetischisten, Sportfanatiker ... und ... bei Mode, Sport und Fanatismus fiel es ihm plötzlich wie Schuppen von den Augen: ›PENELOPE!!‹, kam es Hermes in den Sinn. Klar, der Schönling und seine Schwester!

›Das Weichei ist ganz einfach auf Penelope scharf‹, dachte Hermes, ›und versucht nun über mich und einen kleinen Umweg an sie heranzukommen. Na warte!‹

»Heee ... äh ... da fällt mir gerade ein ... äh ... ich muss ... äh ... meine ... äh ... SCHWESTER ...«, ahmte Hermes den modischen Knilch nach. Bei seinem Gegenüber legte sich sofort ein Glanz aufs milchige Gesicht und ein Funkeln funkelte in seinen Augen. Sein Mund zog sich wie ein gespanntes Springseil zwischen den Ohren ... »meine SCHWESTER ... äh ... muss ich also ... äh ... abholen, also ... äh ... ciao!«

»Äh, sag mal ... äh ...«, fiel aus dem Milchgesicht und Hermes vor die Füße »äh ... kannst du mich nicht vielleicht ... äh ... mitnehmen??«

»Was????«, kläffte ihn Hermes entsetzt an, sodass der wie mit dem Finger in der Steckdose zusammenzuckte.

»Zu meiner SCHWESTER????«

Und wieder spiegelten die Augen von Hennes Mauritz wie fein geschliffene Diamanten.

»Nein! Unmöglich!«, sagte Hermes jetzt flüsternd, als ob das das allergrößte Geheimnis wäre.

»Meine SCHWESTER ist ganz schön allergisch, wenn ich mit fremden Typen bei ihr auftauche. Da muss ich sie erst drauf vorbereiten, und das dauert ...«

»Ich kann warten!«, plapperte Hennes Mauritz dazwischen und schaute, wie Hennes Mauritze eben so schauen, und so, als ob er sich ein Leben dafür Zeit nehmen würde.

»Also, lass dich bloß nicht mit mir in ihrer Nähe blicken«, drohte Hermes und »Ich schau mal, was sich machen lässt!«

»Geil!«, jubilierte Hennes außer sich vor Freude. »Und das würdest du für mich ...«

»Logisch! Ach ja, wie heißt noch mal deine Cousine?«

»Äh ... wer ... äh ... ach so! Annabell!«

»Schöner Name«, entgegnete Hermes und dabei ließ er furzend Mauritz noch immer glitzernd wie einen Weihnachtsbaum stehen. Er stoppte kurz darauf, immer noch seinen nikotinsüchtigen Großvater im Hinterkopf, und drehte sich in Columbomanier erneut zu ihm um.

»Äh ... ach so, sag mal, hast du vielleicht 'ne Kippe?«

»Was?«

»'N Rauch! Qualm! Zigarette! Für meine SCHWESTER P-E-N-E-L-O-P-E!«

Allein bei dem Namen schien der Mauritzsche Verstand von Hennes auf unbestimmte Zeit stiften gegangen zu sein. Er griff ohne zu zögern in die Tasche und fischte eine Schachtel Zigaretten heraus.

»Danke!«, sagte Hermes und riss ihm die Schachtel aus der Hand.

»Also, bis später irgendwann. Und Geduld!«, fügte er noch hinzu und stiefelte davon.

Er ließ den auf Wolke sieben schwebenden Typen wie die Zeugen Jehovas an der Straßenecke zurück.

Solange Vater Bieberbeck noch nicht zu Hause und die Mutter wie immer in der Küche hoffnungslos überarbeitet war, konnten Hermes und Julus ungestört Fernsehen schauen. Sobald der Vater mit lautem »Hallo!« das Haus betrat, knipste Hermes fernbedient den Bildschirm aus, stahl sich heimlich und leise die Treppe hoch und verschanzte sich, geschäftig getarnt hinter aufgeschlagenen Schulbüchern, in seinem Zimmer.

Der Mann im Angleranzug tauchte wieder auf dem Bildschirm auf. Hinter ihm Bundeswehrsoldaten, Sandsäcke und evakuierende Hilfsmannschaften. Wieder gurgelte der Angler ins Mikrofon: »Die Evakuierungen gehen weiter. Ganze Ortschaften müssen geräumt werden. Das Wasser steigt und steigt und längst sind die Pegelstände des Jahrhunderthochwassers von 1930 übertroffen. Die Bundeswehrsoldaten versuchen Dämme anzulegen und die Deiche zu stabilisieren. Ob diese halten werden, ist noch unklar. Die Meteorologen rechnen damit, dass die Niederschläge noch andauern werden. Wie lange und ob die Deiche bei noch weiter ansteigenden Wassermassen der Belastung standhalten werden, steht in den Sternen, deshalb ...«

Für Astrologie hatte sich Hermes noch nie interessiert, also zappte er den Angler vom Bildschirm. Jetzt tauchte ein Mann in Anzug und Krawatte mit ernstem Gesicht an einem Pult stehend auf. »Erinnern wir uns: Am 8. Juli gibt es Anzeichen für eine Hochwasserkatastrophe. Am 9. Juli werden in Brandenburg erste Maßnahmen eingeleitet. Am 17. Juli erreicht die Flutwelle Brandenburg. Am Zusammenfluss von Neiße und Oder, bei Ratzdorf liegt der Pegel mit 6,20 m vier Meter über normal. Die Deiche werden mit Sandsäcken verstärkt, es bilden sich Sickerstellen, die sofort abgedichtet werden. Noch einmal gibt es starke Regenfälle, eine zweite Flutwelle kündigt sich an ...«

Die wollte sich Hermes dann doch nicht mehr antun und zappte ...

»Das ist doch ...«, schrie Julus.

»Die Stimme!«

»Mama!!!«, brüllte Julus jetzt so laut er konnte, sprang auf wie ein Gummiball und hüpfte in die Küche. Er zerrte seine

Mutter am Ärmel hinter sich her ins Wohnzimmer, vor den flimmernden Kasten.

»Opa!«, sagte Hermes, ohne die Augen vom Bildschirm zu nehmen.

Mutter Bieberbeck blieb wie angewurzelt, noch immer die Küchenschürze um den Bauch, im Wohnzimmer stehen. Ihr Blick verfinsterte sich und in ihren Augen spiegelte sich blankes Entsetzen. Auf dem Bildschirm war zweifelsfrei Opa Bieberbeck zu erkennen. Er saß mit fünf anderen Studiogästen und angeklebtem Bart, Perücke und Hornbrille im Sessel und unterhielt sich, mit übereinander geschlagenen Beinen, mit einem vor ihm herumwirbelnden Moderator über das am unteren Rand des Bildschirms eingeblendete Thema: ›Wie wichtig wird im Alter Sex?‹ Opa Bieberbeck quasselte munter drauflos. Er verstellte dabei seine sonore Stimme, sodass die jetzt näselnd, mehrere Oktaven höher und ziemlich krächzend klang.

Der Moderator fragte ihn: »Und wie steht's bei Ihnen?«

»Immer öfter«, sagte Opa Bieberbeck, lachte dabei und fügte grinsend hinzu: »Im Alter wird der Kontakt zu den Menschen immer wichtiger. Und der Sex auch. Ich bin seit zweiundfünfzig Jahren glücklich verheiratet und meine Frau und ich haben nach wie vor ein aufregendes Liebesleben!«

Tosender Applaus und vereinzeltes Gelächter im Publikum. Opa Bieberbeck lächelte verschmitzt in die Kamera. Der Moderator grinste selbstgefällig, wodurch seine dauergewellte Föhnfrisur lustig vor sich hin wippte. Mama Bieberbeck hielt sich die Hand vor den Mund, als wollte sie sich am Widersprechen hindern. Julus dagegen, ein bekennender Freund der Kostümierung, war begeistert Opa in dieser Verkleidung im Fernseher zu sehen. Hermes dachte: ›Dieses Schlitzohr!‹ und ›Sicher macht er das nur wieder wegen der Kohle.‹

Opa plauderte dann noch unter frohlockendem Quietschen der meist weiblichen Zuschauer über sein »erfülltes«, »aufregendes« und »lustvolles« Sexualleben und war im Handumdrehen zum Publikumsliebling avanciert. Die anderen Studiogäste bemühten sich zwar ebenfalls durch kuriose Offenbarungen die Aufmerksamkeit auf sich zu lenken, konnten aber Opa Bieberbeck nicht annähernd das Wasser reichen. Kein Wunder, denn Opa Bieberbecks intime Bekenntnisse waren nicht nur dem Zuschauergeschmack angepasst, sondern auch noch hundertprozentig erlogen.

»Das darf doch nicht wahr sein!«, stammelte Mama Bieberbeck, vor Scham rot im Gesicht, und wusste natürlich ganz genau, dass es das auch keinesfalls war. Sie setzte dann mit: »Da wird sich aber euer Vater freuen« unangenehme Erwartungen bei ihren Söhnen frei.

»Wir müssen es ihm ja nicht auf die Nase binden!«, entgegnete Hermes, während er noch immer unbeeindruckt auf den Bildschirm blickte.

»Du meinst ...?«

»Geheimnis! Geheimnis!«, intonierte Julus und sprang wieder wie ein Flummi im Wohnzimmer herum.

»Geheimnis!«, bestätigte Hermes, woraufhin Mama Bieberbeck ebenfalls nickte, um dann ihren Schwiegervater mit einem gezielten Druck auf die Fernbedienung wegzuzappen.

Opa Bieberbeck war aber hartnäckiger, als Mama, Hermes und Julus gedacht hatten. Denn, ein Kanal weiter bei den Privaten, quasselte Opa unter dem regenbogenfarbenen Ball, dieses Mal ohne Perücke und Bart, schon wieder locker flockig in ein Mikrofon, das ihm eine junge Frau ...

»Die Tussi von der Uferpromenade!«, purzelte es Hermes aus dem Mund und ein Böllergeschoss schoss in entgegengesetzter Richtung aus seinem Körper bestätigend hinterher.

Opa redete engagiert über den Verfall der Sitten, über Moral und dass niemand mehr auf dieser Welt noch Respekt, Ordnung und Anstand besitzen würde. Sicher kassierte er für dieses Statement wieder ein hübsches Sümmchen, dachte Hermes und schaute jetzt das erste Mal weg vom Bildschirm und über die Schulter hin zu seiner Mutter. Der rutschte die Hand gerade vom Mund über die Augen, so als wollte sie den Opa nicht mehr sehen. Sie sagte, noch entsetzter als zuvor: »Das darf doch nicht wahr sein!«, woraufhin Julus wieder »Geheimnis! Geheimnis!« trällerte und erneut im Wohnzimmer herumhüpfte.

Mutter Bieberbeck beendete dann Opas Personality-Show und drückte mit der Kraft ihrer ganzen Verachtung auf den *off*-Knopf, sodass der Opa verschwand und nur noch als ein schwarzer Fleck auf dem Bildschirm zurückblieb.

»Abgemacht!«, sagte sie zu ihren beiden Söhnen gewandt.

»Abgemacht!«, entgegnete Julus.

»Abgemacht!«, versprach Hermes und zog sich in sein Zimmer hinter die Schulbücher zurück.

Für Hermes gab es in der Schule kein einziges Fach, das ihn hätte begeistern können. Sport wurde ihm allein durch seine körperliche Konstitution zur Qual. Mathematik und Latein hasste er wie die Pest. Die anderen Fächer ließen ihn ziemlich kalt. Das Einzige, neben seinem krankhaften Hunger, wofür Hermes' Interesse geweckt wurde, war ihm verboten. Der Computer seines Vaters übte einen nicht zu widerstehenden Reiz auf Hermes aus.

»Bleib mir weg vom Computer!«, sagte sein Vater mit mahnender Stimme und drohendem Zeigefinger.

Natürlich hielt sich Hermes nicht daran. Er knöpfte sich zuerst die Benutzerhandbücher auf Hektors Schreibtisch vor und schließlich auch den viereckigen Kasten selbst. Es dauerte nicht lange, bis Hermes im Umgang mit dem Computer seinen Vater, ohne dessen Wissen natürlich, um Längen hinter sich ließ. Was allerdings auch keine Kunst war, denn Vater Bieberbecks Computerkenntnisse beschränkten sich auf zwei Hand voll Befehle und Textverarbeitung. Alles andere war für ihn ein Buch mit sieben Siegeln und ein einziger Gordischer Knoten, der auch nicht mit allen Handbüchern dieser Welt zu zerschlagen war.

Hermes dagegen knöpfte sich, immer wenn »sein Alter« nicht da war, das Gerät vor, experimentierte mit allerhand

Programmen herum und surfte schließlich durchs Internet. Vater Bieberbeck unterschätzte natürlich seinen Sohn mal wieder, sodass er nie und nimmer auf die Idee gekommen wäre, dass sich sein Ältester heimlich an seinem Computer verging. Er verdächtigte bei der plötzlich ansteigenden Telefonrechnung seine telefonsüchtige Tochter Penelope und appellierte an sie, sich »gefälligst kurz zu fassen!«

Hermes ließ sich aber nicht nur, im Internet treiben, sondern stöberte auch in Hektors abgespeicherten Programmen herum. Er las alles, was der dort geheim und verborgen glaubte. Zum Beispiel schwülstige Liebesbriefe. Wobei aus ihnen nicht genau hervorging, ob sie nun an seine Mutter, an eine fiktive Person oder eine andere, reale Frau gerichtet waren.

Hermes´ ganz besondere Spezialität bestand allerdings darin, sich verschiedene Identitäten zurechtzubasteln. Ähnlich wie Julus, nur virtuell. Angeregt zu diesem Identitäts-Bau wurde er durch eine der nachmittäglichen Talkshows, bei der sich zwei Menschen über das Internet kennen und lieben gelernt hatten. Hermes kommunizierte also durch die von ihm erfundenen Identitäten mit anderen, virtuellen oder leibhaftigen Menschen (so genau wusste er das nie) chattend im Internet.

Er bastelte sich zum Beispiel eine Biographie zurecht, die aus den Daten des Vaters sowie seines verhassten Mathematiklehrers Luhmann bestand. Er nannte diese Identität dann H. P., nach den Anfangsbuchstaben der beiden Vornamen Hektor und Paul. Durch diese neu kreierte fiktive Person nahm er Kontakt mit einer am Bodensee lebenden Sozialpädagogin auf, wobei er allerhand Vertrauliches und Erfundenes mit der Frau chattend besprach. Die gab H. P. ebenfalls bereitwillig Geheimnisse preis. So zum Beispiel, dass sie Rilke lese, 32 Jahre alt wäre, kinderlos und geschieden sei.

Natürlich wusste H. P., also Hermes nie, ob Marianne, so der Name der Frau, nicht ebenfalls nur ein ausgedachtes Pseudonym war, hinter der vielleicht ein vierzehnjähriges Mädchen steckte, die sich damit einen nicht minder großen Spaß erlaubte. Nichtsdestotrotz schickte Hermes als H. P. dieser Marianne ständig Nachrichten, die diese ebenso oft beantwortete. Je länger Hermes mit Marianne kommunizierte, umso vertrauter wurden die beiden. Es konnte auch vorkommen, dass ihm Marianne ihr Herz ausschüttete und hemmungslos über Wünsche und Sehnsüchte spekulierte.

Natürlich konnte Hermes mit den Offenbarungen einer erwachsenen Frau nicht viel anfangen. Er schlug deshalb in Penelopes Frauenzeitschriften nach, um sich inspirieren zu lassen. Er las aufmerksam die Ratgeber und Tipp-Seiten zu den unterschiedlichsten Themen und schrieb dann bei Bedarf ein wirres, ziemlich abgedroschenes Rezept aus Floskeln und Allerwelts-Pauschal-Ratschlägen für Mariannes Seelen-Beschwerden zusammen. Das schickte er dann, mit den allerbesten Wünschen, als e-mail zu Marianne. Die bedankte sich überschwänglich und mit dem abschließenden Satz: »Du verstehst mich einfach!«, woraufhin Hermes vor lauter Lachen tränenreich auf die Tastatur nässte.

Die Internet-Bekanntschaft mit Marianne wurde immer intensiver, sodass Marianne immer öfter davon schrieb, den Drang zu verspüren H. P. nun endlich wirklich und wahrhaftig kennen zu lernen. Sie wollte H. P. »diesen wundervollen Menschen endlich einmal in die Arme schließen«.

›Oh nein‹, dachte Hermes voller Panik und schränkte daraufhin den Kontakt zu Marianne ein. Sie antwortete mailend mit Vorwürfen und Anschuldigungen, sodass Hermes alias H. P. nichts anderes übrig blieb, als ihr wieder vermehrt zu schreiben und weiter mit abgeschriebenen Weisheiten und entlehnten Schlüpfrigkeiten um sich werfen.

Vater Bieberbeck kam am Nachmittag euphorisiert aus der Schule zurück. In seiner Lateinverliebtheit »Dei tibi farent!«[1] schwelgend verkündete er stolz die Ankunft der Krauses für den nächsten Tag. Er hatte von der Schule aus das Deutsche Rote Kreuz kontaktiert, das die Verwandten aus dem überfluteten Osten ins Schwabenland bringen sollte. Die Nachricht wurde bei den Bieberbecks ganz unterschiedlich aufgenommen. Mama Bieberbeck gab sich achselzuckend dem Tatendrang ihres Mannes hin und fand dafür keine Worte, sondern nur ergebene Gesten und Blicke. Hermes und Penelope zogen sich kommentarlos zu weiteren Beratungen in Penelopes Zimmer zurück. Oma Bieberbeck dagegen war viel zu sehr mit sich und ihrem Stechen in der Brust beschäftigt, als dass sie

[1] Die Götter begünstigen dich.

überhaupt an dieser Mitteilung hätte teilhaben können. Julus wiederum interessierte sich vielmehr für das konspirative Treffen seiner Geschwister, das er mit gespitzten Ohren am Schlüsselloch belauschte, als für die ›frohe Botschaft‹ seines Vaters.

Nach der Devise ›der Worte sind genug gewechselt, lasst endlich Taten sehen!‹, klagte Hermes keine zwei Stunden später über Kopfschmerz, Magenweh und Schüttelfrost. Das Fieberthermometer wurde von ihm in einem unbeobachteten Moment von unter der Achsel in die Wärmflasche gehalten, was das Quecksilber, ob es wollte oder nicht, auf 41,2 Grad Celsius hochpeitschte.

Mama Bieberbeck alamierte daraufhin sofort Doktor Johannes Scherzinger. Vater Bieberbeck vermutete dagegen ein heimtückisch inszeniertes Schauspiel, das ihn stark an den ›Eingebildeten Kranken‹ von Molière erinnerte. Doktor Scherzinger kam, kaum hatte die Mutter den Hörer wieder aufgelegt, sofort angespurtet und grabschte liebevoll mit beiden Händen nach ihrer Hand. Anschließend schickte er ihr zur Begrüßung einen schmachtenden Blick hinterher, während er den Vater nur mit einem nüchternen Augenaufschlag bedachte. Penelope dagegen ignorierte der Doktor völlig.

Nachdem er Hermes von Kopf bis Fuß, durch Kneten und Drücken und mit Augen und Ohren und Stethoskop abgehört und untersucht hatte, wobei Hermes dabei ständig den Eindruck vermittelte, als ob seine letzte Stunde geschlagen hätte, packte der Doktor seinen Arztkoffer wieder zusammen und antwortete, nachdem die Mutter ihn ungeduldig mehrmals mit »Was hat er denn? Was hat er denn?« löcherte, mit einem nüchternen »Nichts!«

»Nichts?«, wiederholte die Mutter verblüfft und so, als ob das Nichts eine todbringende Krankheit wäre.

Sie schaute Hermes noch besorgter an.

»Nichts?«, wiederholte auch Penelope, die den Doktor jetzt mit bösem Blick fixierte, sodass der, auch ohne vom Stuhl zu rutschen, beinahe den Boden unter den Füßen verlor. Sie fügte bissig hinzu:

»Und wie erklären Sie sich dann, dass der arme Junge schwitzt wie ein Hamburger im Ofen (was selbstverständlich als Anspielung gemeint war) und unbeschreibliche Schmerzen hat, als ob er aus dem Fenster gefallen wäre???«

Der Doktor war von Penelopes direkter Konfrontation so eingeschüchtert, dass er nicht nur rot anlief, sondern teilnahmslos mit den Schultern zuckte und den Kopf dämlich herumschüttelte.

Jetzt stieß auch Vater Bieberbeck triumphierend »Nichts???« hervor, um Sekunden später noch triumphierender »Hab ich´s doch gewusst!« nachzusetzen.

Der Doktor schaute ihn fragend an, als ob auch er gerne wissen würde, was?, woraufhin Hermes im Bett noch mehr wimmerte. Penelope schrie »Raaauuusss!« in einem hysterischen Anfall, bei dem ihr die Selbstkontrolle abhanden zu kommen schien. Sie fuchtelte durch die Luft wie höchstens bei einer komplizierten gymnastischen Übung. Den anderen blieb nichts übrig als das Zimmer augenblicklich zu verlassen.

»Halt durch!«, flüsterte Penelope Hermes zu und ließ dabei ihren Daumen kerzengerade nach oben schnalzen, woraufhin Hermes ihr ein Lächeln zurückschickte.

Im Wohnzimmer kam dann Hermes' Krankheit erneut zur Sprache. Doktor Scherzinger blieb trotz Penelopes Einschüchterung bei seiner Diagnose. »Hermes fehlt eigentlich nichts«, sagte er. »Er ist zumindest körperlich, und von seiner Polypionie einmal abgesehen, kerngesund! Die Krankheit ist vielmehr psychischer Natur. Wenn Sie verstehen, was ich meine!«

»Nein!«, sagte die Mutter.

»Nein!«, Penelope.

Und »Ja!«, der Vater.

»Die Krankheit beginnt und endet im Kopf!«, dozierte Scherzinger weiter.

»Was soll das heißen?«, wollte die Mutter, jetzt noch beunruhigter, wissen. Sie sah ihren Sohn bereits davonschweben und in irgendeiner Anstalt voller Schwachsinniger landen.

»Hermes ist gesund, aber er möchte gerne krank sein!«, ergänzte Doktor Scherzinger.

Penelope tippte sich daraufhin an die Stirn, was nur ›der hat nicht mehr alle Tassen im Schrank‹ bedeuten konnte. Ihr Vater dagegen heulte abermals triumphierend auf: »Hab ich's doch gewusst!«, sodass es sich der Doktor dieses Mal nicht verkneifen konnte zu fragen:

»Was? Was haben Sie gewusst?«

Vater Bieberbeck blickte zuerst misstrauisch seine Frau an. Dann noch misstrauischer Penelope. Und zuletzt Doktor Scherzinger. Dann sagte er, und das klang tatsächlich wie eine Offenbarung:

»Hermes simuliert!«, woraufhin Penelope kreischend das Zimmer verließ, nicht ohne noch einmal heftig mit der Tür zu knallen.

»Herr Bieberbeck«, sagte Doktor Scherzinger nach einer unendlich langen, nicht enden wollenden Pause schließlich, »damit machen Sie sich's aber ein wenig zu einfach!«, woraufhin Mutter Bieberbeck zustimmend nickte.

Als der Doktor dann wieder das Haus verlassen wollte, brüllte Oma Bieberbeck, inzwischen von Penelope über Hermes' Krankheit informiert »Herr Doooooktooooor!« aus ihrem Zimmer. Allein das Geheule klang schon sterbenskrank. Natürlich hatte sie nun exakt dieselben Symptome wie Hermes. Sie ließ in ihrer altbekannten und bestens erprobten Entschlossenheit keine andere Meinung und schon gar nicht Widerspruch zu. Der Doktor untersuchte sie und revidierte seine Diagnose. Er stellte einen viralen Infekt fest und verschrieb ein ganzes Rezept voll Medikamente.

Das brachte Vater Bieberbeck schlagartig auf die Palme, sodass er »Bin ich denn von lauter Verrückten umgeben!«, wie ebenso verrückt brüllte und das Haus schnellstmöglichst verließ. Im Garten rannte er direkt in die Arme von Opa Bieberbeck, der mit neuem Anzug und himmelblauer Fliege seine Aufgeregtheit völlig falsch interpretierte und fröhlich frohlockend rief: »Sind sie schon da?!«

Der Vater blieb wie angewurzelt stehen. Er schaute in Opas zerfurchtes, kaffeebraun geröstetes Gesicht wie in die Augen eines griechischen Orakels und erkannte plötzlich den alles verbindenden Zusammenhang zwischen Opas Frage und Hermes' Krankheit. Er stürmte wieder zurück ins Haus und brüllte noch durchgeknallter als zuvor:

»Wenn ihr glaubt, dass deswegen die Krauses nicht hier einziehen, dann habt ihr euch aber ordentlich geschnitten!«

»Aber ...«, wollte Penelope intervenieren. Und »Aber ...«, versuchte auch die Mutter zu vermitteln. Doch der Vater unterband mit »Kein Aber, kein Wenn, kein Nichts, kein Rein-gar-nichts!« jegliche Diskussion.

Zwei Stunden später lag auch Penelope mit Magenweh und Gliederschmerzen im Bett, was der Vater nur abschätzig mit verdrehten Augen kommentierte. Er saß vor dem Fernseher und hielt den als Rotkäppchen verkleideten Julus auf dem Schoß.

»Sag mal, Julus ...«, fragte der Vater in wölfisch winselndem Ton seinen jüngsten Sohn. »Du bist doch der Cleverste von uns allen hier.« Er schmierte dem Kleinen ordentlich Honig um den geschminkten Rotkäppchenmund.

»... weißt du vielleicht, was Hermes und Penelope eigentlich ...«

Aber Julus schüttelte, schon ahnend, was der Vater von

ihm wollte, angestrengt den Kopf, sodass sein Kopftuch flatterte wie ein Segel im Wind. Der Vater sah sich in seiner Einschätzung bestätigt, dass diese »kleine Tunte«, um es mit Hermes´ Worten zu sagen, eindeutig Bescheid wusste. Wieder fing er, mit Kreide im Rachen, an zu winseln:

»Sag mal, ich habe da in der Stadt ein reizendes Momo-Kostüm entdeckt ...«

»Nichts!«, fiel Julus, der sich nichts lieber auf dieser Welt als ein Momokostüm gewünscht hätte, ganz ungewollt aus dem Mund.

»... mit brauner Lockenperücke aus Echthaar ...«

»Nichts haben sie!«

»... und einem haselnussbraunen Wildlederkleid ...«

»Sie wollen, dass die Krauses nicht kommen!«

»... und mit richtigem Pfeil und Bogen ...«

»Und deshalb haben sie ausgemacht ...«

»... und Fellschuhen ...«

»... dass sie einfach krank werden.«

»Danke!«, sagte der Vater, sprang auf und wütete zuerst in Hermes´ Zimmer wie der ziegenschlemmende Wolf ganz ohne Kreide im Maul. Dann bei Penelope, sodass die plötzlich wie nach einem biblischen Wunder in Windeseile gesundete, vom Bett aufsprang und ebenso wölfisch fauchte:

»Du kannst mich mal!«

Sie verließ heulend das Haus und blieb die ganze Nacht über verschollen. Vermutlich versteckte sie sich bei einer ihrer unzähligen allerbesten Freundinnen.

Auch Hermes beschloss nach Penelopes Abgang das Kranksein zu beenden. Dabei hatte er die Rechnung allerdings ohne seine Mutter gemacht. Die war nämlich fest davon überzeugt, dass Hermes' viraler Infekt nicht einfach so wegzureden war. Selbst das erneute Fiebermessen, wobei das Thermometer erträgliche 36,9 Grad Celsius anzeigte, hielt die Mutter nicht davon ab, Hermes weiterhin zur Bettlägrigkeit zu verdammen.

»Aber das Fieber ist doch weg und ...«, versuchte Hermes der Mutter die Angst zu nehmen.

Mit »Verdienst der Pillen!« ließ sich Mutter Bieberbeck nicht beirren. »Also, Mund auf!« Sie nötigte Hermes jetzt noch entschlossener dazu, die bunten Pillen zu schlucken. Was Hermes natürlich nicht tat. Nach einer vorgetäuschten Schluckbewegung versteckte er die Pillen unter der Zunge, bis die Mutter das Zimmer verlassen hatte. Dann spuckte er sie in das neben seinem Bett stehende Aquarium, indem einige Goldfische und zwei asiatische Kampffische gelangweilt im trüben Wasser schwammen. Mit den Pillen kam ungeahntes Leben zwischen die streichholzschachteldicken Glasscheiben. Das Aquarium wurde zum Zirkus.

Die Fische vollführten Kunststücke. Sie schwammen auf dem Rücken, drehten im Wasser Pirouetten, schlugen Purzelbäume, bis sich ihre Augen schließlich gespenstisch verdunkelten. Dann blieben sie völlig überraschend regungslos auf dem Boden liegen. Was das dreckige Wasser, die unregelmäßige Fütterung und Hermes' Vernachlässigung über Jahre hinweg nicht geschafft hatten, besorgten Scherzingers

Pillen in wenigen Stunden. Sie hatten die Fische für immer ausgeknockt.

Am nächsten Morgen war Penelope noch immer nicht zu Hause. Vater Bieberbeck begann sich jetzt die ersten Vorwürfe zu machen. Seine Frau bestärkte ihn darin. Sie sagte:

»Sie ist kein Kind mehr!«, was beim Vater nur unverständliche Blicke auslöste.

Er saß am Frühstückstisch, in sich gekehrt, und stocherte im zu weich gekochten Ei herum. Im Esszimmer hing eine Wolke aus Schweigen und dicker Luft, die Opa Bieberbeck, schon wieder früher auf den Beinen als gewohnt, mit gefährlich guter Laune und Issey Miyake durchbrach.

Er trötete so laut, dass es auch die, die es nicht hören wollten, verstehen mussten:

»Na, wie empfangen wir sie!«

Vater Bieberbecks Blick hellte sich auf, während sich der seiner Frau gleichzeitig verdunkelte.

»Wie wär's mit einer kleinen Party!«, schlug der Opa voller Tatendrang vor und schnippte dabei Takt-voll mit den Fingern. Dann fügte er singend »Mit geiler Musik und ein paar Gästen!« hinzu.

Was das bedeutete, wusste nicht nur Mama Bieberbeck. Die Beförderungsfeier von Vater Bieberbeck zum Oberstudienrat vor drei Jahren war so eine Gartenparty mit »geiler Musik und ein paar Gästen« gewesen. Was ganz gesittet und harmlos begann, endete schließlich im Chaos. Die Gäste bestanden nämlich nicht nur aus den von Vater Bieberbeck eingeladenen Kollegen, sondern vor allem aus Opas Kumpels. Die fühlten sich angesichts der kostenlosen alkoholischen Getränke und des gegrillten Spanferkels sauwohl auf der Party. Sie verloren immer mehr Hemmungen, bis sie schließlich keine mehr hatten. Einer der Kameraden baggerte die sechzigjährige Rektorin der Schule in absoluter Verkennung der Situation und ihres Alters und unter Einwirkung beträchtlicher Mengen Alkohols so hemmungslos an, dass die sich nur noch mit einer Schüssel bayerischen Kartoffelsalats wehren konnte. Sie kippte die Schüssel in einem Akt der Selbstverteidigung über dem Kopf des Mannes aus. Die Liebe des Typen schlug schlagartig in Verachtung um. Er beschimpfte die Rektorin als »frigide Tussi!«, als »vertrocknete Alte« und wurde von seinen Kumpels in kameradschaftlicher Geschlossenheit verbal unterstützt. Kaum zu glauben, wie erwachsene Männer plötzlich das Tier in sich entdecken können und kläffen und beißen, als ginge es um den letzten Wurstzipfel. Aber auch die Rektorin wusste sich in angemessener Weise zu verteidigen. Sie brüllte, dass ihre Kollegen vor Ehrfurcht oder Angst erstarrten. »Asoziales Pack«, »Ekelpaket!«, »Penner!« Sie warf dabei wie eine Diskuswerferin mit Gurken- und Tomatenscheiben um sich. Weder Vater noch Mutter Bieberbeck und schon gar nicht Opa Bieberbeck konnten die Feierlichkeit retten und mussten hilflos zusehen, wie das Fest hoffnungslos abstürzte. So lange, bis es schließlich Oma Bieberbeck in ihrem Zimmer zu dumm wurde. Sie riss das Fenster auf und schoss mit dem alten Luftgewehr ihres Mannes in die lampionerhellte Nacht hinaus. Die Streitsüchtigen zogen die Köpfe ein, wurden plötzlich wieder friedlich und ergriffen gemeinsam die Flucht.

Die unrühmliche Feierlichkeit wurde bei den Bieberbecks totgeschwiegen, als hätte es sie nie gegeben. Auch die Kollegen von Vater Bieberbeck und die Rektorin ignorierten das Vorgefallene und verloren in Zukunft kein Wort darüber. Nur in Opa Bieberbecks Anekdoten-Fundus fand die Geschichte Eingang, wobei er sie, je nachdem, wem er sie erzählte, entsprechend ausschmückte, sodass seine Frau im Extremfall zur treffsicheren Killerin mutierte.

»Keine geile Musik!«, sagte Vater Bieberbeck und schaute den Opa mahnend an.

»Und keine paar Gäste«, ergänzte Mama Bieberbeck.

»Aber einen Empfang!«, sagte der Vater, von des Opas guter Laune angesteckt, und zog nun die skeptischen Mutterblicke auf sich.

»Einen kleinen herzlichen Empfang müssen wir ihnen schon bereiten«, konkretisierte Vater Bieberbeck, »nicht dass die Krauses meinen, sie wären hier nicht willkommen!«

»Genau!«, bestätigte Opa Bieberbeck. »Gib mir mal ´nen Hunni und ich besorg was Anständiges zu trinken.«

Er hielt die offene Hand fordernd in den Raum.

Vater Bieberbeck steckte dem Opa dieses Mal bereitwillig einen Hundertmarkschein zu, was ihn aber nicht hinderte Mutter Bieberbeck erneut um ein paar Zigaretten anzuschnorren, bevor er das Haus verließ. An der Haustür redete sie ihm aber noch, ohne dass es der Vater hören konnte, ins Gewissen: »Alfons, so geht das nicht.«

»Was?«, wollte der Opa nichts ahnend wissen.

»Du weißt schon, das mit dem im Fernsehen!«

Jetzt ging dem Opa ein Licht auf. Er lachte, wie ein Pennäler den Mund bis zu den Ohren breit gezogen, und fragte: »Wie war ich?«

»Grauenvoll!«, flüsterte die Mutter. »Wenn das dein Sohn erfährt, ist der Teufel los!«

Opa grinste: »War doch lustig, oder!«

Anschließend hüpfte er in seinem neuen, aufregend männlich nach Issey Miyake duftenden Sommeranzug die Stufen zum Garten hinunter, warf der Mutter noch einen theatralischen Kussmund zu und verschwand.

»… Fast zwei Wochen nach der ersten Hochwasserwelle in Brandenburg sind Tausende von Helfern noch immer damit beschäftigt, die gefährdetsten Deichabschnitte zu verstärken. Die Pegelstände sind noch immer ansteigend. Sollte ein Damm im Oderbruch brechen, würde weitere siebzigtausend Menschen dasselbe Schicksal treffen, wie schon tausende zuvor, die ihre Häuser verlassen mussten und evakuiert wurden …«

Nachrichten des Zweiten Deutschen Fernsehens

3

»Sie koooommeeeen!«, brüllte Julus und rannte wie auf der Flucht durchs Haus.

»Sie koooommeeeen!«, schrie er und warf seine Barbiepuppe mit den riesigen Brüsten zur Decke hoch, von wo sie wie ein Wurfgeschoss in pfeilschneller Geschwindigkeit heruntersauste und Vater Bieberbeck im Genick traf. Vater Bieberbeck heulte wie schwer verletzt auf und verfluchte seinen Jüngsten. Die Puppe *Maggy*, mit blonder Haarmähne bis zum Po und Beinen fast bis zum Hals, war das Einzige, was Julus von seinen mädchenhaften Accessoires noch geblieben war. Alles andere wurde ihm vom Vater trotz hartnäckigem Protests und der Vermittlungsversuche der Mutter weggenommen. Das Rotkäppchen wurde an einen Kleiderbügel gehängt und in den Schrank verbannt. Das neue Momokostüm und das Schneewittchenkleid kamen in den Keller. Die Puppen wanderten in einen Koffer eingeschlossen auf den Schrank. Die Haargummis und Schminkutensilien wurden konfisziert. Die

Krauses sollten schließlich, nach des Vaters Meinung, nicht gleich durch diese »ätzende Tunte« irritiert und abgeschreckt werden. Das Einzige, was Julus blieb, war Maggy. Ein Kompromiss, auf den sich der Vater erst nach der flehentlichen Intervention seiner Frau schweren Herzens eingelassen hatte.

»Du kannst ihm doch nicht alles ...«

»Und ob ich kann!«

»Aber dadurch ist doch nichts gewonnen. Du kennst doch Julus ...«

Und da Vater Bieberbeck seinen Sohn glaubte zu kennen, sagte er:

»Du hast Recht!«, und rückte Maggy wieder raus.

»Sie kommen! Sie kommen!«, brüllte Julus noch aufgeregter als zuvor, grabschte seine Maggy, die zwischen den Beinen des Vaters zu liegen gekommen war, und stürmte erneut durchs Haus. Er trommelte alle anderen Bieberbecks zusammen. Die kamen mehr oder weniger begeistert aus ihren Löchern gekrochen. Sie stellten sich, wie für eines dieser legendären Familienfotos, das von strahlenden Sonntagsgesichtern bedeckt letztendlich doch nie was wird, neben Julus an der Haustür auf.

»Die Kinder nach vorne«, befahl Vater Bieberbeck.

»Cheese!«, flüsterte Opa Bieberbeck. Und »Klick!« Hermes.

Opa Bieberbeck und sein Sohn strahlten wie bei einer dieser Zahnpastawerbungen um die Wette. *Damit Sie auch morgen noch kraftvoll zubeißen können!* Mama Bieberbeck hatte dagegen ihre Stirn in schlangendicke Falten gelegt. Sie schaute, wie man schaut, wenn man einiges erwartet, aber nichts sicher weiß. Der Aktivste von allen war aber Julus. Er konnte nicht stillhalten und bewegte sich wie im Technobeat. Er zappelte vor sich hin, bis ihm Penelope auf die Schultern klopfte, was ihn offenbar beruhigte. Hermes und Penelope schauten gleichgültig vor sich hin, als ob sie das Ganze überhaupt nichts angehen würde, wobei Hermes vor sich hin furzte und das krachende Geräusch jedes Mal mit einem lakonischen »Klick!« kommentierte.

»Reiß dich zusammen!«, zischte Vater Bieberbeck aus dem Mundwinkel heraus und ohne die Lippen dabei zu bewegen. Hermes war sich nicht ganz sicher, ob der Vater nun die Furzerei oder die Klicks meinte.

Mit »Cheese!« versuchte Opa Bieberbeck seinen Sohn wieder an seinen verloren gegangenen, heiteren Gesichtsausdruck zu erinnern. Woraufhin nicht Hermes, sondern Penelope jetzt klickte und Hermes »Reiß dich zusammen!« zischte.

Die Bieberbecks starrten auf die Garteneinfahrt, wo jetzt ein klappriger VW-Bus mit verblichenen roten Kreuzen stand. Zuerst hüpften zwei Rotkreuzler in Uniform schwungvoll aus dem Wagen, wie es von einer sozial engagierten Hilfsmannschaft nicht anders zu erwarten war. Raaaatschhhhh – Nachdem einer der beiden mit der Schlaufe seiner Jacke prompt an der offenen Tür hängen blieb – Raaaaatschhhh – verkam der karikative Hilfstrupp im Nu zu einer kabarettistischen Spaßgruppe. Hermes lachte. Opa Bieberbeck und Julus brüllten vor Freude. Und Penelope und die Mutter kicherten verschämt in sich hinein. Nur der Vater erinnerte an den Ernst der Lage und fauchte wieder mal lippenlos und mundwinkelnd:

»Reißt euch zusammen!«

»Cheese!«

»Klick!«

Hinter den beiden Rot-Kreuz-Männern sprang Horst Krause, Vater und Oberhaupt der Familie, weniger elegant hinterher. Er zerrte an der Schiebetür des Busses, die sich hartnäckig weigerte aufzugehen. Während der eine Rot-Kreuzler, -miiiiiikrrrr - die Kofferraumhaube aufspringen ließ und die fünf abgewetzten Kunstlederkoffer und die zwölf Plastiktüten heraushievte, eilte der andere Herrn Krause zu Hilfe. Mit vereinten Kräften und vier Händen gelang es ihnen dann doch noch, die Tür aufzuschieben.

Thekla Krause, seine Frau, sprang mit dem greinenden Baby François auf dem Arm zuerst aus dem Bus. Sie sah, so wie sie Bieberbecks kurz geschorenen, englischen Rasen betrat, tatsächlich aus wie eine Filmschauspielerin bei einem Empfang auf irgendeinem internationalen Festival. Wirklich, Thekla Krause sah verdammt gut aus. Thekla Krause war eine Schönheit, Mitte Dreißig und Catherine Deneuve nicht unähnlich. Beim Anblick seiner Schwägerin hellte sich Vater Bieberbecks Gesicht auf und er strahlte wie die Flutlichtanlage eines Fußballstadions.

»Reiß dich zusammen!«, zischte Hermes leise und

»Cheese!«, setzte Opa Bieberbeck nach, worauf Penelope nur noch das »Klick« übrig blieb.

Nach Thekla mit dem Baby kam René, der älteste, achtzehnjährige Sohn der Krauses, aus dem Bus gesprungen. Das sah wider Erwarten ziemlich elegant aus. Bei näherer Betrachtung erinnerte es sogar an einen sportlichen Aufschwung auf das in Hermes' Augen kriminellgefährliche Sportgerät, bei dem er sich jedes Mal die Hoden schmerzhaft stauchte. Nachdem Hermes nämlich, mühsam und unter Mithilfe des sportlichen Betreuers, das Pferd erklommen hatte, kam er jedes Mal mit seinem ganzen Gewicht im Schritt zum schmerzhaften Sitzen.

»Wow!«, stöhnte Penelope leise auf, als sie diesen muskulösen Körper erblickte, und »geiler Typ!«

»Reiß dich ...«

»Cheese.«

»Klick.«

René hatte das Gesicht seiner Mutter und den Körper des Vaters. ›Ein Vorzeigeossi‹, kam es Penelope in den Sinn. Und in Bezug auf den eleganten Pferderitt: In diesem Fall ist der Aufschwung Ost geglückt! Wenn Thekla für Hektor wie Catherine Deneuve in der Metro erschien, sah René für Penelope wie Johnny Depp für Arme beim Deutschen Roten Kreuz aus.

›Noch so ein durchgeknallter Sportverrückter!‹, dachte hingegen Hermes und ließ einen Unüberhörbaren tief aus seinem Inneren entweichen, der wie das Zuschlagen der Schiebetür klang.

Nach René kam Jenny aus dem Wagen. Jenny war gerade sechzehn geworden, hatte blonde Spagettihaare, trug eine geschmacklose Brille, total verlotterte Klamotten und in der rechten Hand einen Geigenkoffer. Sie war der schwarze Fleck der Familie. Das Sorgenkind. Jenny sah zwar nicht so gut aus wie ihr Bruder, aber auch nicht so überdurchschnittlich schlecht wie Hermes, sondern irgendwie ungepflegt. Die Augen hinter den Brillengläsern zusammengekniffen, starrte sie in ein Buch in ihrer Hand und machte den Eindruck, als ob diese ganze Familienzusammenführung an ihr wie eine unwirkliche Karawane vorbeiziehen würde. Sie las im Bus. Sie las während des Aussteigens. Sie las im Gehen und hätte, wenn ihr Vater nicht genervt »Jenny!« dazwischengekläfft hätte, bestimmt nicht mehr damit aufgehört. Sie blickte vom Buch auf und schaute wie völlig durch den Wind. Es sah aus, als ob sie hier plötzlich aus einer ganz anderen Welt aufgetaucht wäre.

»Wo ist Oma?«, fragten sich die Bieberbecks, nachdem alle anderen Krauses endlich ausgestiegen waren. Sie hofften allesamt, dass die Krauses die eigensinnige Alte vielleicht doch noch zu Hause gelassen hätten. Aber weit gefehlt. Die Hoffnung blieb Wunsch und die Wirklichkeit brachte die Oma tatsächlich noch ins Bild. Die beiden Rot-Kreuzler tauchten erneut in den VW-Bus ein. Sie zerrten die Oma, versteckt hinter den Sitzen und sich fest an der Lehne klammernd, mit vereinten Kräften heraus. Die Oma kreischte wie ein Ferkel mit einem Messer im Bauch.

»Lasst mich, ihr Arschlöcher!«, schrie sie und schlug mit Händen und Füßen um sich, als ob die Männer der Oma an die Wäsche wollten.

Horst Krause lief währenddessen rot an. Seine Wut schlug wie Flammen in trockenem Reisig mannshoch, sodass er mit der Kraft eines 85 Kilo Mannes unbeherrscht brüllte:

»Omaaaaa ausssss!!!«

Es klang wie der Schrei des Herrchens für seinen ungezogenen Hund.

Hermes schmunzelte. Opa und Julus kicherten. Und Hektor wollte schon wieder »Reißt euch ...« sagen, wobei ihm Lore mit »Cheese« zuvorkam und Penelope mit »Klick« anschloss.

Oma Krause wollte nicht nur widerwillig aus dem Bus aussteigen, sondern war auch nur unter Anwendung von physischer und psychischer Gewalt überhaupt eingestiegen.

»Hallo Sie, kommen Sie doch runter!«, hatten die uniformierten Helfer vom deutschen Bundesheer zum Dach des Krause-Hauses hochgerufen. »Sie können da oben nicht bleiben, das Wasser ...«

»Du hast keine Ahnung, was ich alles kann!«, hatte die Oma zurückgebrüllt und sich gegen diese Zwangsevakuierung mit allem, was ihr zur Verfügung stand, gewehrt. Töpfe waren durch die Lutzoer Luft geflogen, Schuhe waren den Soldaten wie Aasgeier um die Köpfe gesegelt. Und Omas Speichel war in Form von kleinen Spuckebatzen auf die Soldaten niedergeplatscht. Erst als ihr Sohn Horst bebend vor Wut der Alten mit erhobenener Faust gedroht hatte: »Wenn du nicht vernünftig bist, kommst du sofort und auf der Stelle ins F-E-I-E-R-A-B-E-N-D-H-E-I-M!«, hatte Oma Krause zurückgesteckt und sich mit Leiter und Sicherheitsgurt retten lassen.

Das Feierabendheim, das mittlerweile auch im Osten Altenheim hieß, war für diese rüstige Mitsiebzigerin, die noch immer hyperaktiv war, der Horror.

»Wenn du im Feierabendheim bist, dann ist endgültig Feierabend«, sagte sie jedem, der es hören wollte. Und auch denen, die kein Interesse an Oma Krauses Erkenntnissen zeigten, schleuderte sie »Ofen aus, verstehste!« und »Schluss, Ende, zappenduster!« entgegen. »Nee, ohne mich!«

Das Altenheim war für Oma Krause also wie der Vorgarten zum Friedhof. Die Haltestelle ins Jenseits. Das Altenheim war für sie gleichbedeutend mit dem Tod. Und sterben wollte sie nun ganz und gar nicht. Dafür hatte sie noch viel zu viel vor in diesem Leben. Erst seit zwei Jahren hatte Oma Krause für sich und zum Argwohn ihres Sohnes einen neuen Lebensinhalt entdeckt. Esoterik, hieß das Zauberwort, das es der Oma angetan hatte. Von diesem Zeitpunkt an nahm sie regelmäßig an spirituellen Sitzungen teil. Sie besuchte Kurse in Handauflegen und Rebirthing. Außerdem versuchte sie sich im Tarotkartenlegen und brachte mit ihren katastrophalen Prophezeiungen und provozierenden Vorhersagen die Krauses und vor allem Horst beinahe um den Verstand. Das Hochwasser war von ihr schon vor Monaten in den Tarotkarten aufgetaucht. Die Oma wurde aber nur belächelt und für völlig verrückt erklärt. Als dann das Wasser tatsächlich kam und stieg, kalt und nass, wurde ihr Sohn ziemlich sauer und machte sogar seine Mutter und ihre »verhexten Karten« dafür verantwortlich.

»Herbeigeredet hast du das Wasser!«, sagte er, »mit deinen blöden Karten!«

Als die Oma dann prophezeite, dass die Deiche halten und das Wasser sie nicht vollends überschwemmen würde, wurde ihr Sohn so zornig, dass er der Oma den Stoß Karten entriss und sie wutentbrannt in den Garten, der jetzt ein See war, schleuderte. Da trieben sie dann wie kleine Boote und verkündeten mit der Motivseite nach oben neue Wendungen und überraschende Neuerungen. Um die Karten schwimmend im Garten zu sehen, erkennen und dann auch interpretieren zu können, war die Oma auf das Dach des Hauses geklettert.

»Ich seh´s ganz deutlich, ja, alles wird gut. Die Deiche halten, das Wasser zieht sich zurück ...«

»Oma!, komm jetzt runter sonst knallt´s!«

Die Rotkreuzler hüpften, nachdem sie die Oma endlich aus dem Wagen hatten, wieder zurück in den Bus und fuhren, einen nüchternen Gruß zurücklassend, davon.

Da standen sie nun, die Bieberbecks und die Krauses. Die einen noch immer wie bei einem Familienfoto steif aneinander aufgereiht. Die anderen wie bestellt und nicht abgeholt und ziemlich durcheinander. ›Wer macht den ersten Schritt? Wer tritt als Erster vor??‹

Mama Bieberbeck natürlich! Mama Bieberbeck nahm ihren ganzen Mut zusammen, scherte wie ein Schneepflug aus dem Gruppenfoto aus und ging mit weit ausgebreiteten Armen und freundlichem Blick auf ihren Bruder zu. Sie umarmte ihn, sagte: »Herzlich willkommen!« und »Wird schon wieder werden!« und kämpfte dabei mit den Tränen.

Das Eis war gebrochen! Die Familienbilder lösten sich auf und vermischten sich, ohne zunächst wirklich richtig zueinander zu kommen. Distanziertes Händeschütteln folgte. Floskeln wechselten die Besitzer.

»Hallo, na wie geht's?!«

»Gut und dir?«

»Danke auch!«

»Schön, euch zu sehen!«

»Ja ebenfalls!«

»Und?«

»Alles klar?«

»Na ja, geht so!«

Vater Bieberbeck legte die Arme sofort um seine Catherine Deneuve, als wollte er sie nicht mehr loslassen. Erst als Penelope ihm unauffällig mit dem Ellenbogen in die Seite stieß, ließ er von Thekla ab. Er strich jetzt auch den Krause-Kindern über den Kopf und gab seinem Schwager freundschaftlich die Hand. Hermes und Penelope, René und Jenny ließen die Begrüßungszeremonie teilnahmslos über sich ergehen. Die Personen-Konstellationen waren auf den ersten Blick zu erkennen. Penelope hatte sich sofort auf René eingeschossen.

René erstaunlicherweise auf Hermes. Und Hermes und Jenny wollten, so wie es aussah, mit niemandem etwas zu tun haben. Julus dagegen blühte richtig auf. Was seinen Vater ziemlich schockierte und auch Mutter Bieberbeck verlegen werden ließ.

»Ich bin *Julia*!«, sagte er und machte dabei einen artigen Knicks, sodass die Krauses irritiert Vater und Mutter Bieberbeck anstarrten, als ob die ihnen jahrelang etwas verheimlicht hätten. Vater und Mutter Bieberbeck grinsten verlegen. Horst räusperte sich. Lore wackelte mit dem Kopf, bis Opa Bieberbeck »Bewusstseinsspaltung« dazwischenrief und in anschließendes Gelächter ausbrach, in das die anderen völlig verwirrt einstimmten.

Opa Bieberbeck drückte Thekla einen langen Schmatzer auf den Mund, schnorrte anschließend Horst um eine Kippe an und René um das notwendige Feuer.

»Kommt alle rein!«, brüllte Vater Bieberbeck gönnerhaft, als ob es tatsächlich die Möglichkeit gegeben hätte, die anderen, außer Catherine Deneuve, draußen stehen zu lassen.

Oma Bieberbeck blieb in ihrem Zimmer und schickte, als endlich alle im Haus waren, ein gedämpftes »Hallo!« durch die geschlossene Zimmertür.

»Krank!«, flüsterte Lore Bieberbeck fast lautlos.

Sie verdrehte dabei die Augen, als ob das nicht ganz ernst zu nehmen wäre, und griff sich zur näheren Erklärung an die Brust.

»Ziehen! Stechen! Heut da und morgen dort!«, flüsterte

Vater Bieberbeck und griff sich ebenfalls zuerst an die Brust, dann über den Bauch zum Bein hinunter.

»Krank??!!«, heulte Oma Krause plötzlich auf. Sie lachte verächtlich, sodass alle anderen zusammenzuckten. Dann schrie sie in einer ohrenschmerzenden Lautstärke, sodass Oma Bieberbeck, selbst wenn sie fast völlig taub gewesen wäre, jedes Wort hätte verstehen müssen.

»Krank sein gibt es nicht!«

Horst Krause verdrehte jetzt die Augen wie ein Karussell, als wollte er sich nicht nur für seine Mutter entschuldigen, sondern auch andeuten: ›Die Alte hat nicht mehr alle Tassen im Schrank.‹

»Krank sein fängt im Kopf an!«, brüllte Oma Krause weiter, als wär's die Erkenntnis des Jahres.

Vater und Mutter Bieberbeck schauten wie verabredet auf Hermes. Hermes und Penelope schauten ziemlich verlegen. Opa Bieberbeck applaudierte mit der wippenden Zigarette zwischen den Lippen Oma Krause zu, die dadurch angespornt noch immer brüllend, wie für die Ewigkeit, nachlegte:

»Das ist alles psychisch! Psy-cho-so-ma-tisch!«

Erst jetzt fiel Hermes, Penelope und Julus auf, dass Oma Krause tatsächlich lispelte, sodass sich die »schs« wie »chs« anhörten und dadurch das Gesagte viel lustiger klang, als es eigentlich war. Wieder applaudierte der Opa. Die Oma stürmte übermütig in Verkennung der Situation den Flur entlang, riss ohne anzuklopfen die Zimmertür von Oma Bieberbeck auf und tauchte ins sterile Oma Bieberbeck-Reich ein. Gezeter war zu hören. Flüche. Geschrei. Zwei sich überschlagende Stimmen kreischten um die Wette. Dann Gepolter. Umfallende Gegenstände. Dann nichts mehr. Keine Stimme. Kein Geschrei. Nichts war mehr zu hören.

›Entweder hat Oma Krause jetzt Oma Bieberbeck erschlagen‹, dachte Hermes. ›Oder umgekehrt‹, Penelope. Und alle anderen dachten genau das Gleiche. Sie schauten sich beunruhigt an und rührten sich wie zu Standbildern eingefroren nicht mehr von der Stelle. Opa Bieberbeck fand als Erster seine Fassung wieder, schlich den Flur entlang und öffnete langsam und vorsichtig einen winzigen Spaltbreit Oma Bieberbecks Zimmertür.

»Raaaaauuuuusssssss!«, schlug ihm von innen, wie eine tosende Welle, zweistimmig entgegen, sodass er die Tür blitzschnell wieder schloss.

»Alles beim Alten!«, sagte er an die Familie gewandt und griff sich zweihändig an die Stirn.

Während die Omas sich im Zimmer verbarrikadierten, feierten die anderen die Ankunft der Krauses im Wohnzimmer. Opa Bieberbeck hatte mit dem Hundertmarkschein seines Sohnes vier Flaschen Champagner besorgt. Keiner wunderte sich, wie der Opa es geschafft hatte, vier sündteure Flaschen Champagner zu einem Einzelpreis von ungefähr vierzig Mark für einen Blauen zu bekommen.

Man stieß an und unterhielt sich natürlich zuerst über die Katastrophe an der Oder.

»Ihr könnt euch das nicht vorstellen ...«, sagte Thekla. Und noch ehe sie erzählen konnte, was, war ihr Mann Horst schon dabei, das Szenario zu beschreiben.

»Du sitzt beim Abendessen und plötzlich denkst du ...«

»Neinnein, du denkst gar nichts!«, widersprach Thekla ihrem Mann, »weil, wer kann daran schon denken ...«

Der ließ natürlich den Angriff seiner Frau nicht unwidersprochen.

»Dochdoch natürlich hab ich gedacht ...«

»Ja, ja, du denkst immer und was hilft's?«

Eine Pause entstand. Schweigen.

»Was hast du denn gedacht?«, fragte Mutter Bieberbeck schließlich in das Gläsergeklirr hinein.

»Also, ich weiß gar nicht mehr ...«

»Na siehste!«, meldete sich Thekla wieder zu Wort.

»Auf jeden Fall stehst du plötzlich mit beiden Beinen in einer Pfütze.«

»Und die wird immer größer. Steigt an wie bei Flut, überschwemmt den Vorgarten, den Garten, das Erdgeschoss ...«

»Alles! Das Wasser steigt und steigt und ...«

»... und schwemmt dich davon!« Thekla schluchzte.

Horst verstummte. Jenny und René schauten, als ob sie noch immer beim Wasser wären oder zumindest ganz woanders. Hermes und Penelope nicht weit davon entfernt. Nur Julus wähnte sich ganz im Hier und Jetzt. Er warf einmal mehr Maggy unter die Decke, sodass die dieses Mal wie eine Handgranate im Genick von Horst explodierte.

Wenn Blicke töten könnten, hätte Julus augenblicklich tot umfallen müssen.

Natürlich war durch die Erzählung der Krauses das Hochwasser jetzt nicht nur zwischen Oder und Neiße, sondern in allen Köpfen. Vater Bieberbeck tröstete seine Deneuve. Er schwafelte irgendwelche Floskeln wie »Irgendwie geht's immer weiter« und »So schnell ist man nicht am Ende!«, was für die anderen Bieberbecks und vor allem für Hermes und Penelope so klang wie in schlechten Hollywood-Produktionen. Horst Krause schloss sich, nachdem er immer wieder seinen Nacken beidhändig massierte, den Prognosen seines Schwagers an. Er hatte schon allerhand Pläne, wie er die Zeit hier sinnvoll nutzen wollte. Mutter Bieberbeck ahnte bereits Schlimmes. Zur näheren Erläuterung seiner Vorhaben kam Herr Krause allerdings nicht mehr, denn, als er gerade von irgendeinem von ihm zu gründenden Unternehmen sprechen wollte, schepperte die Türglocke, als wollte sie in tausend Stücke zerbrechen. Komisch, niemand wurde mehr erwartet. Alle waren da. Mutter Bieberbeck öffnete die Tür.

»Griß Gott. Entschuldigad Sia dia Sterung. Aber ons igt a Anzeige vor. Wohnt bei Ihne a gwissr Herr Alfons Bieberbeck?«, fragte eine Stimme schwäbelnd in einer dunkelrotzgrünen Uniform, die zu einem Polizeibeamten mit drei Sternen auf den Achselklappen gehörte.

»Ja, mein Schwiegervater. Aber worum geht es denn?«, sagte Mutter Bieberbeck und schaute abwechselnd den sprechenden Polizisten und seinen daneben stehenden schweigenden Kollegen an.

»Also, äh, isch der Herr Bieberbeck vielleicht doa?«, fragte der Polizeibeamte und schlug dabei eine ebenfalls dunkelrotzgrüne Mappe auf.

»Ja, natürlich«, wollte Mama Bieberbeck sagen, als sich Hermes aus dem Hintergrund an der Mutter vorbei zur Tür schob.

Bevor die Mutter ein Wort über die Lippen brachte, schleuderte ihr Sohn dem Polizisten übereifrig entgegen:

»Der Opa ist Einkaufen.«

Mama schaute verwirrt. Die Polizisten gleichgültig. Dann sagte wieder der mit den drei Sternen:

»Aha, ond no net zruck. Also, wennr kommt, sollr sich bei ons glei melda.«

Der andere, noch immer schweigende Polizist, zog ein Kärtchen mit Adresse und Telefonnummer der Polizeidienststelle aus der Brusttasche und streckte es Mama Bieberbeck entgegen. Frau Bieberbeck nahm vorsichtig das Kärtchen, als ob es sich dabei bereits um Belastendes handeln könnte, las es und nickte.

»Aber was hat er denn wieder angestellt?«, fragte sie besorgt.

»Wie gsagt nex isch sicher, aber ons liegt a Anzeige vor, vom Subbrmarkt in der Ennastadt, dass der Herr ...«, wieder schaute der Polizist auf ein Formular in der Mappe und fuhr dann fort, »... Alfons Bieberbeck ... Waren, äh Sekt ...«

»Champus!«, mischte sich jetzt der andere Polizist grinsend ein.

»... ohne zu bezahla entwendat hätt.«

Die Krauses und die übrigen Bieberbecks, die lauschend mit dem Zeigefinger auf den Lippen noch immer im Wohnzimmer standen, schauten jetzt alle verblüfft den Opa an. Der streckte die Arme zur Decke, als wollte er sagen: ›Was kann ich dafür‹ und grinste unschuldig. Vater Bieberbecks Blick verkam zu einem visuellen Mordanschlag, der jeden anderen, außer Opa natürlich, augenblicklich niedergestreckt hätte. Horst und René prosteten dem Opa zu, als wären sie aus dem gleichen Holz geschnitzt wie er. Dann tranken sie das Glas in einem Zug leer. Danach ließen sie synchron, zum Zeichen der Hochachtung, den Daumen nach oben schnellen. Thekla schüttelte verständnislos den Kopf, wobei nicht ganz klar war, ob sie damit die Sympathie von Mann und Sohn kommentierte oder des Opas Fauxpas.

Die Polizisten zogen wieder ab. Für Opa bestand Rechtfertigungszwang.

»Erstunken und erlogen!«, empörte er sich und: »Warum soll ich klauen, wenn ich Geld hab?«

Er zog einen Blauen stolz aus der Tasche. Wenn ein Hunderter nicht wie jeder andere Hunderter aussehen würde, hätte man davon ausgehen müssen, dass der, den der Opa jetzt triumphierend in der Hand hielt, genau der war, den sein Sohn ihm für den Champus zugesteckt hatte. Noch einmal wiederholte der Opa und ganz besonders an die Krauses gewandt:

»Warum soll ich klauen, wenn ich Geld hab?!«

Das fragten sich die anderen natürlich auch; doch die Bieberbecks wussten, dass der Opa nicht nur leidenschaftlich gern klaute, sondern auch noch überzeugend log, und zwar so, dass sich die sprichwörtlichen Balken bogen.

»Du gehst jetzt sofort zur Polizeidienststelle und bringst die Sache in Ordnung!«, kläffte Vater Bieberbeck wie zu einem seiner Unterstufen-Schüler. Er fügte: »I secundo omine!«[2] hinzu, sicher nur um Thekla mit seiner Latein-Verliebtheit zu imponieren. Opa lenkte sofort ein, weil er wusste, dass man in dieser Beziehung mit Vater Bieberbeck nicht diskutieren konnte.

»Ein Missverständnis. Wird sich sicher alles aufklären!«, versuchte sich Mutter Bieberbeck anstelle des Opas an die Krauses gewandt in einer Entschuldigung.

Der Opa ging also, nachdem er Horst Krause noch um eine Kippe angeschnorrt hatte, los und ließ die beiden Familien ziemlich verdutzt zurück.

Auf der Polizeidienststelle kannte man Opa Bieberbeck bestens. Die beiden Polizisten mit den drei Sternen auf den Schulterklappen vor der Haustür hatten entweder eine heuchlerische Show abgezogen oder waren tatsächlich neu

[2] Gehe in Gottes Namen!

im Revier. Der Dienst habende Polizist begrüßte Opa Bieberbeck freundlich mit:

»Da bist du ja endlich alter Knabe! Ich wollte dich schon zur internationalen Fahndung ausschreiben lassen.«

»Was liegt an?«, fragte Opa und gab sich unwissend.

»Nanana, Opa, das weißt du doch ganz genau!«

Opa grinste, fragte:

»Haste mal ´n Rauch!« und steckte sich eine Zigarette des Diensthabenden an. Der lümmelte mit verschränkten Armen vor der Brust in seinem Schreibtischstuhl herum, stand dann langsam wie in Zeitlupe auf und schleppte sich zur Kaffeemaschine.

»Kaffee?«

»Logisch!«

»Also vier Flaschen Champus für nix!«, sagte der Polizist sichtlich um Ernsthaftigkeit bemüht und goss zwei Tassen dampfenden Kaffee ein, »Opa, bei aller Liebe, aber das geht nicht!«

»Wenn du meinst«, sagte Opa Bieberbeck und blies den Rauch in den Polizistenhimmel. »Zahl ich eben 'nen Fuffi!«

Der Bulle lachte seine ganze aufgestaute Freude mit einem Mal aus sich heraus. Es klang wie das Wiehern eines trächtigen Ackergauls. Er stellte dabei die vollen Tassen überschwappend auf den Tisch, der plötzlich mitsamt dem Büro wie bei einem Erdbeben wackelte, sodass zwei weitere Uniformierte im Laufschritt angerannt kamen, um auch ein wenig Spaß abzubekommen.

»Der Opa macht mal wieder Scherze!«, kicherte der Polizist, der irgendwie an einen berühmten Showmaster erinnerte, mit Tränen in den Augen.

»Kann gar nichts dafür!«, versuchte Opa die humoristische Situation auszunutzen, »hatte 'nen Blackout!«

Und wieder lachte der Bulle wie das Pferd. Die anderen wieherten genüsslich mit.

»War in Gedanken, wollte gar keinen Champus, dekadentes Yuppiegesöff, wäh!«, redete der Opa in Fahrt gekommen weiter. »Wollte zwei Flaschen stinknormalen Sekt. Aber irgendwie, weiß der Teufel warum, hatte ich plötzlich vier Flaschen dieser überteuerten Brühe in der Tasche und fand mich in der Straßenbahn wieder. Also, was machen?«

»Gib sie einfach wieder zurück!«, sagte der Polizist noch immer ganz nass um die Augen. Jetzt lachte Opa und brüllte:

»Geht nicht, sind schon gesoffen!«

»Ich dachte, Yuppie ...«

»Die Ossis haben die Flaschen weggeputzt wie Wasser!«, brüllte jetzt Opa vor Freude. Und dann erzählte er in schmuckvoller Übertreibung das, was sich alles bei ihm zu Hause in den letzten Stunden ereignet hatte. Natürlich ging dabei mit dem Opa wieder einmal die Fantasie durch. Die kleine Auseinandersetzung der Omas verkam in seiner Erzählung zum Faustkampf mit Ohrbiss à la Tyson. Vater Bieberbeck legte noch im Garten auf dem Rasen Catherine Deneuve wie damals Depardieu in der Metro flach. Die Beamten hörten aufmerksam zu und hingen dem Opa wie Verdurstende an den

Lippen. Als er »Kann ich noch `ne Kippe?« fragte und einen Augenblick die Erzählung unterbrach, quatschte einer der anderen Polizisten unmotiviert dazwischen und gab sich nachdenklich: »Und wia lösat mir jetzt des Probläm?«

Opa Bieberbeck steckte sich eine weitere Zigarette zwischen die Lippen und schaute dem Polizisten, einem ganz jungen mit Milchgesicht, gerade mal aus der Polizeischule entlassen und wahrscheinlich noch ganz dunkelrotzgrün hinter den Ohren, tief in die Augen. Er sagte, und das klang wirklich ernst gemeint:

»Was für ´n Problem?«

Opa Bieberbeck war Meister im Verdrängen. ›Aus den Augen und ohne Sinn‹ war eines seiner unzähligen Lebensmottos. Und ›Was du nicht weißt, macht mich ganz dreist‹ ein anderes.

Der Dienst habende Polizist und Leiter der Polizeistation, der gleichzeitig Opas langjähriger und ganz spezieller Freund war, überlegte und sagte dann:

»Okay, Opa, du gehst jetzt in diesen Supermarkt und regelst das. Klar?«

»Klar!«, sagte Opa und nahm einen kräftigen Schluck aus der Tasse mit der Aufschrift *Hier hat Mutti die Hosen an.*

»Wie, ist mir egal«, versuchte der Polizist Opa ins Gewissen zu reden, »aber die Anzeige müssen sie zurückziehen. Sonst ...«

»Klar!«, entgegnete Opa noch mal um keine Zweifel aufkommen zu lassen. Dann stand er auf, verabschiedete sich überschwänglich und machte sich auf zum Supermarkt.

Als der Opa den Supermarkt betrat, gingen Alarmglocken in Form von hysterischem Verkäuferinnengeschrei los.

»Da!! Da ist er!!«, brüllte es aus allen Ecken und Enden. Die Verkäuferinnen kamen wie weiß angepinselte Krähen angeflogen und umkreisten ihn.

Freundlich, aber bestimmt, sagte er:

»Ich möchte den Marktleiter sprechen!«, woraufhin sie ihn zu einem viereckigen Kabuff eskortierten.

Opa klopfte an, öffnete die Tür und schloss die misstrauisch dreinglotzenden Krähen grinsend aus.

»Guten Tag«, sagte er mit seinem frisch polierten Sonntagsgesicht, »mein Name ist Bieberbeck, Doktor Alfons Bieberbeck.«

»Ich kenne Sie bereits!«, sagte der junge Marktleiter mit gut sitzendem Konfektionsanzug, Föhnwelle und Akne im Gesicht. Er spulte die Aufnahme der Überwachungskamera in einem Videorecorder zurück, drückte dann auf den Startknopf und zeigte auf einen Bildschirm.

»Hier schauen Sie!«

Opa Bieberbeck schaute und sah sich selbst, schwarzweiß und gestochen scharf wie er zwei Flaschen Champagner in seinen Trenchcoat steckte und zwei weitere in seiner Nappaledertasche verschwinden ließ.

»Was haben Sie dazu zu sagen?«, fragte der Marktleiter, nachdem der Opa mit den vier Flaschen aus dem Video verschwunden war.

»Also, erstens tut es mir Leid!«, sagte Opa Bieberbeck in

einem Ton, dass dem jungen Marktleiter beinahe die Tränen kamen.

»Und zweitens, kann ich eigentlich nichts dafür. Wissen Sie, man nennt das, woran ich leide, Präsenile Demenz. Sie müssen wissen, ich bin achtundsiebzig Jahre alt und war fast mein ganzes Leben lang Arzt für Neurologie gewesen. Präsenile Demenz ist eine Krankheit, die sehr oft erst im hohen Alter auftritt, sich im Hirn abspielt und eine degenerative Erkrankung der Großhirnrinde ist. Das hat dann unter anderem zur Folge, dass man Dinge macht, die man in dem Moment, in dem man sie tut, nicht versteht. Verstehen Sie?«

Der Marktleiter nickte.

Natürlich war alles erlogen und Opa Bieberbeck war nie in seinem Leben im Krankenhaus, geschweige denn als Arzt tätig gewesen. Das Wissen stammte von einer seiner unzähligen Geliebten, die Krankenschwester in der Psychiatrie gewesen war.

»Aber ...«, wollte der Marktleiter einwenden, wobei er sich wie ein Rechen mit der Hand durch die Föhnfrisur fuhr, als Opa Bieberbeck erneut loslegte.

»Ich weiß, ich weiß, ich bin mir meiner Schuld bewusst. Aber Sie müssen auch verstehen, dass das unbewusst ablief. Ich kann Ihnen natürlich den Betrag für die Flaschen ersetzen«, sagte der Opa. Was aber er erstens natürlich nicht konnte und zweitens auch keinesfalls wollte. »Aber damit wäre für mich das Problem keinesfalls gelöst.«

Jetzt schaute der Marktleiter so, als ob er selbst die Flaschen bezahlen sollte. Was dem Opa sicherlich auch am liebsten gewesen wäre. Aber so dreist wollte er dann doch nicht sein.

»Wissen Sie«, sagte er wieder in säuselndem Arztton, »ich müsste, damit es für mich in Zukunft lehrreich wäre, für den angerichteten Schaden anderweitig ... na ja ... sagen wir mal büßen.«

Der Marktleiter saß auf seinem Bürostuhl und schwenkte von rechts nach links und wieder zurück und verstand nur Bahnhof. Er wollte sich das aber, ehrgeizig wie er war, keineswegs anmerken lassen und nickte noch immer, als ob sein Kopf an einem Hosengummi hängen würde.

»Ich schlage Ihnen vor, die Summe für die drei Flaschen ...«

»Vier!«, flocht der Marktleiter seine Aufmerksamkeit unter Beweis stellend ein.

»... für die vier Flaschen, Verzeihung, abzuarbeiten. Sagen wir mal zum Beispiel als Flascheneinräumer. Eine Flasche kostet ...«

»Dreiundvierzig Mark zwanzig ...«

»Mal drei, Verzeihung vier, macht 172 Mark achzig. Das wäre bei einer Stundenvergütung von ...«

»15 Mark dreißig ...«

»Puh, sagen wir elf Stunden?«

Der Markleiter bestätigte, nachrechnend, mit »Stimmt!«

»Also bei drei Stunden, ich vermute mal morgens vor Ladenöffnung, fast vier Tage.«

»Stimmt!«, wiederholte der Marktleiter und kratzte sich an der Wange.

»Nicht kratzen!«, schrie Opa Bieberbeck, griff mit der Hand den kratzenden Arm und hielt den Marktleiter wie von einer Todsünde ab. Damit vertrieb der Opa die letzten Zweifel des Marktleiters an seinem ärztlichen Know-how.

»Forapin«, sagte der Opa.

Der Marktleiter starrte ihn an, als wäre er der lang erwartete Heilsbringer oder eine Fata Morgana im Supermarkt.

»Schmieren Sie sich das zweimal am Tag drauf und Sie werden sehen, das Jucken geht zurück und die Akne verschwindet.«

»Wirklich?«, fragte der Marktleiter in Gedanken bereits aknefrei.

»Klar! Also morgen früh fang ich mit dem Flascheneinsortieren an. Wann?«

»Um fünf!«, sagte der Marktleiter noch immer ganz benommen.

»Alles klar, ich freue mich«, versuchte der Opa sich sein Entsetzen über diese unmenschliche Zeit nicht anmerken zu lassen. »Und Sie ziehen die Anzeige zurück?«

»Selbstverständlich!«, stammelte der Marktleiter.

»Also auf Wiedersehen!«, sagte Opa Bieberbeck. »Und denken Sie daran Forapin, gibt's in jeder Apotheke!«

»Danke!«

»Ich mich auch!«

»Wiedersehen!«

»Wiedersehen!«

Während sich Opa auf der Polizeidienststelle und im Supermarkt herumtrieb, wurde zu Hause Organisatorisches besprochen. Wer mit wem und wer allein? Hermes wollte auf keinen Fall mit Julus das Zimmer teilen. Und Julus auch nicht mit ihm. Für den einen war der andere eine »ätzende Tunte«, die im Schlaf unaufhörlich dummes Zeug quatscht. Und für den anderen der eine ein »stinkender Müllhaufen«, in dessen Umfeld man keine oder nur schlechte Luft bekommt.

Penelope beäugte die apathisch wirkende Jenny und wollte um nichts auf dieser Welt mit dieser langweiligen Trine dasselbe Zimmer bewohnen. Dann schon lieber mit René. Aber das war in diesem Lehrerhaushalt ausgeschlossen. Jenny schien ihre Einquartierung völlig egal zu sein. So verschlossen wie sie wirkte, sah es ohnehin so aus, als ob sie niemanden ernsthaft an sich rankommen lassen wollte.

Anders Oma Bieberbeck und Oma Krause. Die hielten sich noch immer verschanzt in Oma Bieberbecks Zimmer auf und machten bis jetzt nicht den Eindruck, dass sich daran nachts was ändern sollte.

Thekla und Horst Krause bekamen ohne große Diskussion das Wohnzimmer zugesprochen. Die Couch wurde zum Bett ausgezogen. Der Fernseher ins Esszimmer geschafft, das, während die Krauses hier wohnen sollten, zum Wohnzimmer umfunktioniert wurde.

Nach endlosem Hin und Her willigte Julus schließlich ein zu Hermes zu ziehen, wenn er seine Kleider und Puppen und alles andere, was ihm der Vater weggenommen hatte, unverzüglich wiederbekommen würde. Die Mutter bekniete um des »lieben Friedens willen« den Vater und der öffnete schlussendlich den Schrank. Er zerrte den Koffer hervor und knallte Julus sein herzallerliebstes Zeug wie als Zeichen einer bitteren Niederlage vor die Füße. Dann mimte er noch das autoritäre Familienoberhaupt und sagte, als Hermes sich nicht so einfach geschlagen geben wollte:

»Keine Diskussion mehr!« und »Male parta male dilabuntur!«[3] »Basta!«

Natürlich konnten in der ersten Nacht weder Hermes noch Julus schlafen. Der Grund war aber nicht Hermes' Ausdünstungen oder Julus' Quatscherei. Der Grund war vielmehr Horst Krauses unerträgliches Schnarchen, das aus dem Wohnzimmer den schlauchförmigen Flur entlang, der wie ein hallender Verstärker wirkte, bis nach oben in ihr Zimmer im ersten Stock drang. Rasselnde Laute erfüllten ab halb zwölf das Haus und ließen die Bieberbecks kein Auge schließen. Die Krauses waren durch Vater Krauses jahrelanges Sägen kaum mehr zu erschüttern. Hermes aber drehte sich unruhig hin und her und brachte kein Auge zu. Julus ging es ähnlich.

»Wenn die Schnarcherei nicht aufhört, solange die hier sind, zieh ich aus!«, brummte Hermes schlecht gelaunt.

»Ich auch!«, fügte Julus hinzu und richtete sich kerzengerade im Bett auf, so als ob die Nacht für ihn zu Ende wäre.

[3] Unrecht Gut gedeihet nicht.

Kurze Zeit später saß auch Hermes aufrecht im Bett und starrte völlig übermüdet zum Fenster hinaus.

»Du ...«, versuchte Julus ein Gespräch zu beginnen.

Als Hermes nicht antwortete, quatschte er einfach weiter. »... Die ist ganz schön komisch!«

»Wer?«, drang nach einer Pause aus der Dunkelheit.

»Jenny! Ich glaub, die ist nicht ganz dicht!«

»Und du? Bist du ganz dicht?«, hörte sich Hermes sagen und merkte, wie er gerade im Begriff war, die einzige Tochter der Krauses zu verteidigen.

»Hä?«, fragte Julus und wusste nicht, wo da der Zusammenhang sein sollte.

Als Hermes nichts mehr erwiderte, quasselte er irgendwann wieder völlig unvermittelt und einfach so ins Dunkle hinein:

»Ich glaub, Opa ist scharf auf sie!«

»Auf wen?«, kam wie ein Pingpongball zurück.

»Auf Oma Krause!«, sagte Julus ernst und ohne einen Hauch von Ironie.

Hermes konnte sich jetzt nicht mehr zurückhalten und prustete vor Vergnügen. Sein Bruder litt offensichtlich nicht nur an einer vorübergehenden Bewusstseinsspaltung, sondern auch an einer völlig desolaten Sensibilität. Als Hermes sich wieder ein wenig beruhigt hatte, sagte er:

»Wenn die vielleicht fünfzig Jahre jünger, halb so dick wäre und keinen Bart hätte, dann höchstwahrscheinlich ja!«

»Hä?«, fragte Julus und schien wieder auf der Suche nach dem Zusammenhang.

Da er ihn nicht fand, und auch sonst nichts, was ihm hätte weiterhelfen können, und mit dem Bruder seiner Meinung nach ohnehin kein vernünftiges Gespräch möglich schien, legte er sich wieder hin und schlief tatsächlich trotz der extremen Lärmbelästigung ein.

Hermes brachte noch immer kein Auge zu. Er döste irgendwo zwischen Traum und Wirklichkeit dahin. Vor seinen Augen tauchten Bilder auf, die zu einem surrealen Brei verschwammen. Er sah sich wie von einem Katapult abgeschossen durch parfümierte Luft fliegen. Vorbei an Schweineschnitzel und Truthahngeschnetzeltem, die ihm wie Flugobjekte entgegenkamen. Angetrieben durch einen biologisch abbaubaren Turbomotor, der ihn immer höher schleuderte und auf ein vermeintliches Wolkenparadies hievte. Dort oben sahen Männer aus wie Frauen und die Frauen wie eine Mischung aus Oma Bieberbeck und Oma Krause, mit Oberlippenbart und Rollstuhl. Die frauenhaften Männer redeten lateinisch auf ihn ein und die bärtigen Rollstühle stopften ihn, wie zu mästende Gänse, voll mit dunkelrotzgrünen Pillen. Voll gestopft und speiübel traten sie ihm anschließend in den Hintern, sodass er furzend im hohen Bogen davonkatapultiert wurde. Er fiel. Immer tiefer. Wieder vorbei an panierten Fleischfetzen. Immer weiter hinunter. Bis er, den Boden vor Augen, aufprallte und unter Hilfe-Schreie in unendlich viele, ebenso kleine wie fettige Batzen zersprang.

»Was ist denn?«, fragte Julus neben Hermes' Bett und

schüttelte ganz aufgeregt an seiner Schulter. Hermes schlug mit schweißtriefender Stirn die Augen auf, sah verschwommen seinen verblüfft dreinschauenden Bruder im bereits morgendlich hellen Zimmer, dachte nach und sagte:

»Nichts!«

»... Die Menschen rücken im Kampf gegen die Naturgewalten zusammen. Ossis und Wessis erleben angesichts der existentiellen Herausforderungen, dass sie zusammengehören. An den Deichen der Oder hat die deutsche Nation im Jahr sieben nach der Einheit ihre Bewährungsprobe bestanden! Wir können stolz sein auf diese Menschen. Wir haben erfahren, dass Frauen und Männer in der größten Not ihren Nachbarn nicht vergessen. Wir haben erfahren, dass Solidarität ein warmes Wort voll lebendiger Hilfsbereitschaft ist ...«

Der Ministerpräsident von Brandenburg bei einer Fernsehansprache

4 Julus war im Kindergarten, Hektor in der Schule und Lore mit Thekla in der Stadt unterwegs. Genauso wie Opa mit Horst. Penelope war trainieren und René begleitete sie dabei. Nur die zwei Omas hatten sich nach wie vor in Oma Bieberbecks Zimmer verbarrikadiert.

»Meine Alte wickelt deine Alte um den Finger!«, sagte Horst zu Hektor und ahnte bereits Schlimmes.

Hermes, der von seiner Mutter wegen des vermeintlichen grippalen Infekts zu einem weiteren Tag schulfrei verdonnert wurde, glaubte sich an diesem Morgen allein. Er öffnete leise seine Zimmertür und blickte in den Flur hinaus. Niemand war zu sehen. Nichts zu hören. Er schlich den Flur entlang, von da vorsichtig die Treppe hinunter und verschwand in der Küche. Dort steuerte er, magnetisch angezogen, direkt auf den Kühlschrank zu. Er öffnete ihn und kämpfte dabei mit dem sich sammelnden Speichel im Mund. Hermes erblickte Wurst: Leberwurst. Schinkenwurst. Salami ... Der Kühlschrank schien eine Metzgerei zu sein. Dann Käse: Emmentaler. Emmentaler. Emmentaler ... Und Marmelade: Himbeer. Erdbeer. Stachelbeer ... Und alles Sonstige, was ihm verboten war zu essen. Ohne lange zu überlegen, stopfte sich Hermes die Wurst und den Käse in den Mund. Er kaute und kaute und schluckte und spürte ein befriedigendes Gefühl unter der Bauchdecke. Dann auch satte Erleichterung im Kopf.

Als er gerade die letzte Scheibe der Schinkenwurst in den Mund geschoben hatte, pfiff es. Es pfiff. Nochmals. In oder hinter ihm. Es pfiff. Aber nicht wie Wind durch ein geöffnetes Fenster. Nein, es klang wie Bewunderung und Verachtung in einem und so wie aus einem geschürzten, menschlichen Mund. Hermes erstarrte. Er hoffte, er flehte insgeheim: ›Lieber Gott, lass es nicht Mama oder Papa sein!‹

Dann drehte er langsam wie in Zeitlupe den Kopf ein winzig wenig über die Schulter. Und noch ein Stück. Bis sich schließlich ein überraschendes Bild in sein Gesichtsfeld drängte. Durch die offen stehende Tür sah Hermes, vom Türstock wie eingerahmt, die Eckbank im Esszimmer. Auf der Eckbank saß, mit den Ellenbogen auf dem Tisch gestützt über einem Buch ... JENNY! Sie starrte ihn durch ihre Brillengläser hindurch ausdruckslos an. Verdammt, die hatte Hermes total vergessen! ›Kein Wunder‹, dachte er, ›so unscheinbar, wie die ist.‹

»Schmeckt´s??«, drang aus Jennys Mund.

Hermes erschrak jetzt noch mehr als zuvor. ›Die kann ja sogar sprechen‹, dachte er. Es war wirklich das erste Mal, dass er sie etwas sagen hörte. Ihre Stimme klang für die eines Mädchens in ihrem Alter viel zu tief. Die Stimme klang verraucht und verrucht und wie die einer abgewrackten Bluessängerin.

»Das schon!«, stammelte Hermes, schluckte die Schinkenwurst hinunter, schloss den Kühlschrank und ging durch die Küche ins Esszimmer. Er war ziemlich verunsichert und wusste nicht, ob er sich zu ihr setzen oder Jenny einfach nicht mehr weiter beachten sollte. Auf jeden Fall hielt er erst mal einen Sicherheitsabstand. Wegen seiner Ausdünstungen natürlich, die ihm im Prinzip egal waren, aber jetzt erstaunlicherweise in den Sinn kamen. ›Bloß jetzt nicht furzen!‹, dachte Hermes und spürte bereits ein Grummeln im Bauch. Er kniff die Pobacken mit aller Kraft zusammen und blieb an der Längsseite des Tisches stehen.

Jennys Augen fixierten ihn wie die zu allem bereite Schlange das Kaninchen. Sie starrte, als ob sie Hermes mit Haut und Haaren auffressen wollte. Was allerdings, selbst mit viel Fantasie, unvorstellbar erscheinen musste.

Eine unendlich lange, nicht enden wollende Pause entstand. Jenny schaute und Hermes schaute immer wieder weg. Er konnte ihrem Blick einfach nicht standhalten. Jenny schaute noch immer und Hermes war schon ganz erschöpft vom Pobacken zusammenkneifen.

Er merkte, wie das Grummeln zum Grollen wurde, wie

seine Kraft nachließ und sein Schließmuskel sich öffnen wollte. Blut schoss ihm in den Kopf. Auf seiner Stirn sammelten sich Schweißtropfen und stürzten die Schläfen entlang. Jenny schaute noch immer und Hermes schmolz dahin wie ein Schneemann im Solarium. Sein Schließmuskel kapitulierte. Das Grollen bekam einen Klang. Hermes versuchte zu retten, was noch zu retten war, und brüllte, um das Krachen in der Hose zu übertönen:

»Was liest du denn da?«

Eigentlich interessierte ihn das überhaupt nicht. Es fiel ihm aber unter diesem Stress nichts anderes ein.

Auf Jenny schwappte eine Welle aus Worten und furzenden Tönen zu, die sie völlig unberührt ließ. Sie zogen an ihr vorbei und verschwanden irgendwo zwischen Treppe und Flur. Sie schaute noch immer unbeeindruckt, so als ob sie mit offenen Augen eingeschlafen wäre.

›Vielleicht ist es besser, ich mach mich davon‹, dachte Hermes, als Jenny trocken »Canetti. Die Blendung!« sagte.

»Aha!«

»Und du?«

»Äh ... Was ich?«

»Was liest du denn so?«

»Donald Duck.«

»Aha!«

Hermes setzte sich ans andere Ende des Tisches, noch immer mit genügend Distanz, weil sein Magen bereits wieder mit seiner Außenwelt kommunizierte.

»Warum schlägst du dir eigentlich heimlich die Wampe voll?«, fragte Jenny. Es klang mit dieser verruchten Stimme in Hermes´ Ohren wie: »Hast du schon mal?«, sodass Hermes verstört »Nein!« aus sich herausquetschte.

»Hä?«

»Äh, schau mich doch an!«, sagte Hermes, was sich sowohl als Erklärung für das eine wie das andere anbot.

Er präsentierte sich daraufhin in ganzer Breite und Länge, indem er aufstand und seinen Daumen wie einen Pistolenlauf auf sich richtete. Es musste ziemlich komisch ausgesehen haben, wie der fette Hermes so dastand und sich betrachtete, als könnte er sich selbst kaum fassen. Zumindest platzte Jenny beinahe vor Lachen. Jennys Gelächter wirkte ansteckend, sodass auch Hermes nicht anders konnte und lachend immer wieder aus sich herausbrüllte: »Schau mich doch an!«

Er bewegte sich dabei wie auf einem Laufsteg und nahm die unterschiedlichsten Posen ein. Hermes lachte, brüllte und furzte hemmungslos dabei. Er turnte vor Jenny herum, bis beide tränenüberschwemmt vor Freude bedenklich nach Luft schnappten. Wieder entstand eine unendlich lange, nicht enden wollende kichernde Pause, in der sich die beiden schließlich auf ein erträgliches Maß beruhigten. Sie beäugten sich verstohlen.

»Ich find dich auch so ganz okay!«, brummte Jenny und wischte sich die Tränen aus den Augenwinkeln.

Hermes wurde rot. Es wurde ihm heiß. Er dachte zu verbrennen und sich in der körpereigenen Hitze wie Dampf aufzulösen. Au Mann!, das hatte wohl noch nie ein Mädchen in diesem und auch in keinem anderen Alter zu ihm gesagt. Jenny schaute, als ob sie das auch genau so und nicht anders meinen würde.

»Äh also ja, ich meine ...«, stammelte Hermes und wusste nicht, was er »äh ... also ... äh ... sagen ... äh ...«

Er stand wie ein nasser Hund orientierungslos im Regen und wusste weder ein noch aus. Verlegen und schwitzend schwemmte er sich aus dem Esszimmer, die Treppe hoch und zurück in sein Zimmer.

Als Thekla Krause und Lore Bieberbeck am Nachmittag aus der Stadt zurückkamen, stand auf der Rasenfläche im Garten vor dem Haus ein zerbeulter VW Golf ohne Nummernschild. Er sah so desolat aus, als wollte er auf der Stelle auseinander brechen.

»Wem gehört denn ...«, wollte Lore sagen und dachte dabei an den von Vater Bieberbeck aufopferungsvoll gepflegten Rasen.

»Uns!«, sagte Horst stolz und zeigte auf sich und Opa Bieberbeck. Der grinste, als hätte er das große Los gezogen.

»Was???«, stöhnten Thekla und Lore gemeinsam auf.

Mama Bieberbeck dachte: ›Was will der Alte denn mit einem Auto? Er hat doch nicht mal einen Führerschein.‹ Und Thekla überlegte angestrengt, was ihr Mann jetzt schon wieder im Schilde führte.

»Geschenkt!«, sagte Opa.

Bei diesem Schrottkübel war das auch gar nicht verwunderlich.

»Wir richten ihn her und verkoofen ihn dann!«, fügte Horst hinzu. Es klang, als ob der Wagen schon fertig wäre.

Horst zwängte sich in seinen mindestens zwei Nummern zu kleinen Mechaniker-Overall und Opa schleppte Hektors Werkzeugkiste aus dem Keller in den Garten.

»Auf geht's!«, schrie Horst. Er spuckte einen Speichelbatzen in seine Hände und verrieb ihn gleichmäßig darin. Jenny, die noch immer am Esszimmertisch mit Canetti blendete, verzog angewidert das Gesicht und Thekla maulte genervt: »Muss das denn sein?«, woraufhin Lore sich selbst fragte, ob sie den Speichelbatzen oder die Autoreparatur meinte.

Lore und Thekla und Jenny mit Canetti standen jetzt am Esszimmerfenster und starrten in den Garten, wo Horst bereits auf dem Rasen unter dem Auto lag und herumschraubte. Opa reichte ihm, noch immer im Anzug mit Fliege und von Issey Miyake duftend umflort, auf Zuruf »Schlüssel!«, »Hammer!«, »Kreuzschlitz!« an.

Oben in seinem Zimmer stand Hermes und beobachtete das Rasenschauspiel, bei dem Horsts Beine wie Antennen unter dem Schrottkübel hervorlugten und Opa genüsslich rauchend wie auf einer Theaterbühne den Zuschauern zulächelte. Dann sprang Horst unter dem Wagen hervor, öffnete die Fahrertür, setzte sich hinein und versuchte das Auto zu starten. Schwarzer Rauch schoss aus dem Auspuff und verwandelte den Garten in einen Weltuntergangshimmel. Der Motor puffte und schepperte und stotterte, bis er schließlich tatsächlich lief. Horst sprang wie ein Flummi aus dem Auto, hüpfte auf dem Rasen herum und jubelte wie nach einem Golden Goal. Opa hüpfte mit und wedelte mit den Armen, eine La Ola andeutend, den Zuschauern an den Fensterrängen zu.

»Er läuft! Er läuft!«, skandierten sie und hüpften und Opa rutschte aus und fiel auf den englischen Rasen, der sich daraufhin erkenntlich zeigte und auf seiner beigen Anzughose dankend signierte.

»Scheiße!«, zischte der Opa und rieb an seiner Hose herum. Hermes lachte durchs Fensterglas und dachte: ›Geschieht dir recht!‹

Horst sprang abermals in den Wagen, legte krachend den ersten Gang ein, gab Gas, sodass der Rauch noch mehr rauchte, als wollte er alles verbrennen. Er ließ die Kupplung schnalzen. Der Schrottkübel tuckerte los, fuhr über den Rasen, drehte zwei Runden und kam umgekehrt an der Ausgangsposition wieder zum Stehen. Jetzt sprang Horst erneut aus dem Golf und schrie noch enthusiastischer:

»Fährt! Fährt! Er fährt!« Er hüpfte wieder wie Rumpelstilzchen im Kreis herum.

Opa jubelte noch immer La olallend, wobei er sich die Hüpferei ein weiteres Mal verkniff.

Da hatten sich, wie es aussah, zwei gesucht und auch gefunden. Opa und Horst sollten zu einem unschlagbaren Paar auf der Suche nach geldstückgroßem Glück werden.

Aber auch Hermes war, was seine Geschäfte anbetraf,

erfolgreich. Durch den Hennes&Mauritz-Typen inspiriert, versuchte er sich seine Vermittlungsbemühungen zwischen den immer geilen Schönlingen und Penelope fürstlich honorieren zu lassen. Mal waren es Zigaretten, die er bekam und an Opa weiterverdealte. Mal allerhand Essbares wie Schokoriegel, Pralinen oder Tüten voll Gummibärchen. Nachfragen nach Hermes' Hilfe gab es genügend. Es funktionierte nach dem Schneeballprinzip.

»He, du, meine Schwester, du weißt schon, Penelope, findet dein T-Shirt total cool!«

»Echt!«

»Ja ehrlich, ständig quatscht sie davon!«

Keine fünf Minuten später wussten alle Kumpel von dem H&M-Typen ebenfalls Bescheid.

»Hee, Penelope findet mein T-Shirt cool!!!

»Echt?!«

»Ja, ehrlich, der Fettsack, äh ich meine, der Bruder von ihr hat es mir gesagt!«

Minuten später, als Hermes gerade auf dem Weg zum Klo war, hörte er: »Zzzzzzzzt!«

Zuerst dachte er noch. ›Was ist denn mit meinen Fürzen los‹, aber als die auch noch anfingen zu sprechen, war Hermes natürlich klar, dass ... »Zzzzzzzzt, du!!«

Hinter einem Pfeiler vor der Aula stand ein anderer H&M-Knilch und winkte Hermes zu sich hinter den schützenden Beton.

»Du, sag mal ... also ... äh ... deine Schwester ... sag mal ...

meinst du ... du ... äh ... könntest vielleicht für mich ... äh ... ein gutes ... äh ... du weißt schon ... einlegen.«

»Eine Tüte *Lion*!«

»Was?!«

»Na ja, alles hat seinen Preis!«

»Klar doch! Eine Tüte?«

»Zwei Tüten!«

»Kein Problem!«

Als Hermes dann gerade am Pissoir stand, seine verschrumpelte Männlichkeit in der Hand hielt, zischte es schon wieder.

»Zzzzzt! Hee! Zzzzzt du!«

Hermes drehte sich um und sah ... niemanden!

»Zzzzt! Hier!«

Eine Kabinentür öffnete sich einen winzigen Spalt. Zwei Augen schauten heraus. Eine Hand, die Hermes zu sich winkte.

»Sag mal ... äh ... du bist doch der Bruder von ... äh ...«

»Drei Tüten *Bounty*!«

»Drei ...«

»Familienpackungen!«

»Ach so, klar!«

Der Tipp, dass Penelope sich erfolglos um Karten für das bereits ausverkaufte *Spice Girls* Konzert bemüht hatte, brachte Hermes zum Beispiel eine Großpackung *Mars*, eine Packung *Bounty* mit sechs Riegeln, zwei Packungen Weingummi und eine halbe Schachtel Zigaretten ein. Von jeweils vier verschiedenen Typen natürlich. Die legten sich nun mächtig ins Zeug, zwei Karten, woher auch immer, zu besorgen. Was einem tatsächlich gelang. Der lud dann, ebenfalls für eine Großpackung *Mars* und nach Vermittlung von Hermes, Penelope zum Konzert ein. Natürlich nahm sie an, wobei es ihr dabei nicht im Entferntesten um den Typen ging, sondern vielmehr um die *Spice Girls*. Penelope wäre auch mit Opa Bieberbeck, den sie nun wahrlich nicht besonders ausstehen konnte, zum Konzert gegangen. Hermes legte im Bettkasten unter seiner Matratze ein Süßigkeitendepot an, auf das er, wenn alle anderen bereits schliefen, gerne zurückgriff.

Als am Abend Vater Bieberbeck nach Hause kam und den verrosteten Golf auf seinem Rasen wie einen überdimensionalen Hundehaufen platziert sah, merkte die Familie sofort, wie sich in ihm alles zusammenzog und er um Worte rang und händeringend nach Fassung suchte. Er zog seine Frau zur Seite und raunte ihr mit blank liegenden Nerven zu: »Was sucht dieser Schrotthaufen auf *meinem* Rasen?«

»Frag deinen Vater und Horst!«, antwortete Lore Bieberbeck schulterzuckend, woraufhin Hektor seinen Vater in den Keller beorderte, um mit ihm ungestört ein, zwei ernste Worte zu wechseln.

»Also, was soll das schon wieder?«, brüllte er den Opa an.

Der schüttelte sich, für keine Kritik empfänglich, und schob alles auf Horst.

»Seine Idee!«, sagte er achselzuckend und »Knöpf dir *ihn* doch vor!«

Was Hektor natürlich nicht tat. Dazu fehlte ihm einfach der Mut. Er konnte also somit auch nicht verhindern, dass am nächsten Tag ein weiterer Schrotthaufen, dieses Mal ein feuerroter Opel Corsa, auf dem Rasen vor dem Haus stand. Einige Tage später gesellten sich ein Polo, ein BMW, ein weiterer Golf und schließlich auch noch ein winziger klappriger Wohnwagen dazu.

Horst lag in seinem Overall von morgens bis abends unter den Autos, reparierte und machte die Schrottmühlen wieder flott, während sein Sohn René für die Ästhetik zuständig war. Er schliff und schmiergelte alten Lack von der Karosserie und sprayte aus Spraydosen neuen drauf. Dann polierte und putzte er, bis die Schrotthaufen glänzten, dass man sich darin spiegeln konnte. Opa Bieberbeck stand rauchend und gestriegelt wie ein schmieriger Autodealer daneben und gab unbrauchbare Tipps.

Natürlich wurde Hektors englischer Rasen erheblich in Mitleidenschaft gezogen. Hässliche Reifenspuren fraßen sich in das Gras und hinterließen aufgewühlte Narben. Die Spraydosen verfärbten das Grün an manchen Stellen rot, gelb oder schneeweiß. Je nachdem, welches Auto gerade mit welcher Farbe von René besprayt wurde.

Nach einer Woche war der englische Rasen kaum mehr zu sehen. Der Garten sah aus wie ein Parkplatz. Mit jedem Auto wurde Vater Bieberbeck blasser. Zuletzt sah er, auch ohne übermäßigen Alkoholgenuss, aus wie die Kacheln an der Wand im Bad.

»Die Autos müssen weg!«, sagte Hektor zu seiner Frau und schien total verzweifelt zu sein.

»Ja, ja schon, aber wie?«

»Keine Ahnung, aber sie müssen weg!«

Und tatsächlich, am nächsten Tag waren wie nach einem Wunder zwei der Wagen verschwunden. Und mit ihnen René, Horst und Opa.

»Wo, wo sind sie denn?«, stammelte Hektor, als er abends von der Schule nach Hause kam.

»Unterwegs nach Polen!«, entgegnete Thekla, als ob damit alles klar wäre.

»Nach Po... Po... Polen?«, fragte Hektor ungläubig.

»Ja, die Autos verkaufen«, antwortete Thekla.

In den Worten schwang eine unüberhörbare Portion Stolz auf das geschäftstüchtige Verhalten ihres Mannes mit.

Die Autos, die nur noch wenige Monate TÜV hatten, wurden alle auf Opa Bieberbeck angemeldet. Dann wurden sie zum Verkauf von den dreien nach Polen gekarrt. Mit ungeheurem Gewinn kehrten sie zurück und beschlossen, dass das von nun an ihre Zukunft sein sollte.

Die Nacht war wieder der Horror.

»Der sägt schon wieder!«, stöhnte Julus und wälzte sich im Bett herum.

»Seit einer geschlagenen Stunde!«, ergänzte Hermes und wälzte sich mit.

»Ich glaub, das wird immer lauter!«

»Ja, mein Trommelfell platzt gleich!«

»Meins auch!«

»Zum Wahnsinnigwerden!«, sagte Hermes, stand auf, zog sich ein *Mars* aus dem Bettkasten und fing an den Ärger hinunterzuschlingen.

»Ich werd verrückt!«, drang es plötzlich aus ihm.

»Ich auch!«, schloss Julus an.

»Da schau! Da draußen im Garten!«, sagte Hermes und zeigte aus dem Fenster in den schummrigen Vorgarten der Bieberbecks.

Julus sprang aus dem Bett. Er konnte gerade noch eine Person im Wohnwagen verschwinden sehen.

»Das war Mama!«, sagte Julus.

»Ja, Mama auf der Flucht vor Horst's Lärmbelästigung!«

»Du meinst ...«

»Klar, Mama hat keinen Bock die ganze Nacht wach zu liegen. Deshalb versucht ...«

»He, schau mal!, da ist Papa!«, schrie Julus dazwischen. »Auch der verschwindet im Wohnwagen!«

»Auch Papa hat keinen Bock, sich von Horst den Schlaf rauben zu lassen.«

»Am liebsten würde ich auch ...«

»Und ich erst!«

»Morgen vielleicht!«

»Ja, morgen, vor Papa und Mama!«

Am dritten Abend kamen Oma Krause und Oma Bieberbeck zur völligen Überraschung der anderen aus Oma Bieberbecks

Zimmer. Vater, Mutter, Julus, Hermes, Opa und Penelope staunten und trauten ihren Augen kaum.

»Dass ich das noch erleben darf!«, sagte Hektor, während die anderen versuchten sich am Grinsen zu hindern.

Die beiden Omas setzten sich zum Abendessen mit an den Tisch. Als Lore Bieberbeck den Auberginenauflauf austeilte, meldete sich Oma Krause zu Wort.

»Mach mal ´n wenig Platz!«, sagte sie zu Hermes.

»Und du, bring noch 'n Teller mit!«, rief sie Vater Bieberbeck in die Küche nach. Es standen genau zwölf Teller auf dem Tisch. Wenn man den kleinen François mit seinem Dreivierteljahr auf dem Arm von Thekla mal ausnahm, hatte eigentlich jeder einen. Nicht nur Vater Bieberbeck fragte sich, wen die Oma noch erwartete. Auch den anderen blieb dieses Rätsel nicht erspart. Hektor brachte einen weiteren Teller aus der Küche und stellte ihn neben Hermes. Als alle, außer Hermes natürlich, den leckeren Auberginenauflauf dampfend auf dem Teller hatten und Vater Bieberbeck mit »Mahlzeit!« das Abendessen eröffnen wollte, zeigte Oma Krause auf den noch immer leeren Teller neben Hermes.

»Da fehlt noch was!«, sagte sie.

»Das wird ja kalt, bis ...«, entgegnete Lore und stockte.

Sie schaute in die irritierte Runde und fügte dann »bis er ... äh sie oder wer auch immer kommt!« hinzu.

»Er ist schon da!«, antwortete Oma Krause wie selbstverständlich.

»Was???!!!«, fiel allen am Tisch Sitzenden gleichzeitig aus

dem Mund. Ihre Blicke wanderten blitzschnell wie an einer Schnur gezogen auf die zwei Kubikmeter Luft zwischen Oma Krause und Hermes. Aber selbst mit gutem Willen und der allergrößten Fantasie war da niemand zu sehen.

»Und wen dürfen wir hier freundlichst begrüßen?«, fragte Horst Krause seine Mutter, wobei er sich einen ironischen Unterton nicht verkneifen konnte.

»Kennst du nicht mal mehr deinen Vater, du Lümmel!«, zischte Oma Krause.

Sie fixierte dabei ihren Sohn, als wollte sie ihn gleich ohrfeigen.

»Mama«, fragte Lore kleinlaut und starrte noch immer auf die Lücke zwischen Oma und Hermes, »... äh wo, wo soll denn Papa sein?«

»Na hier!!«, brüllte Oma Krause »Seid ihr denn alle blind!«

Die Bieberbecks und Krauses wussten jetzt nicht, ob die Oma nun völlig durchgeknallt oder einfach nur scherzhaft aufgelegt war. Außer Oma Bieberbeck schmunzelte niemand.

»Genau!«, sagte Oma Bieberbeck und schlug dabei mit der Gabel auf ihren Teller, als wollte sie eine Ansprache halten. Was sie dann aber doch nicht tat.

»Hallo!«, sagte Opa Bieberbeck, als Erster mit der neuen Situation vertraut, und winkte freundlich dem in Luft aufgelösten Opa über den Tisch hinweg zu.

»Dein Vater äußert sich sehr, sehr skeptisch über deine dubiosen Geschäfte, mein Sohn!«, zischte Oma Krause an die Adresse von Horst gewandt.

»Was?«, brüllte Horst empört, sprang vom Tisch auf und schrie: »Erstens sind die Geschäfte nicht dubios, und zweitens hat sich der Alte schon vor dreißig Jahren aus dem Staub gemacht und soll auch jetzt gefälligst die Klappe halten!«

»Apropos Klappe halten«, sagte René nachdenklich, »Opa ist doch schon längst tot!«

»Acht Jahre!«, erwiderte Lore mit Tränen in den Augen.

»Na und!«, brüllte Oma Krause und Oma Bieberbeck fügte unterstützend wie auswendig gelernt hinzu:

»Tot heißt noch lange nicht verstummt!«

»Was???«, heulten die anderen synchron auf.

»Ja! Opa Krause redet wieder mit uns!«, erklärte Oma Krause, als ob das gar nicht so ungewöhnlich wäre.

»Man muss nur zuhören können!«, ergänzte Oma Bieberbeck.

»Schwachsinn!«, zischte Horst und: »Jetzt geht das wieder los!« Er warf seine Gabel auf den Teller, verließ das Esszimmer und legte sich wieder unter seine Autos.

Die anderen wünschten Opa Krause noch guten Appetit und spachtelten, den großväterlichen Luftikus nicht aus den Augen lassend, munter den Auberginenauflauf in sich hinein.

»Schmeckt ihm wohl nicht!«, fragte Julus, als der Teller vom unsichtbaren Opa, nachdem alle anderen schon aufgegessen hatten, noch immer unangerührt geblieben war.

»Zu salzig!«, sagte Oma Krause mit einem gemeinen Seitenblick zu Mama Bieberbeck.

»Viel zu salzig«, zog Oma Bieberbeck nach.

Man wurde den Eindruck nicht los, dass die beiden Omas zu einer einzigen, unausstehlichen Person mutiert waren.

»Und wer ist heute mit dem Spülen dran?«, fragte Thekla nach dem Essen in die Runde.

»Der Neue!«, rief Opa Bieberbeck vergnügt und alle anderen, außer den Omas, applaudierten.

Opa Krause, der Mann von Oma Krause und Vater von Lore und Horst, war nach langer Zeit wieder mal zum Thema geworden. Opa Krause war der wunde Punkt der Familie Krause. Der schwarze Fleck der Familiengeschichte. Über Opa Krause wurde normalerweise nicht gesprochen. Er war nicht nur tot, sondern wurde auch noch posthum totgeschwiegen. Lore und Horst kannten ihren Vater kaum.

Als Lore sechs und Horst acht Jahre alt waren, war Opa Krause plötzlich in einer Nacht-und-Nebel-Aktion verschwunden. Er verließ an einem wolkenlosen Dienstag wie jeden Morgen das Haus um sich im Druckereibetrieb der damaligen DDR an die Druckmaschinen zur Herstellung von Büchern und Zeitschriften zu setzen. Aber offenbar kam Opa Krause nie auf seinem kleinen Schemel mit dem abgewetzten Lederbezug an, sondern war von diesem Zeitpunkt an spurlos verschwunden. Niemand wusste, wo Herr Krause war. Und keiner konnte sich erklären, warum er nicht mehr auftauchte. Als am nächsten Tag nicht Opa Krause, sondern Beamte der Staatssicherheit auftauchten und wissen wollten, wo denn der Herr Krause abgeblieben war, war den Krauses klar, dass

Herr Krause wohl so schnell nicht mehr wiederkommen würde.

Nach Wochen und Monaten ohne Nachricht von ihm verlor sich schließlich die Hoffnung auf seine Rückkehr. Enttäuschung und Wut machten sich breit. Gerüchte kamen den Krauses zu Ohren, die sich all die Jahre seiner Abwesenheit hielten und zu denen sich immer wieder neue hinzugesellten. Manche klangen abwegig, andere waren gar nicht so unwahrscheinlich. Wobei jeder das glaubte, was er gerade im Moment glauben wollte.

Horst war, je älter er wurde, zunehmend der Auffassung sein Vater wäre ›nach drüben‹ durchgebrannt, soll heißen, er hätte sich über die Grenze auf Nimmerwiedersehen davongemacht und nicht nur seine Familie, sondern auch sein Land im Stich gelassen. Dafür verfluchte er ihn und strich ihn zeitweilig aus seinem Gedächtnis.

Oma Krause glaubte dagegen, ihr Mann hätte sie und seine Familie nie freiwillig verlassen. Also musste er, durch die »staatlichen Stellen«, wie sie immer nur flüsternd und hinter vorgehaltener Hand sagte, dazu gezwungen worden sein.

Lore dagegen schwankte meistens zwischen der Meinung ihrer Mutter und der von Horst. Je nachdem, ob sie nun gut oder schlecht auf ihren Vater zu sprechen war. Es gab genügend Momente, in denen Lore die Abwesenheit ihres Vater verteidigte und von Flucht oder Vertreibung sprach. Andererseits und vor allem in Situationen, wo sie ihn dringend gebraucht hätte, nahm sie das Fehlen des Vaters vor allem dem

Vater übel. Als zum Beispiel ihre Mutter ein Verhältnis mit Herrn Berthold anfing, den Lore wegen seiner viel zu kräftigen Klapse auf den Po abgrundtief hasste, wünschte sie sich mehr denn je ihren Vater zurück, der Herrn Berthold mit einem Tritt in den Hintern nicht nur aus dem Haus, sondern für immer aus ihrem Leben katapultieren sollte.

Erst über dreizehn Jahre später sollte Lore tatsächlich die Wahrheit über ihren Vater erfahren.

Als Lore neunzehn Jahre alt war, reiste sie mit dem Leichtatlethikverband der DDR nach Westdeutschland, um dort an einem der internationalen Wettbewerbe teilzunehmen. Aber anstatt in Stuttgart auf dem Schwebebalken für die Deutsche Demokratische Republik eine gute Figur zu machen, türmte Lore abends vor dem Wettkampf Hals über Kopf aus dem Hotel. Sie brachte damit sich und ihrem Land nicht nur die schlechtesten Noten ein, sondern fiel auch noch in deren Augen in unbeschreibliche Tiefe und dem politischen Feind zum Opfer. Lore war sich zum Zeitpunkt ihrer Tat nicht genau bewusst, was für Folgen dieses Ausbüchsen nach sich ziehen sollte. Sie wollte eigentlich nur möglichst schnell ihren Vater aufspüren und herausfinden, ob er damals tatsächlich nach Westdeutschland abgeschoben wurde oder sich freiwillig verdrückt hatte. Als sie aber Stunden später in einer neonbeleuchteten schwäbischen Polizeidienststelle saß und seltsame Fragen, in noch seltsamerem Dialekt formuliert, beantwortete, war auch ihr klar, dass dieser Schritt alles zuvor Erlebte mit einem Mal hinter sich lassen würde. Ein Zurück war nicht mehr möglich. Lore war im Westen und von nun an ein Flüchtling der Deutschen Demokratischen Republik. - Von der turnenden Repräsentantin zum Staatsfeind in nur einem Sprung.

Das Leben für Lore jenseits der Grenze und fernab von Bruder und Mutter gestaltete sich einfacher als befürchtet. Als Staatsfeindin des einen Landes wurde sie automatisch zur Heldin des anderen hochstilisiert. Ihre Geschichte wurde in Zeitschriften und Zeitungen immer wieder gedruckt, wobei sich die Wirklichkeit geschrieben ganz anders las. Lore wurde als Systemkritikerin zitiert, die es nicht mehr *aushielt in dieser Diktatur zu leben.*

Natürlich war Lore darüber empört, denn erstens hatte sie das nicht gesagt und zweitens nicht einmal gedacht. Das schien niemanden wirklich zu interessieren. Und dennoch hatten die Zeitungsartikel ihr Gutes. Nur ein paar Tage später meldete sich bei Lore ein Mann, der zwar mit ihrer Erinnerung nichts mehr gemein hatte, aber dennoch ihr Vater war. Nachdem sie sich minutenlang weinend in den Armen gelegen hatten, klärte Herr Krause seine Tochter über die lang zurückliegenden Ereignisse auf.

Herr Krause war tatsächlich aus seiner Heimat, der DDR, geflüchtet. Als er nämlich an dem besagten Dienstagmorgen das Haus verließ und auf dem Weg in die volkseigene Druckerei war, warteten dort bereits eine Hand voll Männer der Staatssicherheit des Landes auf ihn. Sie wollten von Herrn Krause einige unangenehme Fragen beantwortet haben. Es ging um zwei Hefte, in denen verbotene Geschichten standen und an deren Herstellung Herr Krause beteiligt war. Dazu kam es dann aber nicht mehr. Auf halbem Weg zwischen Karl-Marx-Straße und Ulbrichtplatz wurde Herr Krause nämlich von Gerlinde Mühleder, die ihm mit ihrem Herrenfahrrad aufgeregt entgegenkam, gewarnt. Herr Krause machte sich durch den Wald über die tschechische Grenze nach Österreich davon. Von da gelangte er nach Westdeutschland, wo er nicht nur um politisches Asyl anhielt, sondern sich auch frisch verheiratete und ein neues Leben begann. Anfänglich hatte Herr Krause noch versucht über verschlungene Postwege Nachrichten an seine Familie zu schleusen. Da er sie aber nicht unnötig gefährden wollte, verzichtete er schließlich darauf. Als Herr Krause seiner Tochter dann ein Bild seiner jetzigen Frau unter die Nase hielt, war Lore beim Anblick dieser hübschen jungen Frau sofort klar, dass die Wahrheit immer verschiedene Sichtweisen erlaubt.

Lore hatte sich ganz gut in ihrem neuen Zuhause eingelebt, was sicher auch an ihren bergseeblauen Augen und der Turnerfigur gelegen haben musste. Unter den unzähligen vor allem männlichen Bekanntschaften hatte sich auch Hektor getummelt. Hektor war zu dieser Zeit Assistent an derselben Universität gewesen, an der Lore Germanistik studiert hatte. Er hatte sich auf den ersten Blick in diese ostdeutsche Schönheit verliebt. Auch Lore hatte sofort Gefallen an diesem langhaarigen Typen gefunden, sodass die beiden bereits nach einem halben Jahr ein Paar wurden. Ein weiteres halbes Jahr später wurde dann geheiratet. Kurz darauf ist dann Penelope zur Welt gekommen. Hektor wurde zuerst Referendar, dann Lehrer an seiner Schule. Lore warf das Studium über den Haufen, jobbte nach Vermittlung von Hektor in einem Kinderbuchverlag, bis schließlich Hermes, gezeugt auf der Sitzblockade gegen die Atomraketen in Mutlangen, zur Welt kam.

Oma Bieberbeck hatte sich nicht nur in Bezug auf die Erreger, Viren und Menschen binnen Tagen völlig verändert. Sie stand auch in allem anderen unter Oma Krauses Einfluss. Sie interessierte sich plötzlich ebenfalls für Esoterik. Die beiden führten täglich mehrstimmige Gespräche mit der verstorbenen Verwandtschaft. Sie legten Tarokarten und sich gegenseitig die Hände auf. Oma Bieberbeck tat es offensichtlich gut. Die schrumpligen Hände von Oma Krause ließen weder Zwicken, Stechen und Ziehen in Schulter, Brust und Beinen zu noch hatten die von Oma Bieberbeck gefürchteten Krankheitserreger eine Chance. Sie verließen fluchtartig vor diesen mit esoterischen Rezepturen herumexperimentierenden Omas das Haus. Doktor Johannes Scherzinger schien von diesem Zeitpunkt an ebenfalls völlig überflüssig zu sein.

Er schaute, wegen Oma Bieberbecks mehrtägigem Schweigen beunruhigt, bei den Bieberbecks vorbei.

Oma Krause kam aus Oma Bieberbecks Zimmer gestürmt und stellte sich dem Doktor – die Arme in die Hüften gestemmt – in den Weg.

»Was wollen *Sie* hier!«, zischte sie.

»Ich wollte schauen, wie es meiner Patientin Frau Bieberbeck geht!«, stotterte Herr Scherzinger irritiert.

»Ha!, Ihre Patientin, dass ich nicht lache!«, schrie Oma Krause. »Das können Sie sich abschminken!«

»Aber ...!«

»Nichts *aber*, die Oma legt keinen Wert mehr darauf, von einem schulmedizinischen Trottel wie Ihnen ruiniert zu werden.«

»Aber, ich glaube Frau Bieberbeck ...!«

»Sie glauben gar nichts, das ist es ja, wenn Sie wenigstens glauben würden«, zeterte Oma Krause. Oma Bieberbeck stand im Türrahmen und nickte zustimmend.

»Frau Bieberbeck, hören Sie nicht auf diese Frau ...!«, versuchte der Doktor noch zu retten, was zu retten war.

»Ha! Auf Sie hat sie lang genug gehört. Also hauen Sie endlich ab!«, schrie Oma Krause, zündete eine ihrer sündteuren Kerzen an und versuchte mit »Weiche von uns Satan!« den Doktor aus dem Haus zu drängen.

»Machen Sie sich doch nicht lächerlich!«, versuchte der Doktor der Oma den Wind aus den Segeln zu nehmen.

Durch das Geschrei wurden auch Lore, Julus und Hermes aus der Küche angelockt. Lore blieb wie paralysiert stehen. Sie schrie nur: »Hermes, tu was!« Hermes warf sich im Flur, ohne lange zu überlegen, zwischen den Doktor und die Oma. Da Hermes so dick war, dass er den schmalen Flur fast völlig ausfüllte, war kein Vorbeikommen möglich. Der Doktor konnte ohne größere Blessuren abziehen. Während seines Rückzugs rief er Lore Bieberbeck noch zu:

»Die Frau ist gemeingefährlich! Die richtet Ihre Oma zu Grunde!«

Dann stieg er in sein nagelneues BMW-Coupé und brauste kopfschüttelnd davon.

Als Horst mal wieder unter seinen Autos lag, Opa im Designer-Anzug die PKW-Kleinanzeigen in der Zeitung studierte und Lore im Italienisch-Volkshochschulkurs Konversation paukte, schnappte sich Vater Bieberbeck kurzerhand Penelope und sagte: »Du kannst sicher zwei, drei Stunden auf François aufpassen. Ich zeig Thekla mal meinen Lieblingsfilm!«

Noch ehe Penelope Widerspruch einlegen konnte, hatte sie den kleinen Brüllaffen schon auf dem Arm. Hektor und Thekla waren auf und davon.

»Was ist denn mit dem los?«, fragte Hermes verwundert seine ältere Schwester.

»Bist du blind?!«, schleuderte die ihm, wegen François ziemlich angenervt, zurück. »Der ist doch total durch den Wind, seit *die* im Haus ist! Schleimt, was die Schnecke hergibt, und strahlt sie an, als ob er ein Solarium wäre.«

Auch Mutter Bieberbeck bemerkte eine gewisse Veränderung Hektors seit seine Schwägerin im Haus war. Ja, Lore kannte ihren Hektor. Vermutlich besser als er sich selbst. Er war ihre erste und bisher einzige Liebe gewesen. Sie führten seit achtzehn Jahren eine glückliche Ehe, in der es nicht viel Streit gab, schon gar nicht wegen anderer Frauen oder Männer. Nur einmal, als Vater Bieberbeck mit einer jungen Referendarin an seiner Schule in unmissverständlicher Position gesehen wurde und Mutter Bieberbeck davon erfahren hatte, war die Kacke am Dampfen. Das war auch das erste Mal, dass Hermes und Penelope ihre Mutter richtig laut schreien hörten.

»Dann lass ich mich eben scheiden!«, brüllte sie, dass die Wände wackelten und es sogar die Nachbarn ein Haus weiter hören mussten. Dazu kam es dann aber doch nicht. Vater Bieberbeck musste jedoch vorübergehend im Wohnzimmer auf der Couch übernachten. Lore sah in dieser Zeit ziemlich schlecht aus. Vater Bieberbeck versuchte einzulenken und alles herunterzuspielen, sprach von »Diffamierung durch andere«, »übler Nachrede« und musste schließlich kleinlaut eingestehen, dass er über beide Ohren in die Referendarin verknallt war. Als die ihm dann zwei Wochen später den Laufpass gab, kam er reumütig um Verzeihung bettelnd zurück. Seine Frau ließ ihn zwar noch ein paar Wochen im Wohnzimmer zappeln, erhörte dann schließlich sein Bitten und Flehen und nahm ihn wieder bei sich und im gemeinsamen Schlafzimmer auf.

»Deine Mutter hat er, so lang ich denken kann, noch nicht ins Kino eingeladen«, sagte Penelope zu Hermes, »dieser Banause!«

»Du meinst, Papa ist ...???«

»Das können wir rausfinden.«

»Hä? Wie denn!«, fragte Hermes kleinlaut.

»Na los, hinterher!«

»Aber …«

Noch ehe Hermes darüber nachdenken wollte, saß er schon auf seinem Mountain-Bike und radelte in Richtung Stadtmitte. Natürlich hätte Hermes auch vorschlagen können, dass Penelope dem Vater und der Schwägerin nachspionieren sollte. Dann wäre ihm allerdings François nicht erspart geblieben. Und den wollte er sich nun wirklich nicht antun.

François war ein kleiner verzogener Brüllaffe und eine unausstehliche Nervensäge. Er war zwar erst neun Monate alt, aber genauso dickschädlig wie sein Vater und ebenso hübsch wie seine Mutter. Manchmal konnte er aber auch ganz schön hässlich sein. Vor allem dann, wenn er aus Leibeskräften brüllte, sodass alle, außer Thekla, fluchtartig das Haus verließen. François beruhigte sich in der Regel erst dann, wenn er das, was er wollte, auch endlich bekam. Dann war seine miese Laune plötzlich wie weggeblasen. Die Fratze wurde zu einem lachenden Gesicht, das aber jeden Augenblick wieder von einem erneuten Wutanfall heimgesucht werden konnte. ›Wie man nur so viel schreien kann, ohne heiser zu werden‹, dachte Penelope. Hermes dachte jedes Mal das Gleiche, bevor er sich ein Tempotaschentuch zerknüllt in die Ohren stopfte.

François' Brüllerei war so ähnlich wie Jennys Geigenspiel. Nur noch ein wenig schlimmer. Wenn François nicht brüllte, schlief er meistens. Wenn er nicht schlief, aß er. Und zwar alles, was er in die Finger bekam. Blumenerde, Filzstifte, Kalenderblätter, Hektors Klassenarbeiten und Hermes' Hausaufgaben.

Wenn François weder aß, schlief oder brüllte, grinste er übers ganze Gesicht und sah aus, als ob er im nächsten Moment wieder schlafen, brüllen oder essen wollte.

Als Hermes völlig außer Atem das *Gloria* erreicht hatte, saßen sein Vater und seine Tante schon in der dritten Reihe im Kino nebeneinander. Hermes ließ sich zwei Reihen dahinter erschöpft in den Kinosessel fallen. Der Film begann und Hektor versuchte immer wieder mit flüsternden Kommentaren Thekla zu imponieren. Was Hektor da von sich gab, konnte Hermes nicht verstehen. Dafür war es zu leise. Dennoch war es laut genug, dass sich die anderen Kinobesucher von dem Gezischel Hektors und dem Gekichere Theklas gestört fühlten. Der Typ neben Hermes zischte plötzlich »Pscht!!!«, sodass sich Hektor über die Schulter nach hinten drehte. Hermes sah die Bewegung des Vaters und tauchte intuitiv unter dem Sessel weg. Dabei entglitt ihm ein ganzes Konzert von Fürzen aus dem Hintern. Der Typ neben Hermes erschrak zuerst, dann roch er die Ausdünstungen, murmelte: »Wäh, das ist doch ... ist doch ... eine Unverschämtheit ist das ...«, erhob sich und schob sich mit zugehaltener Nase an den Zuschauern vorbei in den Mittelgang. Hermes richtete sich langsam wieder auf und sah den Typen gerade durchs Bild latschen. Er setzte sich demonstrativ in die erste Reihe. Sein Vater war schon wieder mit Thekla beschäftigt. Hermes konnte, an den Lehnen vorbei durch die Sitzreihen hindurch, die Hand seines Vater erkennen. Sie berührte die auf der Lehne abgelegte Hand von Thekla. Thekla erschrak dabei, dass ein Zucken wie ein Stromschlag durch ihren ganzen Körper ging. Sie starrte Hektor entgeistert an. Hektor drückte daraufhin die Hand ganz kurz, so als ob sie eine Zitrone wäre, die keinen Saft mehr gibt, und warf Thekla einen schmachtenden Blick zu. Bloß gut, dass es im Kino dunkel war, sonst hätte Theklas feuerrot glänzendes Gesicht Hektor bestimmt geblendet.

Während Hektor Thekla bezirzte, spürte Hermes mit zunehmender Zeit die Mountain-Bike Anstrengung. Die Augen wurden schwerer, die Konzentration ließ nach. Als Catherine Deneuve auf der Leinwand gerade mal wieder glänzte, schlief Hermes furzend im Kinosessel ein. Irgendwann inmitten des Films erwachte er kurzzeitig wieder. Die Plätze neben ihm waren jetzt leer. Dafür war die erste Reihe dicht besetzt. Aber selbst das konnte Hermes nicht davon abhalten, ein weiteres Mal einzuschlafen.

»Hee, aufwachen!«, hörte er plötzlich.

Noch bevor Hermes die Augen aufreißen konnte, schossen ihm Gedanken durch den Kopf, die bereits das Allerschlimmste vermuten ließen. ›Lass das bloß nicht Papa sein‹, dachte er, als er die Augenlider ein winzig wenig anhob und durch die Schlitze schaute.

»Los, raus jetzt hier!«, hörte er und wusste: ›Glück gehabt.‹

Der Kinosaal war hell erleuchtet. Außer ihm und dem Platzanweiser war kein Mensch mehr zu sehen.

Todmüde und wieder mal mit null Aussicht auf Schlaf kam

Hermes mit seinem Mountain-Bike zu Hause an. Von außen war, außer in Oma Bieberbecks Zimmer, kein Licht mehr zu sehen. Als Hermes sein Mountain-Bike an den Schrottlauben vorbeischob und von innen bereits Horsts Schnarchgeräusche vernehmen musste, kam ihm eine Idee. Er lehnte sein Fahrrad an die Hauswand, lief durch den Garten bis zum Wohnwagen, öffnete ihn ...

»Besetzt!!!«, hörte er Penelopes Stimme.

»Was machst du denn ...?«, wollte Hermes wissen.

»Schlafen natürlich! Also zisch ab!«

›Mist, zu spät‹, dachte Hermes und stellte sich auf eine weitere schlaflose Nacht in seinem Zimmer ein.

Wieder wälzte er sich von links nach rechts und von rechts nach links.

Als die Sonne bereits hinter den Häusern hervorschaute, war Hermes noch immer wach. Aber nicht nur er. Hermes spitzte die Ohren und hörte Geräusche. Er öffnete die Kinderzimmertür einen Spaltbreit und schaute hinaus auf den Flur. Just in diesem Moment tauchte Opa Bieberbeck aus seinem Zimmer kommend im Türspalt auf. Er war wieder wie aus dem Ei gepellt. Er trug seinen beigen Anzug und darüber den dicken Wintermantel. Natürlich hätte Hermes, ähnlich wie am Vorabend dem Vater, jetzt auch dem Opa hinterherschleichen können, um den Grund für dessen frühzeitiges Aufsein herauszufinden. Aber dafür war Hermes viel zu müde.

»Zzzzt!«, zischte er durch den Spalt in den Flur.

Der Opa blieb wie getroffen stehen, drehte sich langsam

um und schien erleichtert zu sein, dass nur Hermes hinter ihm stand.

»Huch, hast du mich jetzt erschreckt!«, sagte er, wobei die Worte auf einer Issey-Miyake-Wolke auf Hermes zuschwappten.

»Na, wohin so früh?«, fragte Hermes. Und da der Opa eine alte Quasselstrippe war, sagte er:

»Puh! Arbeiten! Im Supermarkt. Flaschen einsortieren. Idiotenjob, ich weiß. Na ja, aber was soll's. Auch so lässt sich da manches Ding drehen.«

»Was??«, fragte Hermes erstaunt.

Und dann erzählte der Opa im Schnelldurchlauf, warum er sich in so unmenschlicher Frühe aus dem Bett quälte.

Um fünf Uhr stand Opa Bieberbeck bereits in weißem Kittel bis über die Knie an den Regalen und sortierte Spirituosen und andere Getränke ein, während seine Kolleginnen die Teigwarenregale und Obsttheken auffüllten oder sich an der Wurst- und Käsetheke zu schaffen machten. Opa Bieberbeck war mit seiner charmanten Art bei den im Laden beschäftigten Verkäuferinnen sofort der Hahn im Korb. Er flirtete hemmungslos über die Wursttheke hinweg mit der rotbackigen Wurstverkäuferin. Im Aufenthaltsraum riss er während der Zigarettenpausen zotige Scherze, die an Schlüpfrigkeiten kaum zu übertreffen waren, sodass die Frauen mädchenhaft in sich hineingrinsten. Sie mochten Opa Bieberbeck wegen seiner spitzbübischen Frechheit und seines unverfrorenen Witzes.

Keine der Verkäuferinnen kam ein Verdacht, als der Opa morgens, trotz der frühsommerlichen Temperaturen mit seinem langen, dicken Winterwollmantel bekleidet, zur Arbeit kam. Der dienstbeflissene Filialleiter, der tatsächlich auf Anraten von Opa Bieberbeck seine Akne mit Rheumasalbe behandelte und wider Erwarten damit auch noch Erfolg hatte, bemerkte ebenfalls nichts. Niemand dachte sich etwas Böses dabei oder vermutete eine knallhart kalkulierte Bieberbecksche Absicht dahinter.

War es aber doch! Ja, Opa Bieberbeck zog aus gutem Grund seinen Wintermantel mit den geräumigsten Taschen an. Der sollte ihm nämlich als Versteck- und Schmuggelwarendepot dienen. Opa Bieberbeck stopfte sich im Lager des Ladens heimlich und unbeobachtet alles Mögliche, das irgendwie in den Taschen des Mantels Platz hatte, hinein. Er schmuggelte im Mantel ganze Zigarettenstangen, flaschenweise irischen Whiskey und russischen Wodka, Kaviarersatz und Rasierwasser an den Kassen vorbei aus dem Supermarkt.

»Tja, das ist der eine Grund!«, flüsterte der Opa Hermes zu, »der andere: die rotbackige Wurstverkäuferin. Ja, der hab ich wirklich so dermaßen den Kopf verdreht, dass sie mir gestern doch tatsächlich an der Wursttheke ihr Herz vor die Füße warf. Ja, das dralle Weib hielt zwischen Schinkenwurst und Schweineschnitzel völlig liebestrunken und in eindeutiger Heiratsabsicht um meine Hand an. Stell dir das mal vor!«

Hermes versuchte es sich vorzustellen. Aussichtslos! Was der Opa sofort bemerkte.

»Mir auch nicht. Na ja, hab ich ihr eben was vorgelogen. Hat sie dann Gott sei Dank eingesehen. Na ja, aber jetzt muss ich. Ciao mein Lieber, mach's gut, bis heute Abend!«, sagte der Opa. Er huschte die Treppe nach unten und verschwand klammheimlich aus dem Haus.

Als der Opa nach vier Tagen seine Schuld abgearbeitet hatte, wollte ihn der Filialleiter, der wie auch die Wurstverkäuferin den Opa in sein Herz geschlossen hatte, überreden weiterhin für ihn im Supermarkt tätig zu sein. Er bot dem Opa eine Gehaltserhöhung und die Aussicht auf einen interessanteren Job an.

Opa Bieberbeck war aber einfach nicht mehr der Typ, der täglich und regelmäßig zur Arbeit geht. Außerdem hatte er nach vier Tagen das Interesse an den meisten Verkäuferinnen verloren. Die geklauten Zigaretten und der Whiskey reichten fast bis zum Jahresende, sodass der Reiz dieser Herausforderung sich in Grenzen hielt.

Opa Bieberbeck verließ also nach fast einer Woche wieder den Supermarkt und blieb bei allen und besonders bei der rotbackigen Wurstverkäuferin in guter Erinnerung.

Als Hermes, kurz nachdem der Opa das Haus verlassen hatte, dann endlich eingeschlafen war, stürmte Penelope ins Zimmer, rüttelte ihn wach und bombardierte ihn mit Fragen.

»Na, sag schon, was war? Kommkomm, erzähl schon! Los, mach schon, was hast du gesehen?«

Hermes erzählte ihr, wobei ihm immer wieder die Augen zufielen, das, was sich im Kino vor seinen Augen abgespielt hatte. Sowohl vor den offenen als auch vor den geschlossenen. Er verschwieg natürlich Penelope sein kurzes Schläfchen und erfand einiges dazu.

»Geknutscht haben sie!«

»NEIN!!!«

»Mit Zunge!«

»NEIN!«

»Doch, und aneinander rumgefummelt!«

»ICH WERD VERRÜCKT!«

»Und ...«

Nachdem Penelope von Hermes mit Informationen versorgt war, knöpfte sie sich ihre Mutter vor.

»Lass dir das von ihm nicht bieten«, versuchte Penelope Lore ins Gewissen zu reden und riet ihr, unbedingt einen Gegenangriff zu starten.

»Wie stellst du dir das denn vor?«, fragte Lore empört.

»Scherzinger!«, entgegnete Penelope.

»Du meinst, ich soll ...«

»Neee!«, erwiderte Penelope »Du sollst Papa einfach nur zeigen, dass es dich auch noch gibt. Und nicht nur als diejenige, die ihm morgens das Frühstücksei kocht, weil er selbst zu bescheuert dafür ist.«

Mutter Bieberbeck wurde ein wenig verlegen, dachte nach und schaute ihrer Tochter ins Gesicht, als ob darin eine Antwort zu erkennen wäre.

Penelope prustete los. Ihre Mutter konnte sich ebenfalls ein Lächeln nicht verkneifen.

»Was gibt's denn hier zu grinsen?«, fragte Hektor, der gerade die Küche betrat und an den beiden vorbei ins Wohnzimmer schlapfte.

»Das wirst du schon noch sehen!«, flüsterte Penelope kaum hörbar dem Vater in den Polunderrücken. Anschließend zog sie sich für die nächsten eineinhalb Stunden ins Bad zurück.

Als Hermes wieder vor seinem Haferkleieschleimmüsli in der Küche saß und noch immer hundemüde mit den zufallenden Augen kämpfte, hielt ihn sein Vater ekelhaft gut gelaunt zur Eile an:

»Los, Hermes, mach schon, wir müssen! Los, wirf deinen Körper in Gang, sonst kommst du noch zu spät!«

»Ja, ja ...«, murmelte Hermes vor sich hin und wusste: Selbst wenn er ab jetzt jeden Tag überpünktlich in der Schule erscheinen würde, wäre da kein Blumentopf mehr zu gewinnen. Hermes' schulische Leistungen waren noch nie die besten und wurden, sicher durch die aufregenden Veränderungen im Bieberbeckschen Haushalt bedingt, immer schlechter. Hermes schrieb in schöner Regelmäßigkeit Fünfen und Sechsen und steuerte auf direktem Wege der Versetzungsgefährdung entgegen.

Sein ihm verhasster Mathematik- und Klassenlehrer Luhmann, dem Hermes als Teil von H. P. bereits ein Denkmal gesetzt hatte, wusste sich nach ständigen Ermahnungen und

Appellen nicht mehr zu helfen und bestellte Vater Bieberbeck in die Sprechstunde.

Vater Bieberbeck kam wie ein personifizierter Hurrikan von Luhmann zurück und wirbelte, tobte und schrie und drohte:

»Wenn du sitzen bleibst, mein Sohn! ... kommst du ins Internat!«

Bis dahin und zum Schuljahresende sollte sich allerdings noch einiges ändern. Hausarrest, Nachhilfeunterricht und Pauken bis zum Abwinken wurde von Vater Bieberbeck anstelle des gymnastischen Fitnessprogramms verordnet, nach der Devise »Du bist nicht dumm!, mein Junge. Du bist einfach nur stinkfaul!« Was sicher nicht ganz verkehrt war.

Ein verknöcherter Nachhilfelehrer, von Vater Bieberbeck engagiert, kam ins Haus. Der nervte Hermes mit englischen Verben und tyrannisierte ihn mit mathematischen Gleichungen, bevor er nach zwei Wochen völlig frustriert das Handtuch warf.

Als Nächstes versuchte sich ein angehender Lehrer, der kurz vor seinem Referendariat stand, an Hermes' Lernschwäche. Der Typ war ganz okay und sich mit Hermes einig, sich nicht mit langweiligen Vokabeln herumschlagen zu wollen.

Er selbst war weniger an Hermes' Leistungssteigerung interessiert als vielmehr an der Aufmerksamkeit von Hermes' Schwester. Kaum war er im Haus, büffelten die beiden nicht Mathe und Englisch, sondern unterhielten sich über Penelope, wobei der Typ glänzende Augen und einen trockenen Mund bekam.

Während Hermes seinem Nachhilfelehrer Tipps und Ratschläge in Bezug auf Penelope gab, schlug der ihm effektivere Methoden vor, sich der drohenden Nichtversetzung zu entziehen.

»Also schau mal, du nimmst so einen Bierdeckel hier«, sagte der Typ und zog einen Bierdeckel aus der Tasche, »den schreibst du mit allem voll, was du nicht weißt!«

Hermes schaute skeptisch.

»Na ja, meinetwegen kannst du auch zwei nehmen oder drei. Auf jeden Fall pikst du dann am Rand einen Reißnagel durch. Schau her!«

Der Typ stieß durch den Bierdeckel eine Reißzwecke. »Dann befestigst du den Bierdeckel mit der Reißzwecke unter dem Tisch in der Schule, wo du sitzt. Klar?«

Während der Typ es zu Hause an Hermes' Schreibtisch vormachte, nickte Hermes.

»So, jetzt pass auf. Wenn der beknackte Luhmann dich gerade nicht im Visier hat, drehst du den Bierdeckel entweder mit dem Knie oder der Hand unter dem Tisch hervor. So. Und dabei den Blick immer schön bei Luhmann lassen!«

Der Typ schob den Bierdeckel, während er nach vorne schaute, mit dem Knie unter dem Tisch hervor.

»So, jetzt kannst du, solange der Luhmann nicht schaut, das, was du nicht weißt, vom Deckel ablesen.«

»Und wenn er ...«

»Schwupp ... mit dem Knie dagegen, und schon ist der Deckel verschwunden. Total einfach!«

»Genial!«, entlockte es Hermes' Mund.

»So, und jetzt erzähl mal, wo geht deine Schwester abends so hin...«

Von da an bastelte Hermes nicht nur die schönsten Bierdeckel unter die Tische, sondern auch andere kunstvolle Spickzettel. Darüber hinaus schrieb er bei den anderen hemmungslos ab. Und dennoch verbesserten sich Hermes' Noten nur unwesentlich. Luhmann gab Hermes irgendwann auf. Und Hermes sich selbst ebenfalls.

»... Pausenlose Deichsicherung. Nachdem die Bevölkerung aus den Gebieten, wo die Deiche der Oder drohen zu brechen, evakuiert worden sind, versuchen das Technische Hilfswerk, die Bundeswehr und weitere Hilfsorganisationen das noch immer steigende Wasser zu bändigen. An der Hochwasserabwehr beteiligen sich mittlerweile tausende von Menschen aus Ost und West. Auch Hubschrauber werden jetzt eingesetzt. Der Bundeskanzler, der aus seinem Urlaub in Österreich an die Oder gekommen war, betonte, die Überschwemmungsopfer würden nicht im Stich gelassen. Der Pegelstand hat längst die Jahrhunderthochwassermarke überschritten. Das Wasser steigt noch immer. Die Aussichten für die kommenden Tage: weiterhin verbreitet Regen, nördlich der Donau länger anhaltend. Temperatur: Tageshöchstwerte 18 bis 20 Grad, nachts in 1000 Meter Höhe um 14 und in 2000 Meter um neun Grad. Ab Montag etwas freundlicher, nur mäßig warm.«
Nachrichtenmeldung des Ersten Deutschen Fernsehens

5 Penelope stand am Fenster und starrte hinunter in den Garten. Dort sah es mittlerweile so aus wie auf einem Schrottplatz. Ganze und halbe Autos, Autoteile, Kotflügel, Kofferraumhauben und Reifen standen und lagen neben-, auf- und durcheinander. Wie es schien, konnte sich Hektor Bieberbeck nicht gegen eine derartige Zweckentfremdung seines Gartens durchsetzen. Er brachte es einfach nicht übers

Herz, seinem Schwager die Nutzung des Rasens zu verbieten. Jeden Tag nahm er es sich vor. In Gedanken hatte er sich ganze Sätze und erklärende Worte zurechtgelegt.

›Horst, es tut mit wirklich Leid, aber du musst verstehen, ich hänge sehr an diesem Rasen. Mein Hobby sozusagen und du siehst ja selbst ...‹, wollte er sagen und sagte nichts, mit Rücksicht auf das verwandtschaftliche Verhältnis. Oder besser: auf Thekla. Und doch schien sich nach dem Kinobesuch seine Beziehung zu ihr verändert zu haben.

»Komisch!, was ist denn in die beiden gefahren?«, fragte Penelope ihren Bruder. Hermes zog die Schultern bis zu den Ohren und versuchte die Veränderung in Worte zu fassen.

»Thekla ist plötzlich wie Luft für Papa!«

»Und Papa ist plötzlich wie Luft für Thekla!«

»Nichts mehr mit Schleimerei!«

»Auch nichts mit den ständigen Komplimenten.«

»Irgendwie gehen sich die beiden aus dem Weg.«

»Seit der ›letzten Metro‹ sind sie wie ausgewechselt«, sagte Penelope. »Das passt aber gar nicht mit deinen Beobachtungen zusammen.«

»Kann ich doch nichts für!«, entgegnete Hermes und versuchte die Zweifel schon im Keim zu ersticken.

Für Mutter Bieberbeck dagegen war die Sache klar, die Reaktion ihres Mannes absolut durchschaubar. Sie kannte ihn einfach zu gut, als dass er ihr etwas hätte vormachen können. Hektor war, wenn es nach der Einschätzung seiner Frau ging, total verknallt in seine Schwägerin. Und seine neuerliche gleichgültige Haltung ihr gegenüber konnte nur zwei Schlüsse zulassen. Entweder sie hat ihn ganz brutal abblitzen lassen. Oder aber sie haben bereits ein Techtelmechtel miteinander und versuchen nun für alle anderen ein Versteckspiel zu inszenieren, sodass niemand auf die Idee kommen sollte, dass sie bereits ein Liebespaar sind. ›Das muss ich unbedingt herausfinden‹, dachte Lore Bieberbeck.

Und Hektor dachte schließlich in Bezug auf seinen Garten: ›Muss ich ihn eben nächstes Frühjahr ganz neu anpflanzen.‹ Da hatte er Recht. Der englische Rasen war nicht mehr zu retten.

Penelope wiederum dachte: ›Geiler Typ!‹, als sich René jetzt mit gleichmäßigen Schritten und nacktem Oberkörper auf dem Rasen in ihr Gesichtsfeld schob.

Er schmiergelte an einem Polo herum, bei dem unter Renés gleitender mit Schmiergelpapier bewaffneter Hand das blanke Blech frech hervorschimmerte. Mit der Ausdauer eines Unermüdlichen schmiergelte René elegant hin und her und her und hin. Dabei spannten sich seine Arm- und Brustmuskeln so fest an, als wollten sie gleich zerspringen. Penelope war fasziniert von dieser schmiergelnden Eleganz und der kraftvollen Zärtlichkeit, mit der René im Garten den Polo bearbeitete. Es schien ihr wie ein Tanz, wie eine choreographierte Bewegungsstudie zwischen Mensch und Maschine – atemberaubend aufregend und wundersam schön. Sie spürte ein Gurren unter der Bauchdecke. Sie spürte ihr pochendes

Herz in der Brust, die kribbelnden Hände, baumelnd neben den Hüften.

Als René plötzlich seine Schmiergelrichtung änderte, blickte er kurz von dem Polo hoch und streifte dabei Penelopes Blick. Die erschrak, zuckte zusammen und tauchte hinter dem Vorhang ab. Sie verfluchte sich dafür, tauchte wieder auf und konnte René bereits wieder nur mehr schmiergelnd erkennen.

»So kann's nicht weitergehen«, murrte Hermes und Julus bestätigte mit »Hast Recht!«

Sie meinten damit Horst Krause, der für die beiden Brüder die Nacht zum schläfrig schlaflosen Tag verwandelte. Horst Krause schnarchte, seitdem er nun im Bieberbeckschen Haus war, dass sich die Balken bogen. Pünktlich zur Schlafenszeit fing er an zu sägen und hörte, als ob die schlaflosen Nächte der anderen aus Bäumen bestünden, bis zum frühen Morgen nicht mehr auf.

»Entweder ist seine Alte taub«, spekulierte Hermes, »oder aber sie steht drauf!«

Julus grinste, als ob ihm das Zweitere eindeutig lieber gewesen wäre.

Aber nicht nur Hermes und Julus quälten sich schlaflos durch die Nächte, auch alle anderen, die zu spät kamen um den heiß begehrten Wohnwagenplatz für sich in Beschlag zu nehmen, mussten sich mit der Schnarcherei auseinander setzen. Auch Penelope konnte durch Horsts Lärmbelästigung unmöglich einschlafen. Sie beneidete Jenny, die, nachdem sie sich hingelegt hatte, unbeweglich wie ein Stein neben ihr lag und einschlummerte.

Hektor und Lore hörten das Geräusch, das auffallend laut aus dem Wohnzimmer drang, ebenfalls ganz deutlich. Auch sie wälzten sich stundenlang hin und her, bis sie endlich einschlafen konnten. Ihr Schlaf war aber nicht so tief wie gewohnt und die Träume nicht so intensiv wie gewünscht, was sich vor allem morgens, kurz nach dem Aufstehen bemerkbar machte.

Lore und Hektor waren frühmorgens immer wie erschlagen und kamen einfach nicht in die Gänge. Sie fühlten sich so, als hätte ihnen nachts irgendjemand mit einem Gummihammer auf dem Schädel herumgetrommelt.

»Wie ein geprügelter Hund!«, sagte Hektor völlig niedergeschlagen. Und seine Frau nickte kraftlos.

Sie wurden morgens einfach nicht richtig wach und gähnten den ganzen Tag über vor sich hin. Hektor merkte, wie er in der Schule immer mehr abschlaffte. Konzentrationsschwierigkeiten tauchten auf. Schließlich musste er selbstkritisch feststellen, dass er nicht mehr der Alte war. Natürlich bemerkten das auch seine Schüler und nutzten das schamlos aus.

Als Hektor während einer Klassenarbeit tatsächlich auf seinem Lehrerstuhl versunken einnickte, woraufhin die Schüler natürlich hemmungslos abschrieben und es dadurch fast nur Einsen und Zweien gab, war auch für ihn das Maß voll. Die Grenze der Toleranz hinsichtlich dieser Schnarcherei war überschritten. Es musste gehandelt werden, zumal der Wohnwagen seit Tagen abwechselnd von Opa Bieberbeck und Penelope besetzt war.

Zuerst wurde heimlich der interne Bieberbeck-Familienrat einberufen. Da wurde dann gemeinsam nachgedacht. Und als nach dem Nachdenken noch immer keine Lösung in Sicht war, beschloss Hektor Thekla zur Problembewältigung hinzuzuziehen.

»Sicher ist dir schon aufgefallen, dass Horst einen unruhigen Schlaf hat«, versuchte sich Hektor vorzutasten.

»Ne!«, sagte Thekla, »das kann ich nicht behaupten. Unruhiger Schlaf, ganz und gar nicht. Im Gegenteil. Horst schläft wie ein Bär. Und schnarcht auch so!«

»Schnarchen Bären?«, wollte Julus jetzt wissen.

»Keine Ahnung!«, sagte Penelope.

»Keine Ahnung!«, Hermes.

Und »Keine Ahnung!«, Lore.

Auch Opa Bieberbeck musste auf diese Frage mit einem Achselzucken passen.

»Das ist jetzt auch nicht so wichtig!«, versuchte Hektor wieder zum eigentlichen Thema zurückzukommen.

»Stimmt!«, sagte Penelope und »Stimmt!« fügten nacheinander Hermes, Lore und Opa an.

»Viel wichtiger ist, wie wir Horst dazu bringen, die Schnarcherei künftig etwas einzustellen.«

»Unmöglich!«, sagte Thekla. »Horst schnarcht, seit ich ihn kenne. Und das sind mittlerweile auch schon Jahre. Und wie ich ihn kenne, wird er das auch noch weiter tun.«

»Grauenhaft!«, sagte Penelope. Und »Grauenhaft!«, sagten auch Hermes, Julus, Hektor und Lore. Nur Opa sagte: »Da hilft dann nur noch die Medizin.«

»Scherzinger!«, nahm Penelope Opas Ball auf.

»Ja, vielleicht solltet ihr«, und dabei zeigte Hektor auf seine Frau und Thekla, »vielleicht solltet ihr Doktor Scherzinger um Rat fragen. In Zeiten, wo man auf den Mond fliegen kann oder mit Überschallgeschwindigkeit wie nach Fingerschnipsen in Amerika ist, muss es doch möglich sein, das bisschen Schnarchen in den Griff zu kriegen, oder?«

Einhelliges Nicken der anderen und somit beschlossene Sache.

Als Hermes mit Julus am nächsten Nachmittag wieder im Esszimmer vor dem Fernsehapparat saß und auf der Suche nach Opa in den Kanälen war und Jenny über den Brillenrand hinweg von der Eckbank aus die beiden beobachtete, hörten sie im Flur eine Stimme. »Ist sie weg??«

»Ja, kommen Sie rein!«, antwortete eine andere.

Die Antwort kam von Lore, die Frage von Doktor Scherzinger.

»Sind Sie sicher?«

»Ja natürlich, Oma Krause ist mit Oma Bieberbeck in der Stadt einkaufen. Und das kann dauern.«

»Na, Gott sei Dank!«

»Das ist meine Schwägerin, Thekla Krause!«

Natürlich konnten Hermes und Julus nicht widerstehen,

dem Doktor und den beiden Müttern heimlich ins Wohnzimmer nachzugehen. Und selbst Jenny ließ das Buch auf der Eckbank liegen und schloss sich den beiden Jungs an.

Mit dem Ohr am Holz der Wohnzimmertür lauschten die drei und hörten den Doktor sprechen.

»Da gibt es verschiedene Möglichkeiten! Aber die effektivste ist immer noch ein operativer Eingriff!«

»Dazu kann ich ihn nie überreden!«, sagte Thekla und wollte bereits die Alternativen erfahren.

»Na ja, ich glaube Ihrem Mann wird gar nichts anderes übrig bleiben, wenn er sich und seine Gesundheit nicht aufs Spiel setzen möchte.«

»WAS?«, heulten Thekla und Lore entsetzt auf.

Hermes und Jenny schauten sich wortlos und erstaunt an.

»Das Schnarchen ist nicht nur eine Belästigung der anderen Schlafenden, sondern kann auch für den Schnarchenden richtig gefährlich werden. Durch das angestrengte Schnarchen kann es nämlich hin und wieder zu einem kurzzeitigen Aussetzen der Herzmuskelaktivität kommen, sodass der Körper in der Nacht kurzzeitig nicht ausreichend mit Sauerstoff versorgt wird. Was zu lang anhaltender Schädigung des Gehirns führen kann.«

Ohne die beiden Mütter zu sehen, ahnten Hermes, Julus und Jenny, dass sich bei des Doktors Worten die Gesichtsfarbe der beiden Frauen am weißen Arztkoffer Scherzingers orientierte und sich ein entsetzter Blick zwischen ihre Augen schummelte.

»Und ... äh ... was wäre da ... äh ... zu tun?«, stotterte Thekla kleinlaut und mit Grabesstimme, die so klang, als ob Horst weder unter den Lebenden weilen noch im Garten reparierend unter einem seiner Autos liegen würde.

»Gaumenzäpfchen!«, sagte Doktor Scherzinger, als ob damit das Problem gelöst und die schnarchenden Sorgen für immer aus den Ohren wären.

»Gaumenzäpfchen???«, fragten die Mütter und verstanden überhaupt nichts.

Auch Hermes, Julus und Jenny glotzten sich jetzt an, als ob das Vernommene durch die Tür nicht nur schlecht zu hören, sondern auch noch schlechter zu verstehen gewesen wäre.

»Das Gaumenzäpfen befindet sich, wie das Wort schon sagt, am Gaumen, im Mund beim Zungenansatz. Es ist bei manchen Menschen etwas zu lang, sodass es vor allem nachts die Menschen beim Atmen hindert, wodurch dann dieses nervtötende Schnarchgeräusch entsteht.

Wenn man nun aber das Gaumenzäpfchen etwas kürzt und gleichzeitig die Nasenhöhle erweitert, stehen die Chancen ziemlich gut, dass das Schnarchen reduziert und die nächtliche Sauerstoffversorgung weiterhin ausreichend gewährleistet wird.«

»Da... da... das lässt mein Horst nie mit sich machen!«, stammelte Thekla und Lore konnte das sehr gut nachvollziehen.

»Ja, dann gibt es da noch andere Möglichkeiten!«

»Ja??«, heulten die beiden Frauen hoffnungsvoll auf.

»Die Sauerstoffmaske zum Beispiel«, erklärte Doktor Scherzinger. »Da muss dann ihr Mann nachts mit einer Sauerstoffmaske schlafen.«

Hermes, Julus und Jenny konnten sich ein Kichern nicht verkneifen, als sie sich Horst mit einer Maske im Bett liegend vorstellten.

»Und dann gibt es da auch noch allerhand Mittelchen und Rezepturen, die allerdings in den Bereich fallen, für den sich eher Ihre Schwiegermutter zuständig fühlen dürfte.«

Sicher machte Doktor Scherzinger dabei eine unmissverständliche Geste, die seine Haltung Oma Krause gegenüber verdeutlichte.

Und dann ging plötzlich die Haustür auf und Oma Krause und Oma Bieberbeck kamen beide mit mehreren Plastiktüten in der Hand hereingelatscht.

»Na, was gibt's denn da zu lauschen!«, schrien sie so laut den Flur entlang, dass Doktor Scherzinger hinter der Wohnzimmertür sofort verstummmte.

»Hilfe, die Furie ist da!«, drang entsetzt aus seinem Doktorenmund. Thekla sagte ganz leise und für die drei kaum hörbar: »Schnell, schnell, raus hier.«

Und Lore ergänzte noch leiser: »Hier über den Fenstersims in den Garten!«

Julus, Hermes und Jenny liefen zum Esszimmerfenster und sahen Doktor Scherzinger aus dem Wohnzimmerfenster klettern. Er schlich geduckt durch den Garten, an den Schrottautos vorbei und brauste dann mit Vollgas in seinem Cabriolet davon.

Der Familienrat wurde erneut einberufen. Thekla und Lore erstatteten Bericht über die vernichtende Einschätzung des Doktors. Wieder wurde nachgedacht. Nach langer Überlegung war klar, dass es keine einvernehmliche Lösung für dieses Problem geben konnte. Die einzige Möglichkeit ...

»Vielleicht ist ja Horst einsichtig!«, sagte Opa, woraufhin Thekla mit »Nie! Niemals!« antwortete.

»Na ja, aber versuchen müssen wir es!«, unternahm Hektor einen weiteren Anlauf.

»Genau, irgendjemand muss es ihm sagen!«, mischte sich Penelope ein.

»Auf mich hört er ohnehin nicht!«, sagte Thekla und wies die Umsetzung dieses Vorschlags weit von sich.

»Aber wer dann?«, fragte Lore und merkte plötzlich, wie alle Blicke auf ihr ruhten.

Energisch schüttelte sie den Kopf.

»Doch!«, sagte Vater Bieberbeck. »Schau mal, du kennst doch deinen Bruder am längsten und am besten. Also ist es für dich doch höchstwahrscheinlich am leichtesten.«

Das stimmte natürlich so nicht ganz. Denn gerade weil Mutter Bieberbeck ihren Bruder besser und länger kannte als die anderen, wusste sie auch, wie der auf diesen Angriff reagieren würde, und als solchen würde er ihn bestimmt auffassen. Das machte es Lore noch viel schwerer. Davon abgesehen, dass sie überhaupt keine Lust hatte, sich mit ihrem älteren Bruder anzulegen.

»Papa hat Recht!«, fiel Penelope der Mutter in den Rücken.

Und auch Hermes nickte, mit den Gedanken noch immer bei den schlaflosen Nächten.

»Also, Lore, einer muss sich opfern!«, sagte Opa Bieberbeck so, als ob *er* es die letzten zweihundert Male gewesen wäre.

»Ach so! Und warum gerade *ich*? Ich, die sich immer opfern muss, für alles ...«

»Aber Lore, so stimmt das nun auch wieder nicht!«, war Hektor um gut Wetter bemüht.

»Nee, stimmt nicht, meinst du, und wer opfert sich den Haushalt zu machen, einzukaufen, zu waschen und ...«

»Aber das ist doch was ganz anderes!«

»Da hat Hektor Recht!«, mischte sich Opa wieder ein, »jetzt geht es um Horst und sein unerträgliches Schnarchen. Wir mussten alle anerkennen, dass du, Lore, nun mal am ehesten geeignet bist, deinem Bruder das näher zu bringen, verstehst du?«

Lore konnte nur noch nicken und sich geschlagen geben.

Nach dem Mittagessen, das auf Anregung von Thekla, die sich selbst als »überzeugte Vegetarierin« bezeichnete, dieses Mal entsprechend vegetarisch ausfiel (wobei Thekla zwar die Anregung gab, aber Lore das Ganze dann kochte), versuchte Lore ihrem Bruder schonend wie einem hyperempfindlichen Kind zu vermitteln, dass sein geräuschintensiver Schlaf die anderen um denselben brachte.

Zuerst kapierte Horst Krause überhaupt nichts. Er verstand nur Bahnhof und schaute seine Schwester mit weit aufgerissenen Augen fragend an, als die ihn diplomatisch, in fröhlichem Ton fragte:

»Sag mal, Horst, wie lange schnarchst du eigentlich schon?«

»Schnarchen? Wer? Ich?«, entgegnete Horst und dabei lutschte er an den Worten wie an klebrigen Kaubonbons herum.

Dann lachte er laut, aber wenig überzeugend, wie über einen gar nicht so gelungenen Witz.

»Ja, du!«, setzte Lore, noch immer an Heiterkeit kaum zu überbieten, nach, sodass Horsts scheinbare Freude sich verzog und er seine Schwester ernst fixierte.

»Spinnst du?!«, sagte er trocken und »*Ich* schnarch doch nicht!« fast schon staubend.

Als Lore daraufhin ungläubig vor sich hin blickte, fügte er zum entlastenden Beweis »Frag Thekla!« hinzu.

»Ich habe Hektor, Hermes, Julus, Opa, Penelope und auch Thekla schon gefragt und alle hören das Gleiche wie ich.«

»Hä? Was?«

»Dich!«, sagte Lore, »Schnarchen! Nacht für Nacht!«

»Unmöglich! Ausgeschlossen! Niemals!«, empörte sich Horst, als ob man ihm eine tödliche Krankheit oder eine hinterhältige Affäre angedichtet hätte.

»Horst, wenn du's nicht glaubst, dann hör zu!«

Sie drückte auf den Startknopf von Penelopes Kassettenrecorder und spielte ihrem Bruder das vor, was ihr Sohn Hermes mit dem Aufnahmegerät in der Hand die letzte Nacht vor der Wohnzimmertür gehört hatte. Zuerst tönte leises

Gestöhne aus den Boxen, woraufhin Lore plüschrot bis zu den Ohren anlief. Horst schmunzelte seine Schwester an und verdrehte die Augen, als wollte er sagen: »Ich war noch nie ein Kind von Traurigkeit« und »Ich fürchte, das sind alles andere als schlagkräftige Beweise«.

Lore spulte ziemlich irritiert vor, drückte abermals auf *Start* und beobachtete ihren Bruder, der bei den Tönen, die jetzt aus den Lautsprechern drangen, zusammenzuckte. Seine Stirn legte sich kräuselnd in Falten.

»Denunziation!«, spuckte er wie einen übel schmeckenden Rotzbatzen aus sich heraus.

Er beendete den brummenden Geräuschmix mit einem entschlossenen Druck auf die *Stopp*-Taste.

»Spionage!«, peitschte er seiner Schwester ins Gesicht. »Hier wird man ja noch schlimmer abgehört als früher zu Hause bei uns!«, brüllte er und ließ eine Schimpftirade auf Lore niederprasseln. Die klang genauso wie früher, wenn Lore den Älteren bei seinen Streichen belauscht und ihn anschließend bei der Mutter verpfiffen hatte.

Horst tobte und wütete wie von Mutter Bieberbeck erwartet. Er schrie:

»Das ist doch alles ein Witz!«, lachte zwar nicht, sondern machte auf zutiefst gekränkt und spielte von da an überzeugend die beleidigte Leberwurst. Er rannte ins Wohnzimmer, packte sein Bettzeug zusammen, brummte niedergeschlagen und schmerzlich verletzt:

»Dann zieh ich eben in den Garten!«

Er verließ Türe schlagend das Haus.

Natürlich versuchten alle anderen Horst mehr oder weniger und zum Teil ziemlich halbherzig davon abzuhalten, in den schrottreifen Wohnwagen zu ziehen. Aber Horst ließ sich nicht mehr umstimmen und war noch Tage später eingeschnappt. Er war noch immer der sturschädlige Knirps, der bei Kritik entweder beleidigt war und seinen Kritikern die Pest an den Hals wünschte oder den Schwanz einzog. Von Opa und René einmal abgesehen, vermied er es, mit ihnen auch nur ein Wort zu wechseln. Hermes, Julus und Penelope waren, trotz dieses unglücklichen und überraschenden Abgangs von Horst, in erster Linie erleichtert, nachts endlich wieder ungestört schlafen zu können. Hektor machte sich dagegen große Vorwürfe und hofierte Horst in den folgenden Tagen auffällig besorgt. Er trug von nun an sein schlechtes Gewissen wie ein hässliches Stigma auf die Stirn gepickt vor sich her. Er bot Horst sogar seine Hilfe bei den Autoreparaturen an, die der allerdings mit abweisender Handbewegung ablehnte. Was aber nicht unbedingt in Zusammenhang mit der Ausquartierung, sondern vielmehr mit der Rücksicht auf die Autos und in Anbetracht der zwei linken Hände Hektors zu sehen war.

Horst wohnte also jetzt zur Erleichterung aller im Wohnwagen. Zum Essen kam er ins Haus. Einmal die Woche, meistens am Freitag oder Samstag, schlich sich seine Frau Thekla nachts zu ihm in den Wagen und blieb kurzzeitig auch dort. In diesen Nächten brachten dann Julus und Hermes für Stunden wieder kein Auge zu. Sie standen dann am offenen Fenster, hinter den Vorhängen versteckt, und beobachteten gespannt den Wohnwagen. Sie sahen Thekla, meistens nachdem sich das Haus beruhigt hatte und die Lichter in den Zimmern verlöscht waren, aus dem Wohnzimmerfenster im Erdgeschoss klettern. Sie schlich mit hoch gesteckten Haaren und flatterndem Nachthemd und »Mit unten drunter nichts!«, wie Hermes gesehen haben wollte, durch den Garten. Sie schlüpfte zwischen den Autos hindurch, bevor sie im schummrig beleuchteten Wohnwagen nach dreimal klopfen verschwand. Kurze Zeit später fing dann der Wohnwagen an zu wackeln. Zuerst ganz wenig. Dann immer heftiger. Bis er wie eine Hollywoodschaukel hin und her schwenkte. Zuletzt war der klapprige Kasten sogar so bewegt, dass er drohte umzukippen. Dazu kam es dann nicht. Denn, nachdem der Wohnwagen sich wie ein Laternenpfahl im Sturm zur Seite gebogen hatte, hörte die Schaukelei plötzlich wieder auf. Thekla kam, nachdem der Wohnwagen keine Viertelstunde unbeweglich im Garten gestanden hatte, wieder aus dem Wagen. Sie schlich jetzt mit offenen Haaren und zerknittertem Hemd abermals an den abgestellten Schrottwagen vorbei zum Wohnzimmerfenster. Von da stieg sie über das Fensterbrett wieder zurück ins Haus. Hermes und Julus redeten dann noch die halbe Nacht über diese Eindrücke und Hermes versuchte Julus das zu erklären, was der einfach nicht verstehen wollte.

Wenn Penelope nicht gerade trainierte, um ihren vorzüglich gebauten Körper noch vollkommener aussehen zu lassen, telefonierte sie. Penelope telefonierte eigentlich immer; was Vater Bieberbeck auf die Palme brachte. Es war fast unmöglich, bei den Bieberbecks eine freie Telefonleitung zu erwischen. Egal wann, es war immer besetzt. Und meistens war Penelope dafür verantwortlich. In der Regel telefonierte sie mit ihren besten Freundinnen, die ständig wechselten und nicht einmal mit allen Händen der Bieberbecks zusammenzuzählen waren. Penelope stand im Flur vor dem großen Wandspiegel, den Hörer in der Hand am Ohr, den Blick bei sich selbst im Spiegel. Sie wiegte ihren Körper geschmeidig hin und her, während sie viel zu laut in die Plastikmuschel sprach, sodass auch alle anderen im Haus zum Mithören gezwungen wurden. Sie vollführte dabei gymnastische und ganz ansehnliche Übungen. Wenn sie nicht gerade telefonierte und ihr sportliches Fitnessprogramm beendet hatte, las sie meistens das Neueste in den allerneuesten Frauen- Szene- und In-Zeitschriften. *Max, Karina, Brigitte* stapelten sich in ihrem Zimmer zu deckenhohen Türmen. Penelope ließ sich von ihnen, was Schminken, Mode, Frisuren, Trends und sonstige Verschönerungstechniken anbetraf, inspirieren, während Jenny auf ihrem Bett daneben lag und sich weder für Penelope noch deren Hobbys interessierte.

Jenny fläzte fast den ganzen Tag über auf ihrem Bett in Penelopes Zimmer herum. Sie war ständig in irgendeines ihrer Bücher versunken. Es gab kaum eine Situation, bei der sie den Blick vom Buch erhob um an dem Geschehen, das um sie herum tobte, teilzunehmen. Manchmal blickte sie tatsächlich auf, schaute, als ob ihr alles entweder völlig gleichgültig oder aber äußerst suspekt erscheinen würde, und vergrub dann erneut ihr Gesicht zwischen den bedruckten Seiten. Es kam fast nie vor, dass Jenny den Mund aufmachte, außer wenn sie gerade aß. *Sprechen* war für sie scheinbar ein unaussprechliches Fremdwort. Für sie existierte Sprache nur als geschriebenes Wort. Dem vertraute sie wohl noch am ehesten. Die verbal artikulierten Worte schienen ihr unglaubwürdig, falsch und täuschend zu sein. Jennys Welt bestand aus Büchern. Sie ging offenbar ganz darin auf und lebte mit deren Figuren wie die Bieberbecks mit den Krauses. Jenny war mit Professor Kien aus Canettis *Blendung* oder mit Joseph aus Walsers *Der Gehülfe* viel mehr vertraut als mit ihrem Bruder oder den anderen Familienmitgliedern.

»Bücherwurm!«, wurde sie von ihrer Mutter immer liebevoll, aber auch nachdenklich genannt. Ihr Vater machte sich ebenfalls nicht minder große Sorgen um seine Tochter. Ihm schien sie völlig rätselhaft zu sein. Er konnte sich auch nicht vorstellen, welchen genetischen Erbanlagen sie zufolge nachschlug.

»Von mir hat sie nichts!«, sagte er immer und meistens, wenn er sich mal wieder mit hochblutrot voll gepumptem Kopf über sie aufregen musste. Und damit hatte er auch Recht. Jenny konnte von Horst nichts haben, weil Horst gar nicht ihr leiblicher Vater war. Und Renés auch nicht. Beide stammten aus Theklas erster Ehe, die, nachdem die beiden auf der Welt waren, nicht mehr lange hielt. Horst hat dann Jahre später Thekla kennen gelernt, sie geheiratet und René und Jenny adoptiert.

»Von mir auch nicht alles!«, entgegnete Thekla und gab an die für Stammbaumfragen zuständige Oma Krause weiter. Die erklärte sich Jennys sonderliches Verhalten mit dem Opa von Jennys Opa, der ebenfalls ein ziemlich verschrobender Kauz gewesen sein musste. Der Urgroßvater Jennys war laut Oma Krause, woher sie das auch immer wissen wollte (vielleicht hatte sie tatsächlich, wie sie immer behauptete, in ihren spirituellen Sitzungen einen heißen Draht zu ihm entwickelt), ein absoluter Einsiedler gewesen. Er musste zurückgezogen, völlig von seiner Familie und der Welt getrennt, in einer Felshütte auf einem Berg in Tirol gelebt haben. Er ernährte sich ausschließlich von der Natur und Selbsterzeugtem. Bei seinem Tod hinterließ er zwei voll gestopfte und prall angefüllte Truhen mit voll gekritzelten Zetteln. Die standen dann noch jahrelang bei Theklas Vater auf dem Dachboden herum, bis sie sich schließlich bei einem Hausbrand in den lodernden Flammen aufgelöst hatten.

»Er war ein religiöser Schriftsteller und Eremit!«, sagte Oma Krause immer mit ehrfurchtsvoller Stimme und »Davon hat Jenny bestimmt einiges abbekommen!«

»Ganz sicher!«, ergänzte dann immer ihr Sohn und griff sich verächtlich an die Stirn. Scherzhaft sagte er dann: »Na hoffentlich fängt sie nicht auch noch an zu schreiben!«

Das war natürlich schon längst geschehen. Jenny schrieb schon seit Jahren heimlich und alles, was ihr einfiel. Zweimal hatte sie bereits einen Roman begonnen. Und zweimal musste sie ihn wieder verwerfen, als sie merkte, dass das, was sie sich ausgedacht und niedergeschrieben hatte, bereits schon von anderer Hand verfasst worden war. Ja, verrückt, aber Jenny schrieb zwei Geschichten, die es bereits schon gab. Das erste Mal war es eine Verwandlungsgeschichte, die schon auf über 120 Seiten Umfang angewachsen war, als sie plötzlich ein Buch in die Hand bekam, in der ziemlich identisch das Gleiche stand. Franz Kafka, *Die Verwandlung*, hieß das Buch. Ähnlich ging es ihr bei einer anderen zu Papier gebrachten Idee. Eine Story, in der vier Geschwister einen Sommer lang alleine in einem Haus lebten, nachdem ihr Vater und kurz darauf auch die Mutter verstorben waren. Dabei verliebten sich der älteste Bruder und die noch ältere Schwester ineinander. Im *Der Zementgarten* von Ian McEwan stand genau das Gleiche. Nachdem Jenny angefangen hatte das Buch zu lesen, beendete sie sofort das eigene Schreiben, an dem bereits halb fertigen Roman. Das schien Jennys schriftstellerisches Schicksal zu sein. Alles, was sie schrieb, gab es so oder so ähnlich bereits irgendwo. Sie überlegte sich, ob sie vielleicht das Lesen aufgeben und dafür vermehrt schreiben sollte. Dann wäre ihr zumindest die Konfrontation mit ihren eigenen Ideen und Geschichten in anderen Büchern erspart geblieben. Aber Jenny entschied sich für das Lesen und gegen das Schreiben. Zumindest schränkte sie den eigenen schriftstellerischen Erguss ein. Sie hätte auf die wunderbaren Bücher von Frisch, Hesse, Walser und Canetti auf keinen Fall verzichten können.

»Geh doch mal raus! In die frische Luft!«, sagte ihr Vater immer, wenn sie stundenlang lesend auf der Couch oder ihrem Bett lag.

»Geh unter Menschen!«, ergänzte ihre Mutter und fügte besorgt »Du vereinsamst ja!« hinzu.

Das konnte Jenny dann allerdings nie richtig verstehen. Warum sollte sie vor die Tür gehen, wo die Welt doch bei ihr zu Hause war, in ihrem Zimmer, mit Professor Kien, Herr K., Julie, Samsa, Sue und all den anderen, die aufregendes Leben in Jennys Kopf brachten.

Die eklatanteste Veränderung seit dem Eindringen der Krauses in das geordnete Familienleben der Bieberbecks trug sich mit Oma Bieberbeck zu. Sie war wie ausgetauscht, nicht mehr wieder zu erkennen. Nicht nur, dass sie ihren Haus- und Leibarzt Dr. Scherzinger, der sich jahrelang um ihre Gesundheit, zwar hoch dotiert, aber nicht minder aufopferungsvoll gekümmert hatte, von heute auf morgen verstieß. Nein, auch ihre hypochondrischen Wallungen und eingebildeten Krankheitssymptome schienen wie weggeblasen. Oma Bieberbeck fühlte sich jetzt quietschfidel und fit wie höchstens Penelope. Der weiß der Teufel wie vielte Frühling hielt bei ihr Einzug. Für den Wandel machte sie vor allem Oma Krause verantwortlich. Die versuchte der Oma ihre eigenwillige Philosophie von krank und gesund zu vermitteln. Sie legte, um die Theorie gleich praktisch zu verdeutlichen, Hand an und auf. Außerdem standen seit dem Einzug von Oma Krause in Oma

Bieberbecks Zimmer Tag und Nacht brennende Kerzen auf dem Fenstersims herum. Die langen dünnen Kerzen waren nur exklusiv und sündhaft teuer bei einem niederländischen Versand zu erwerben und sollten alles Böse und Schlechte von den beiden Damen fern halten. Des weiteren wies Oma Krause Oma Bieberbeck in die verschiedensten Formen des Okkultismus ein, der von der Kontaktaufnahme mit Verstorbenen bis zu Zukunftsvorhersagen reichte.

Der Rollstuhl, auf den Oma Bieberbeck in der krausefreien Zeit nicht hatte verzichten können, spielte jetzt ebenfalls keine Rolle mehr. Er stand neben den Autowracks im Garten und rostete vor sich hin. Oma Bieberbeck lief besser denn je. Sie verließ nach Jahren wieder das Haus und trieb sich mit Oma Krause und als deren Schatten stundenlang in der Stadt herum. Sie waren aber nicht nur tagsüber, sondern auch abends und bis spätnachts unterwegs. Die Oper hatte es den Damen ziemlich angetan. Am Wochenende pünktlich um 18 Uhr warfen sich die beiden in ihre Abendgarderobe und zogen mit der Straßenbahn und von einer Duftwolke aus Kölnisch Wasser und Heilkräutern umkränzt, los. Bei *Der Freischütz*, *Der Barbier von Sevilla* und *Nabucco* tauchten die Damen wie siamesische Zwillinge im Doppelpack auf. Sie schwärmten noch Tage später von diesen »grandiosen Inszenierungen« und versuchten vor allem Penelope mit allen Regeln der Wortkunst zu animieren, sie beim nächsten Mal zu begleiten. Doch Penelope stand eher auf die *Spice Girls* als auf Verdi und Mozart. Was den Omas nun überhaupt nicht in den Kopf wollte.

»Das ist doch keine Kunst, Mädchen!«, sagten sie bestürzt und unisono, »das ist doch, ist doch ...« Sie suchten nach Worten und fanden keine.

Als Hermes, von dem zum Fenster hereinglotzenden Vollmond geblendet, die Vorhänge schließen wollte und den Stoff bereits in der Hand, in Zugrichtung an seinem Gesicht vorbeizog, mischte sich ein ungewöhnliches Bild in sein Gesichtsfeld. Das Bild wollte nicht in seinen Kopf und ließ ihn an seiner ansonsten zuverlässigen, visuellen Wahrnehmung zweifeln. Er zog den Vorhang wieder einen Spaltbreit auf und sah seine Eindrücke tatsächlich bestätigt. Ja, im mondhellen Garten huschte zwischen den Autos eine Gestalt entlang. Die Person konnte bei genauer Betrachtung der ruckartigen Bewegungsabfolge kein anderer sein als ... »Papa!«, fiel es Hermes erstaunt aus dem offenen Mund, der sich daraufhin weigerte wieder zuzugehen. Hermes' Vater klopfte, am Wohnwagen angekommen, sachte gegen die Tür. Diese wurde daraufhin geöffnet, sodass Hektor zwei-, dreimal nervös um sich blickte, um dann blitzschnell im Wohnwagen zu verschwinden. ›Komisch‹, dachte Hermes, ›Horst ist doch in Polen! Also wer ...? Und vor allem was will Papa nachts um halb zwölf in dem klapprigen Kasten?‹ Während Hermes diese Gedanken wie brennende Pfeile durchs angestrengt denkende Hirn schickte, fing der Wohnwagen winzig wenig an zu wackeln. Dann etwas mehr. Und dann stand er plötzlich wieder still. Aber nicht lange. Denn kurze Zeit später wackelte er erneut.

Und heftiger als zuvor. Bis er ebenso schnell wieder stillstand. Was allerdings nicht von langer Dauer sein sollte. Danach ging es erst richtig los. Der Wohnwagen mutierte zur Hollywoodschaukel und schaukelte und schaukelte und drohte abermals umzukippen. Hermes wurde es beim bloßen Anblick ganz schummrig im Kopf. Sein Magen drehte Pirouetten und seine Augen kreisten, als wollten sie aus den Höhlen heraus- und davonfliegen. Weit weg, um auf eigene Faust Erkundigungen anzustellen, auf der Spur nach den tausend Fragezeichen, die sich jetzt in Hermes' Kopf ungeduldig fragten, was niemand wissen sollte. »Wer ist mit Hektor Bieberbeck im Wagen?«

Es gibt Fragen, denen die Antwort besser aus dem Weg gehen sollte. Das war so eine! Und dennoch verspürte Hermes eine zügellose Neugierde, der er sich weder mit bestem Willen noch mit aller Vernunft widersetzen konnte. Er schlich sich zum Zimmer hinaus auf den Flur. Auf Zehenspitzen und im Schlafanzug tapste er die knarzende Treppe hinunter und hielt nach jeder Stufe an, um mit auf Empfang programmierten Ohren Verdächtiges zu erlauschen. In der Mitte der Treppe angekommen glaubte er plötzlich eine Tür zu hören. Ohne lange zu überlegen, stürzte er, das Knarren der Treppe ignorierend, wieder nach oben und verschanzte sich im Bad. Mit dem Ohr an der nur angelehnten Tür lauschte Hermes hinaus in den Flur. Aber nichts, nichts war mehr zu hören. Komisch! Er wartete noch ein paar Minuten, gab sich dann erneut einen Ruck und hüpfte abermals die Treppe hinunter. Anschließend tastete er sich an der Wand entlang bis zur Hintertür des

Hauses. Er drehte den Schlüssel einmal nach rechts, drückte die Türklinke nach unten, öffnete die Tür und schob sich hinaus. Im Schutz der Hauswand, huschte er um das Haus herum, nach vorne in den Garten. Von da sprang er geduckt wie ein Grashüpfer von Schrottauto zu Schrottauto. Bis zum Wohnwagen.

Da schob er dann seinen Kopf langsam an der Außenwand des Wagens entlang. Immer höher. Hoch bis zu dem kleinen Wohnwagenfenster. Dann blickte er durch den Schlitz, an den nicht ganz zugezogenen Vorhängen vorbei in das Innere des Wagens. Hermes stockte, schwankte und fiel beinahe. Hermes sah und konnte sich nicht satt sehen: THEKLA!!!! Thekla lag ganz alleine, ausgestreckt und ohne Kleider auf dem Bett im Wohnwagen. Niemand war bei ihr! Auch nicht Hektor!

Komisch! Hatte sich Hermes vielleicht getäuscht. Hatte ihn seine Fantasie hinters Licht geführt? Und war das, was er jetzt in nicht einmal dreißig Zentimeter Abstand erblickte, nun wirklich und echt? Wirklich echt? Oder ebenfalls eine täuschende Fata Morgana?! Ein ganz gemeiner Hirntrick?! Er sah es, ja, aber sah er es wirklich?!

Zumindest ergab das Gesehene auf seiner Netzhaut ein Bild, das an Faszination Hermes´ nie gewagte Vorstellung bei weitem übertraf. Thekla war nackt. Und schön. Und so wie noch nie gesehen. Es war Thekla! Und doch schien sie verändert völlig anders zu sein. Wie ein Wesen, eine Erscheinung, nicht von dieser Welt. Oder zumindest nicht aus der, für die Hermes sie hielt. Es war die erste Frau, die Hermes so sah, von

Penelope und seiner Mutter einmal abgesehen, leibhaftig und splitternackt. Und doch war es mehr, was ihn beeindruckte. Nicht nur die Nackt- und Schönheit dieses Körpers allein war es, was in Hermes diesen Sog von Begeisterung auslöste. Thekla lag und rauchte. Sie zog an der glühenden Zigarette, bis sie den Rauch wieder als kleine Wölkchen aus ihrem zum Kreis geformten Mund entweichen ließ und in den Wohnwagenhimmel blies.

Hermes´ Augen brannten und er spürte ein eigenartiges, schönes, noch nie zuvor empfundenes Gefühl. Seine Knie zitterten. Seine Handflächen schwitzten. Der Speichel staute sich im Mund. Während er beim Schauen das Schlucken vergaß, zog der Speichel fädenziehend an den Lippen vorbei aus Hermes heraus und tropfte zu Boden.

Theklas Haut schimmerte, nur durch das Mondlicht bestrahlt, wie aus weißem Samt. Ihr haariges Dreieck unterm Bauch glänzte schwarz wie das Fell von einem Tier. Ihre Brüste, die nicht größer als Orangen und ähnlich rund waren, warfen verzerrte Schattenstriche auf den Bauch, der sich ein ganz klein wenig wölbte und wie ein umgestülpter Teller mit einem Loch in der Mitte erschien ...

Hermes stand da, glotzte und bekam nicht genug. Er spürte, wie seine Augen das Bild vor sich aufsaugten und in sich hineinprojizierten, von wo es durch den ganzen Körper hindurchrauschte. Wie ein Wasserfall. Nach unten und in seiner Schlafanzughose emporschnellte. Und klopfte. Und wieder rauswollte. Und nicht konnte. Und in ihm blieb. Und während er so dastand und sich unfähig fühlte wegzuschauen und abzuhauen, hoffte er und dachte: ›Lieber Gott, lass Papa mich jetzt nicht erwischen! Lass Mama mich jetzt nicht erwischen!, Lass Oma ...‹ usw. Während er so bat und noch immer die Nase an der Scheibe platt gedrückt hielt, erhob sich Thekla. Sie drückte die Zigarette aus, streifte ihr Nachthemd über, öffnete die Tür, schlich durch den Garten zurück zum Wohnzimmerfenster und machte sich über die Fensterbank davon. Mit ihr machte sich auch das in Hermes aufgesogene Bild davon und stürzte die Beine hinunter, an der Schlafanzughose entlang und versickerte im gierigen, englischen Rasen.

Julus' Persönlichkeitsverschiebung, wie Opa Bieberbeck das nannte, nahm immer groteskere Züge an. Julus fühlte sich nicht nur als Mädchen, sondern wollte auch als solches von allen anderen akzeptiert werden. Er reagierte nur noch auf den Namen *Julia*. Rief Vater Bieberbeck zum Beispiel »Julus, komm mal her!«, blieb er da, wo er war, und schaltete auf Durchzug.

Aber nicht nur zu Hause, sondern auch im Kindergarten verhielt er sich so. Er lief ständig in Mädchenklamotten herum, die er zum Teil von seinen Freundinnen geschenkt oder geliehen bekommen hatte, und nervte alle anderen Kinder mit seiner Persönlichkeitsveränderung. Irgendwann hatte er dann die anderen Kinder im Kindergarten so weit, dass sie ihn nicht nur mit Julia anredeten, sondern ihn auch ohne Kompromisse als Mädchen akzeptierten. Nur Julus' Kindergärtnerin Tante

Anne wollte einfach nicht wahrhaben, dass ein kleiner fünfjähriger Knirps seine Umgebung mit »Mädchenflausen!«, wie sie immer sagte, »terrorisiert«. Zuerst versuchte sie es hartnäckig damit, Julus' *Julia* einfach zu ignorieren. Doch Julus hatte die größere Ausdauer im Nicht-beachten der Nichtbeachtung, sodass Anne schließlich kapitulierte und es auf der Wut-Schiene versuchte. Immer wenn Julus ganz besonders mädchenhaft sein wollte, schrie Anne, dass ihr Kopf rot anlief. Aber auch das blieb ohne Wirkung und ließ Julus völlig kalt. Als dann die anderen Kinder bei jedem ihrer Wutausbrüche »Tante Anne, sei doch nicht so spießig!« riefen, sah sich die Kindergärtnerin gezwungen den Kindergartenpsychologen einzuschalten.

Der Kinderpsychologe hatte eine frappierende Ähnlichkeit mit dem Showmaster Stefan Raab, sodass Julus ihn von Anfang an überhaupt nicht ernst nahm. Bei fast allen Fragen sang er »Hier kommt die Maus!« vor sich hin, sodass der Kinderpsychologe beinahe die Nerven verlor und in ähnliche Verhaltensstrukturen wie Tante Anne abglitt.

»Also, Julus ...«, begann der Kinderpsychologe Raab, nachdem Julus mal wieder die Erkennungsmelodie geträllert hatte.

»Julia heiße ich, Stevie, Julia!«, unterbrach Julus den Psychologen.

»Also, Julia, Tante Anne sagt, dass du lieber mit Mädchen spielst, Puppen magst und kein Junge sein möchtest.«

»Ich bin kein Junge! Mag Puppen wie alle Mädchen und spiele wie alle Mädchen lieber mit Mädchen als mit Jungs!«

»Ach so, hahahaha!«

»Und warum lachst du da?«

»Ich lach doch gar nicht.«

»Doch, du lachst!«

»Also, sag mal, Julu … äh … ja, was willst du eigentlich einmal werden?«

»Krankenschwester!«

»Und willst du auch einmal heiraten?«

»Logo! Und mit allem, was dazugehört!«

»Was gehört denn dazu?«

»He Stevie, stell dich doch nicht so an, du weißt doch!«, und dabei machte Julus eine unmissverständliche Geste, sodass sich selbst der Psychologe ein Grinsen nicht verkneifen konnte.

Am nächsten Tag stand er dann auch schon »Hier kommt die Maus!« Gewehr bei Fuß, im Esszimmer der Familie Bieberbeck und begab sich mit Lore auf Ursachenforschung.

»Also, ich weiß auch nicht, von wem er das hat!«, sagte Lore, die sich die Neigung ihres jüngsten Sohnes nicht so richtig erklären konnte. »Ich glaube, Julus´ Wunsch ein Mädchen zu sein ist eher eine vorübergehende Erscheinung.«

»Na ja«, gab der Psychologe zu bedenken, »vielleicht hat das langfristig Folgen für die Entwicklung Ihres Sohnes.«

»Ach was, so ein Quatsch«, mischte sich Oma Krause ein, »es ist doch völlig normal für einen jungen Menschen, auch mal jemand anderes sein zu wollen als der, der man ist.«

»Na ja, ich weiß nicht ...«

»Natürlich wissen Sie nichts. Mehr noch, Sie wissen noch viel weniger als nichts. Und mit Ihrer ganzen Psychokacke schaffen Sie erst ein Problem, wo überhaupt gar keines ist.«

»Oma, bitte, der Herr ...«

»Ich muss doch schon bitten ...«

»Sie müssen gar nichts außer schnellstmöglichst das Haus verlassen!«, unterbrach Oma Krause Lore und den Kinderpsychologen.

»Liebe Frau, ich weiß nicht, warum Sie sich da so aufregen. Eigentlich geht Sie das ja überhaupt nichts an«, versuchte der Psychologe der Oma Paroli zu bieten.

»WAS?!«, schrie jetzt Oma Krause, »mich geht das nichts an???!!! Na warte, du Rotzlöffel!!!«

Sie rannte in Oma Bieberbecks Zimmer, kam mit einer ihrer brennenden Kerzen und Oma Bieberbeck als Unterstützung wieder zurück in die Küche und zischte: »Weiche von uns Satan!!!«

»Hilfe!!«, schrie der Psychologe und verbarrikadierte sich mit dem Brotmesser hinter dem Küchentisch.

»Na los, stech doch zu, Satan!«, zischte Oma Krause und beträpfelte den um sein Leben fürchtenden Psychologen mit Wachs.

Und wieder drangen erbärmliche Hilfe-Rufe von hinter dem Tisch hervor.

»Mama, bitte ...«, versuchte Lore die Oma zu bremsen. Aber die schien jetzt wieder wie in einem anderen Film.

Zum Glück kam Horst zufällig zur Tür herein, schrie so laut er konnte »Omaaaaa ausssss!!!«, nahm den verängstigten Kinderpsychologen an der Hand und geleitete ihn zur Tür.

»Das war die Maus ...«, summte Julus, als der Psychologe sich bei Horst für seine Hilfe herzlichst bedankend durch den Garten davontorkelte.

Was die daumendicken Pillen von Doktor Scherzinger nicht schafften und woran Vater Bieberbecks verordnete Trainingseinheiten scheiterten, konnte Hermes' Blick auf die nackte Thekla im Handumdrehen lösen. Hermes nahm ab. Hermes verlor in kürzester Zeit beträchtlich an Gewicht. Fünf Kilo in zehn Tagen! Hermes aß kaum noch etwas und rannte morgens und abends wie ein Bekloppter den Fluss auf und ab. Vor den Fettwülsten auf der Flucht. Den Familienmitgliedern wurde diese abrupte Veränderung unheimlich. Sie konnten sich Hermes' plötzlichen Gewichtsverlust nicht erklären.

»Was ist denn mit dem los?«, fragte Penelope ihre Mutter. Die fragte den Vater. Der wiederum den Opa. Und der Hermes.

Und Hermes antwortete: »Nichts!«

Also wurde spekuliert.

»Vielleicht hat er 'nen Bandwurm?«, spottete Horst.

»Oder einfach keinen Appetit!«, mutmaßte Mutter Bieberbeck.

»Nee! Nie! Der doch nicht!«, widersprach Julus und erntete daraufhin den hochgeschnellten Mittelfinger von Hermes.

»Tja, was denn dann?«, fragte Hektor sich und die anderen.

»Vielleicht Liebeskummer!«, sagte Penelope und erntete einstimmiges Gelächter, so als ob sich niemand wirklich vorstellen konnte, dass Hermes sich in irgendetwas anderes verlieben könnte als in Truthahngeschnetzeltes oder Schweineschnitzel mit Kartoffelpüree.

Hermes errötete und verließ türeknallend das Esszimmer.

Und dennoch lag Penelope gar nicht so falsch.

Thekla! Ja, Thekla war für Hermes' Veränderung verantwortlich. Oder vielmehr das Bild, das sich jetzt tief in Hermes befand, und das er nicht mehr loswurde. Immer wenn er die Augen schloss, tauchte es auf und leuchtete wie die aufgehende Sonne am Firmament. Das Bild veränderte alles. Das Bild veränderte sein Leben. Nicht nur, dass Hermes ziemlich abspeckte. Auch sonst veränderte sich sein Äußeres kolossal.

Hermes machte, zwar unter Protest, aber mit zunehmendem Erfolg Penelope das Bad streitig. Öfter als jemals zuvor hielt sich Hermes jetzt dort vor dem Alibert auf. Er bekämpfte seinen hartnäckigen Mundgeruch mit täglich mehrmaligem Zähneputzen und teuren Mundspülungen, die er versteckt unter seinem Bett deponierte.

Als er wieder einmal das Bad, natürlich ohne anzuklopfen, betreten hatte und wie so oft in Gedanken verstrickt war, hörte er, als er gerade die Tür hinter sich schließen wollte, den Duschstrahl hinter dem zugezogenen Vorhang brausen. Hermes lauschte und roch einen süßlichen Aprikosencremeduft. ›Thekla!‹, schoss es ihm wie ein Aprikosenschnitz durch den Kopf. Sein Herz galoppierte und trieb ihn weiter. Immer vorwärts. Schritt für Schritt. Hermes taumelte zwischen wollen und nicht können. Zwischen müssen und nicht dürfen. Und dann schlich er, die Tür vorsichtshalber nur angelehnt, wie eine Marionette an Fäden geführt immer weiter bis zum Waschbecken. Er starrte in den vor ihm aufgehängten Alibert. Er sah durch den milchglasfarbenen Plastikvorhang schemenhaft eine Frau, die unter dem Duschstrahl stand. Sie fing plötzlich an zu pfeifen. Er wollte sich räuspern, husten oder irgendetwas sagen, brachte aber keinen Ton heraus.

»Gibst du mir ein Handtuch?!«, pfiff es hinter dem Vorhang hervor. Es klang wie der Refrain des Liedes.

»Was ... äh ... ja!«, stotterte Hermes und dachte noch: ›Das klingt ja gar nicht nach Thekla, das klingt nach‹ ... »Hier!«

Er schob das Badetuch am Vorhang vorbei und starrte verstohlen weg. Der Vorhang wurde aufgezogen und eine warme, dampfende Aprikosenduftwolke umnebelte Hermes.

»Danke!«, drang an sein Ohr.

Noch bevor Hermes das Bad wieder verlassen konnte, trat die Frau aus der Duschwanne und ihm direkt in den Weg. Es war ... JENNY! Das Badetuch über den Brüsten zusammengebunden, stand sie jetzt mit nassen Haaren und ohne Brille Hermes genau gegenüber. Er starrte sie an wie höchstens vielleicht Thekla im Wohnwagen. Er konnte plötzlich eine Ähnlichkeit der beiden nicht mehr leugnen. Ohne Brille und mit nassen, zurückdrapierten Haaren sah Jenny genauso aus, wie auch Thekla früher ausgesehen haben musste. Und wieder fingen die Bilder in Hermes' Kopf an, sich übereinander zu schieben und verschwommen zu ganz neuen zu mutieren.

»Na!«, sagte Jenny, trat noch einen Schritt weiter auf Hermes zu. Sie stand jetzt ganz dicht bei ihm.

Er verfluchte sich, dass er die Zeit, während Jenny noch unter der Dusche stand, nicht dazu genutzt hatte, sich die Zähne zu putzen.

»Und jetzt?«

Hermes zog die Schultern bis zu den Ohren. Seine Knie fingen wieder an zu zittern. Und der Speichel sammelte sich wie in einem viel zu kleinen Auffangbecken. Jenny fixierte ihn mit glasigem Blick. Hermes wusste jetzt nicht genau, ob sie ihn ohne Brille überhaupt sehen konnte. Obgleich das bei seinem momentanen Anblick vielleicht sogar besser gewesen wäre. Ihr Badetuch rutschte plötzlich ganz langsam über ihre Brüste und fiel auf den gekachelten Boden. Hermes' Augen kullerten an Jennys Körper entlang und sahen, was sie vermutet hatten. Jennys nackter Körper sah, ohne ihre weiten Schlabberklamotten, völlig anders aus. Hermes' Herz fing an zu revoltieren und drohte mit überhöhter Frequenz aus der Brust und Jenny an den Hals zu springen. Jenny nahm sich nicht nur seines Herzens an, sondern auch seiner Hand. Sie packte die schwitzende Pfote und legte sie in Zeitlupengeschwindigkeit auf ihre Brust. Es fühlte sich an wie eine gleichmäßig geformte, feste Dampfnudel mit Höcker. Dann trat sie noch einen weiteren Schritt auf Hermes zu, sodass der von der Aprikosenduftwolke in seinem Gesicht beinahe ohnmächtig wurde.

Jetzt fiel Hermes auf, dass Jennys Aprikosenduft genauso roch wie der von Penelope. Es war Penelopes Aprikosenduft! Jenny legte ihre Arme um Hermes´ Schulter und drückte dann ihre Lippen auf seinen Mund. Es fühlte sich weich und ganz warm an. Hermes glaubte augenblicklich aus den Latschen zu kippen. Daran hinderte ihn aber Jenny, indem sie ihn an sich vorbeischob und ihm ins Ohr flüsterte:

»Jetzt aber raus mit dir!«

Es klang in Hermes´ Ohr wie »Wie findest du mich?«

Hermes torkelte, schlimmer als nachts beim Wohnwagen, zur Tür, nahm noch eine letzte Aprikosennase voll und murmelte: »Schön!«

»Was?«

»Schö...on gut!«, korrigierte er und verließ das Bad.

Jenny schloss hinter ihm die Tür.

›Jetzt hat's mich offenbar schon wieder erwischt‹, dachte Hermes und fragte sich, wo das alles noch enden sollte.

Hermes hatte in einer Woche bereits vier Kilo abgenommen. Nicht nur Jenny und allen anderen der Familie fiel dieser Gewichtsverlust auf. Auch Thekla bemerkte Hermes´ Veränderung. Sie zwinkerte ihm zu und sagte: »Du siehst heute ja richtig gut aus!« Was nur bedeuten konnte, dass er davor kein visuelles Highlight gewesen war.

Bei diesem Kompliment trieb es Hermes die Schamesröte schlagartig ins noch immer verpickelte Gesicht. Er stammelte irgendetwas Unverständliches und schlich sich aus Theklas

Gesichtsfeld. Er konnte ihr seit der Wohnwagenbespitzelung nicht mehr in die Augen schauen. Er konnte auch nicht verhindern, dass er bei ihrem Anblick völlig die Selbstkontrolle verlor. Er stotterte in ihrer Gegenwart entweder zusammenhangslos herum, lief rot an oder pinkelte vor Aufregung beinahe in die Hose. Natürlich verfluchte er nicht nur im nächsten theklafreien Moment sich selbst dafür, sondern auch seinen Vater, der mit so einer Situation viel souveräner umgehen konnte. Wenn Vater Bieberbeck mit Thekla sprach, dann klang das seit neuestem immer so, wie wenn ein Lehrer seine beste Schülerin zu noch besseren Noten anspornen wollte. Vielleicht sollte die Wohnwagenschaukelei ja auch als Nachhilfeunterricht zu verstehen sein. Auf jeden Fall wurde Vater Bieberbeck in der Gesellschaft von Thekla nicht rot und fing auch nicht an zu stottern. Das ärgerte Hermes. Es machte ihn wütend und vor allem eifersüchtig. Ja, Hermes war auf seinen Vater und auf Horst und alle anderen, die Thekla offenbar näher standen als er, total eifersüchtig. Wenn sich Thekla nachts bei Horst im Wohnwagen herumtrieb, schlich sich Hermes in das Wohnzimmer, wo der kleine François schlief. Er rüttelte so lange an seinem Bettchen, bis der Kleine erwachte und brüllte wie am Spieß, sodass Thekla den Wohnwagenaufenthalt vorzeitig abbrechen musste. Wenn sein Vater dagegen wieder mal den Wohnwagen missbrauchen wollte, stand Hermes am Fenster und feuerte Walnüsse, die er unter seinem Bett versteckt hatte, auf das Dach des Wohnwagens. Nachdem er, nach unendlichen Versuchen, einen Treffer landete, kam die

Schaukelei sofort zum Erliegen. Vater Bieberbeck stahl sich eingeschüchtert und unverrichteter Dinge davon.

Seit den nackten Tatsachen im Bieberbeck-Bad, schien auch Jenny verwandelt. Sie lag jetzt nicht mehr in Penelopes Zimmer herum, vergraben in ihre Bücher, sondern hielt sich, so oft es ging, bei Hermes auf. Und meistens ohne Bücher.

»Sag mal, ich hoffe, ich hab dir keinen allzu großen Schreck eingejagt«, sagte Jenny auf Hermes' Bett liegend und zur Decke starrend.

»Äh ...«

»Du weißt schon ...«

»Ja, ja!«, unterbrach Hermes Jenny. Er wollte nicht darüber reden. Aber dass Jenny jetzt plötzlich so redselig war, wunderte ihn umso mehr. Vielleicht waren Professor Kien und Gregor Samsa auf die Dauer doch zu papierern und konnten menschliches Fleisch und Blut nicht ganz ersetzen.

»Sag mal, warst du in der Nacht im Garten?«

»Warum?«

»Weiß nicht, ich dachte nur, ich hätte dich da gesehen.«

»Mich?«

»Ja dich! Im Garten!«

»Im Garten?«, versuchte Hermes durch Nachdenken Zeit zu gewinnen, um von seiner Verblüffung abzulenken.

»Nein, das war mein Vater!«, unterbrach Hermes seinen Denkprozess.

»Tja, das Schnarchen kann's jetzt ja nicht mehr sein, weswegen dein Alter den Wohnwagen aufsucht.«

Hermes schaute erstaunt.

»Nein, das Schnarchen war's wohl nicht.«

»Dann schon eher meine Mutter!«

Hermes seufzte tief in sich hinein.

»Ich glaube, die haben was miteinander.«

»Ich fürchte auch.«

»Obwohl das eigentlich gar nicht zum Fürchten ist, oder?«

»Nein, eigentlich nicht.«

»Und außerdem hat Papa 'ne Freundin ...«

»Was???«, fragte Hermes verblüfft.

»Ja, eigentlich ist das alles ganz geheim. Aber jeder weiß Bescheid. Sogar Mama.«

»Nein!!!«

»Doch, Mama will sich ohnehin scheiden lassen. Die Beziehung ist sowieso am Arsch. Ich vermute mal, die beiden bleiben vor allem aus Bequemlichkeit zusammen. Und wegen uns.«

»Und wie findest du das?«

»Puh, mir ist das eigentlich wurscht. Meinetwegen können sie sich auch trennen.«

»Und bei wem würdest du dann ...?«

»Bei niemandem! ... Ich glaube, ich würd es allein versuchen.«

»Ganz schön mutig!«

»Findest du?«

»Ja!«

Nicht nur bei Vater Bieberbeck, Hermes und Oma Bieberbeck schienen die Hormone seit Ankunft der Krauses verrückt zu spielen. Auch Penelope wurde offenbar vom Gesamt-Bieberbeckschen-Hormonschwall erwischt. Sie baggerte auffällig an René herum. Das fiel nur deshalb niemandem auf, weil alle anderen mit sich selbst beschäftigt waren. Die Aufmerksamkeit und der Blick für den anderen ging dabei verloren. Wenn René nicht gerade an den alten Schrottlauben herumschmiergelte, verbrachte er seine freie Zeit fast ausschließlich mit Penelope. Sie joggten und trainierten gemeinsam. Sie trieben sich abends meistens zusammen in Kneipen und Diskotheken herum, sodass Hermes' Vermittlungsservice ernsthaft darunter litt. Der Eindruck, die beiden hätten etwas miteinander, war nicht mehr ganz von der Hand zu weisen. Trotz der Klarstellung von Hermes »Das ist doch ihr Cousin!«, wollten ihm die pubertierenden Nebenbuhler nicht mehr so recht glauben. Und tatsächlich, Penelope und René wirkten auf ihre Umwelt wie ein frisch verliebtes Paar. Irgendwie schienen sie auch ganz gut zueinander zu passen. Das dachte zumindest auch Penelope. Irgendwann war ihr natürlich joggen und trainieren oder in der Kneipe herumsitzen nicht mehr genug.

Als sie am Mittag von der Schule nach Hause kam und die Sonne vom Himmel brutzelte, als wollte sie alles verbrennen, kam ihr eine Idee.

»He René!«, rief sie dem im Garten neben einem frisch lackierten Wagen in der Sonne vor sich hin Röstenden zu. »Wie wär's mit `nem kleinen Lauf?«

René, bis auf die Unterhose ausgezogen, räkelte sich in der Sonne und präsentierte seinen braun gebrannten Waschbrettbauch.

»Laufen? Bei der Hitze?«

»Nur kurz und dann ein Sprung ins kühle Nass!«

René überlegte und konnte sich nicht so recht aufraffen. Auch nicht, als Penelope Minuten später im Stretch-Laufbody, passendem Stirnband und Sonnenbrille vorbeirannte und ihm ein aufforderndes »Komm! Los! Komm schon!« zubrüllte.

Als René noch immer keine Anstalten machte seinen müden Hintern in die Vertikale zu hieven, knallte sie ihm »Lascher Sack!« an den sonnenumfluteten Kopf.

Das war natürlich ein Stichwort, das für jeden Sportfanatiker und aktiven Körperkultfetischisten die allergrößte Provokation darstellte. Jeder, der sportlich etwas auf sich hielt, konnte das natürlich nie und nimmer auf sich sitzen lassen. René schnellte wie vom Blitz getroffen hoch, hüpfte in seine Turnhose, griff nach seinem T-Shirt und nahm die Verfolgung Penelopes auf.

Sie liefen nicht, wie am Morgen immer, am Ufer entlang. Penelope lotste René in das Stadtrandwäldchen, wo ein See vor sich hin dümpelte.

»Ausziehen!«, befahl Penelope am See angekommen.

Es klang wie ein Befehl. Sie streifte ihren Body vom verschwitzten Körper, warf die Schuhe von sich, legte das Stirnband und die Brille ab und sprang nackt mit einem Kopfsprung in den See. René stand noch immer angezogen daneben, rang nach Luft und glotzte der abtauchenden Penelope hinterher.

»Komm schon! Lascher Sack!«, brüllte sie, wieder aus dem Wasser aufgetaucht, ans Ufer.

Wieder diese Provokation. Wieder die Sportlerehre. René zog sich ebenfalls aus und sprang, mit den Beinen voraus in den See. Penelope pirschte sich an ihn heran und drückte ihm den Kopf von hinten unters Wasser. Sie tauchte anschließend ebenfalls ab und weg und auf der Flucht vor dem wieder auftauchenden René davon. Eine kurze schwimmende Verfolgungsjagd mit viel Gekreische und Gelächter. Jetzt umklammerte René Penelope und tauchte sie unter, bis die sich schließlich wasserschluckend freimachen konnte, um dann wiederum René zu verfolgen. So ging das noch eine ganze Weile, bis beide fix und fertig und mit Wasser gefüllten Mägen ans Ufer torkelten, um sich dort erschöpft nebeneinander ins Gras fallen zu lassen. René legte sich auf den Rücken, Penelope daneben auf den Bauch. Sie schwiegen und atmeten angestrengt. Als sich ihr Atem wieder beruhigt hatte und René den Blick noch immer oben an den Baumwipfeln spazieren trug, spürte er plötzlich eine leichte Berührung an seinen Zehen. Zuerst dachte er an Ameisen oder sonstiges wäldlerisches Getier. Er wollte sich mit dem anderen Fuß gegen diese kitzlige Vereinnahmung wehren, als die Berührung anwuchs, fußgroß wurde und seine Zehen völlig bedeckte. Dann kam zur Berührung der Zehen auch noch ein Bein dazu, das sich an seinem entlangschob und den Oberschenkel unter sich begrub. Dem Bein gesellte sich eine Hand, ein Arm und zuletzt fast die ganze Penelope hinzu. Ihr Gesicht war jetzt direkt über Renés. Sie schaute, von Sonnenstrahlen geblendet, blinzelnd auf ihn nieder. Dann spürte er Penelopes Fliegen-Gewicht auf sich und ihren warmen Atem direkt im Gesicht.

»Äh ... du!«, stotterte René unsicher der warmen Luft entgegen. »Ich hab keine Erfahrung mit ...«

»... bösen Mädchen?!«, ergänzte Penelope schmunzelnd und drückte sich fester an ihn. »Macht doch nichts, lässt sich doch ändern!«, sagte sie in einem verführerischen Ton.

»Äh ... ich glaube ... äh ... ich glaub nicht!«

»Wie meinst du denn das?«

»Ich äh ... wie soll ich ... ich kann ... äh ich kann nicht mit ... äh ...«

»Mädchen?«

»Ja!«

»Scheiße!!!«, zischte Penelope und rollte von René herunter. Sie setzte sich mit angewinkelten und den Armen umklammerten Knien auf.

»Tut mir Leid!«, entschuldigte sich René.

»Ich mir auch!«, schoss Penelope zurück.

Dann platzte sie beinahe vor Lachen. Und René platzte mit. Während ihnen immer wieder mal das Gelächter auszugehen drohte, fügte sie, kaum verständlich hinzu:

»Und ich zerbrech mir tagelang den Kopf, weil du doch mit mir verwandt bist, und dann so was!«

Wieder ging das Gebrüll los und endete dann schließlich, als Penelope aus dem Gelächter heraus fragte:

»Wissen das eigentlich deine Alten?«

»Bist du wahnsinnig!«, entgegnete René vollkommen ernst und so, als ob ihm dabei jeglicher Humor abhanden gekommen wäre. »Mama würde der Schlag treffen.«

»Aber deine Mutter scheint doch ganz vernünftig zu sein. Vielleicht würde sie es ja verstehen ...«

»Mama???«, fragte René ungläubig, um sich daraufhin umso überzeugter mit »Nie!« zu antworten. »Und Verständnis hat die sowieso nur für sich allein und ihre eigenen Dinge. Die würde das doch nie kapieren.«

»Und dein Vater?«

»Der denkt auch nur an sich. Und jetzt an seinen bescheuerten Autohandel. Und ich Idiot lackier für ihn auch noch diese Schrottmühlen. Bescheuert!«

»Dann lass es doch einfach.«

»Das sagst du so. Was würde dein Vater sagen, wenn du morgen auf die Idee kommen würdest die Schule zu schmeißen.«

»Der würde total ausflippen!«

»Na siehste!«

»Aber du kannst es doch deinen Alten nicht immer verheimlichen.«

»Du meinst, dass sie von mir keine Enkel zu erwarten haben«, sagte René und grinste.

»Ja!«, entgegnete Penelope und grinste mit.

»Würden es denn deine Eltern verstehen?«

»Ich weiß nicht. Mama vielleicht schon. Papa eher nicht.«

Dann schwiegen die beiden. Bis Penelope fragte: »Wie hast du's denn eigentlich gemerkt?«

»Was für 'ne Frage!«, sagte René, schüttelte ungläubig den Kopf und fügte schnippisch hinzu: »Oh Mann, wie hast du's denn gemerkt, dass du auf Jungs stehst?!«

»Das ist doch was anderes!«

»So, findest du?!«

Wieder schwiegen sie.

Und dann sagte Penelope kleinlaut: »Hast Recht, eigentlich nicht.«

»Siehste! Irgendwann merkst du plötzlich, dass es dir beim Anblick von irgendjemand anderem ganz schwummrig wird. Ob Junge oder Mädchen; man kann sich nicht dagegen wehren.«

»Stimmt!«

»Erst will man's vielleicht nicht wahrhaben ... Irgendwann ist's einem egal.«

»Nachdem das Technische Hilfswerk und die Bundeswehr die Deiche mit allen verfügbaren Materialien abgesichert haben, sieht es so aus, als ob die Deiche doch halten wollten. Die Pegelstände steigen nicht mehr. Das Wasser geht zurück. Die Lage bleibt aber trotzdem noch angespannt. In den nächsten Tagen sollen erstmals fünftausend Menschen vorsorglich gegen Gelbsucht und Typhus geimpft werden. Die Vorhersage für Brandenburg bis morgen Abend: In der Nacht kaum Schauer. In der zweiten Tageshälfte Wolkenauflockerungen. Höchstemperaturen 20 bis 25 Grad. Tiefsttemperaturen in der kommenden Nacht 16 bis 11 Grad. Weitere Aussichten: Freundlicher und warm.«
Nachrichten des Zweiten Deutschen Fernsehens

6 Die abendlichen Fernsehberichte über das Hochwasser in Ostdeutschland waren natürlich Pflicht. Und kaum jemand, von Jenny einmal abgesehen, versäumte die Nachrichten und die aktuellen Pegelstände an der Oder. Die Dämme hielten zum Teil tatsächlich, sodass Oma Krause triumphierte:

»Ich hab's ja gewusst!« und »Aber ihr wolltet mir ja nicht glauben!«

Horst winkte daraufhin mit der Hand nur verächtlich ab. Thekla hielt die Oma zur Ruhe an, um alles genau mitverfolgen zu können. Als das Wasser nicht mehr stieg und die Pegelstände stündlich, zwar nur minimal, aber immerhin zurückgingen, schwebte natürlich besonders ein Gedanke in der stickigen Wohnzimmerluft. Heimkehr! Niemand sprach es direkt aus. Aber nicht nur die Krauses, sondern auch die Bieberbecks wussten, dass der Rückkehr der Krauses bei den zurückgehenden Wassermassen nichts mehr im Wege stehen würde. Hätten es sich die beiden Familien genau überlegt, wäre es niemandem von ihnen wirklich gelegen gekommen. Alle hatten sich mit der neuen Situation mehr oder weniger arrangiert, sodass jedem das bevorstehende Ende der erzwungenen Familienzusammenführung ein Dorn im Auge war, der stach und schmerzte. Lieber nicht daran denken, dachten sie, und auch nicht hinschauen. Je weiter das Wasser zurückging und die Pegelstände fielen, fielen auch die Krauses und Bieberbecks vom allabendlichen Fernsehbild ab. Zuletzt saß nur noch Opa Bieberbeck am Apparat und zappte wild im Kabelkanalwirrwarr von einem zum anderen Sender auf der Suche nach sich selbst.

Opa Bieberbeck war selbstverständlich trotz des florierenden Autogeschäfts, bei dem er ganz gut verdiente, noch immer fest im Talkshowgeschäft verankert. Ein-, zweimal die Woche tauchte er, zu den unterschiedlichsten Themen eingeladen, in einer der Talkrunden auf und wurde nach seiner Meinung gefragt, die er sich jedes Mal fürstlich honorieren ließ. Einmal konnte er sogar René davon überzeugen, dass die Nachteile eines Interviews praktisch überhaupt nicht vorhanden und die Vorteile überwältigend groß seien. Dabei rieb er Daumen und Zeigefinger aneinander, bis sie beinahe qualmten.

»Also, wenn du Lust hast ...«, versuchte Opa René zu ködern.

»Du meinst …?«

»Logisch, die suchen immer Talkgäste! Außerdem hab ich da meine Connections!«

Und tatsächlich, eine Woche später hatte Opa Bieberbeck René so weit, dass er neben ihm im Fernsehstudio saß und unter dem Thema *Ungewöhnliche Paare* über die außergewöhnliche Beziehung der beiden redete. Natürlich war wieder alles ausgedacht und erlogen. Opa Bieberbeck sah mit Lockenperücke und auffällig geschminkt wie eine olle Tunte aus und René in Lederklamotten und Stiefeln wie sein gestrenger Lustknabe. Beide erinnerten an Karrikaturen von Klischees, die in den Köpfen so manch eines Zuschauers auf Bestätigung stießen. René schwieg meistens. Was ganz überzeugend zu seiner Rolle passte. Opa Bieberbeck quasselte dagegen munter mit zu hoher und verstellter Stimme drauflos, sodass das Publikum im Studio belustigt wie in einer Kabarettveranstaltung brüllte.

Zu Hause verfolgten Hermes und Jenny zusammen die Sendung. Für Jenny war es offenbar das erste Mal, dass sie sich für derartigen »Schrott«, wie sie das bezeichnete, interessierte. Aber eigentlich interessierte sie sich ja nicht für den Schrott, sondern so wie es aussah eher für Hermes, sodass das gemeinsame Betrachten für sie als ein annehmbarer Kompromiss erschien. Sie saß im Esszimmer auf der Eckbank, die Beine auf dem Tisch, und schaute gelangweilt Opa Bieberbecks Offenbarungsdrang und Renés verstockter Künstlichkeit zu.

»Mein Gott, ist das peinlich!«, sagte Jenny und warf Hermes einen ernsten Blick zu.

Hermes' Gelächter verstummte. Er versuchte mit »Immerhin kriegen sie einen Haufen Kohle dafür!« die Vorstellung der beiden zu entschuldigen.

»Na und, das rechtfertigt noch lange nicht sich so zum Affen zu machen!«, entgegnete Jenny. »Was macht dein Opa eigentlich nicht für Geld?«

Hermes überlegte. Irgendwie kam er jetzt nicht drauf, obgleich er wusste, dass Opa auch andere Seiten hatte.

»Na siehste, alles nur wegen der Kohle, traurig traurig.«

»Für Opa ist das eben alles bloß ein Spiel!«, gab sich Hermes noch immer nicht geschlagen.

»Ein Spiel! Ha, dass ich nicht lache. Dafür finde ich es aber ziemlich langweilig.«

»Ich nicht!«

»Ach so, da bin ich ja beruhigt, dass du es wenigstens spannend findest.«

»Nicht spannend, aber irgendwie lustig ...«

»Haha, ich lach mich gleich tot! Und Mama kriegt 'ne Herzattacke, wenn sie René so sieht!«

Und als ob Thekla hinter der Tür auf ihr Stichwort gewartet hätte, ging die Esszimmertür auf und Thekla kam mit zwei Plastiktüten unter dem Arm ins Esszimmer gestürmt. Hermes konnte gerade noch René und Opa vom Bildschirm wegzappen, als Thekla mit Blick auf dem Bildschirm »Haha, der sah ja aus wie René!« vor sich hin prustete.

Mit »Quatsch!« versuchte Jenny scherzhaft alle Verdachtsmomente im Keim zu ersticken. Hermes lief dabei wieder mal feuerrot an. Er wusste selbst nicht ganz genau, ob es nun Theklas Gegenwart war, die ihn so farbverändernd berührte, oder der Schreck über die prognostizierte Herzattacke, der Thekla gerade noch aus dem Weg ging.

Jenny schaltete mit »Lauter Schrott!« den Apparat ab. Sie zwinkerte Hermes zu und bewegte ihren Kopf zur Tür, was nur ›Los nix wie raus hier!‹ bedeuten konnte.

Sie sprang auf und rannte aus dem Esszimmer. Hermes folgte ihr. Im Flur trafen sie auf Doktor Scherzinger. ›Komisch, was macht der denn jetzt schon wieder hier?‹, fragten sich die beiden, seinen Abgang durchs Fenster noch immer vor Augen. ›Ein Zufall kann sein Besuch zumindest nicht sein‹, dachte sich Hermes, denn erstens waren seine letzten Begegnungen im Bieberbeckschen Haushalt alles andere als erfreulich und zweitens waren die feindseligen Omas jetzt außer Haus.

»Na, wie geht's?«, fragte der Doktor Hermes.

Ohne eine Antwort abzuwarten, ergänzte er: »Du siehst ja prächtig aus. Hat die Medizin gewirkt!«

Hermes nickte und verheimlichte dem Doktor die im Aquarium untergetauchten Pillen.

Der Doktor ging im festen Glauben an seine Heilungsmethoden ins Wohnzimmer, wo bereits Mutter Bieberbeck auf ihn wartete.

Was hat Mutter Bieberbeck mit Doktor Scherzinger zu besprechen? Das fragte sich nicht nur Hermes, sondern auch

Jenny. Also legten sie wieder wie auf Verabredung die Ohren an die Zimmertür und lauschten dem geheimnisvollen Gespräch der Mutter mit dem Doktor.

»Herr Doktor, ich weiß nicht, was es ist, aber irgendwie mach ich mir doch Sorgen.«

»Frau Bieberbeck!«, schmachtete Herr Scherzinger in altbekanntem Tonfall Lore an, »da kann ich Sie beruhigen, es ist völlig harmlos.«

›Sicher hat er wieder Mamas Hand zwischen seinen Pfoten‹, dachte Hermes, als er Scherzinger weitersäuseln hörte.

»Bei den Pillen, die ich ihm verschrieben habe, ist das doch kein Wunder, dass ihr Sohn abnimmt!«, sagte der Doktor, noch immer von seinen medizinischen Wunderwaffen überzeugt.

Mit »Ich weiß nicht, Herr Doktor ...«, versuchte Lore ihren Bedenken weiter Ausdruck zu verleihen, bis Scherzinger hinzufügte:

»Na ja, sicherlich sind auch hormonelle Einflüsse dafür verantwortlich!«

»Hormonelle Einflüsse???«, wiederholte Lore, als ob es sich dabei um eine tödliche Krankheit handeln würde.

Mit »Pubertät!« erklärte Doktor Scherzinger, was er darunter verstand.

Hermes zuckte, wie mit dem Finger in der Steckdose zusammen, das Ohr noch immer festgedrückt an der Tür und hörte Doktor Scherzinger weiterdozieren:

»Ihr Sohn ist jetzt in einem Alter, wo Essen weniger wichtig wird und andere Dinge in den Vordergrund treten. Gefühle für sich selbst und das andere Geschlecht, zum Beispiel.«

Hermes spürte, wie sich seine Gesichtsoberfläche farblich veränderte und gleichzeitig Hitzewallungen durch den Körper peitschten.

Er bemerkte auch, wie Jenny neben ihm die Ohren spitzte, als ginge es jetzt ans Eingemachte. Hermes boxte sie sanft in die Seite und gab das Zeichen zum Rückzug. Jenny schien Geschmack an den Enthüllungen bekommen zu haben. Sie ließ sich nicht einfach so von der Tür weglocken.

Hermes packte sie am Ärmel und zog und zerrte an ihr, sodass Jenny gar nichts anderes übrig blieb als ihm zu folgen. Widerwillig nahm sie das Ohr von der Tür und trottete ihm unter Protest »Gerade, wo es spannend wird!« hinterher.

Der Besuch von Doktor Scherzinger war der letzte im Haus der Bieberbecks. Obwohl er von Penelope noch einmal, zwar nicht im Haus, dafür im Garten, gesehen wurde. Aber keinesfalls gesehen werden wollte. Das war an dem Tag, an dem sie von dem *Spice Girls* Konzert, nachdem sie den von Hermes vermittelten Typen endlich abgeschüttelt hatte, spätabends nach Hause kam. Horst, René und Opa waren wieder mal in Polen. Hektor beim Elternabend in der Schule und anschließend mit den Kollegen einen trinken.

Penelope torkelte, mit ziemlich viel Caipirinha im Blut und dröhnenden Ohren die Straße entlang. Sie sah mit schwummrigem Blick, zwei Häuser vor dem ihrigen, plötzlich einen

Wagen stehen, der ihr verdammt bekannt vorkam. Ja, das war Scherzingers Schlitten, der am Straßenrand geparkt hatte.

»Was macht denn der hier um diese Zeit?«, fragte sich Penelope.

In ihrem Hirnkasten fingen ihre alkoholisierten Gedanken an zu rotieren. Sie drehten und überschlugen sich im Kopf und gaben Impulse an den Magen weiter, der damit überhaupt nicht zurechtkam. Penelope lehnte sich an eines von Horsts Schrottautos und übergab sich in hohem Bogen. Die Caipirinha schwappte aus ihr heraus und über die frisch lackierte Motorhaube eines strahlend weißen VW-Golfs. Die Schlechtigkeit war draußen und die rotierenden Gedanken bekamen einen Anhaltspunkt.

Als Penelope sich wieder aufrichtete, sah sie ein paar Autos weiter, wie an Horsts Wohnwagen die Tür aufging. Ein fast verhüllter Mann, mit hochgeschlagenem Mantelkragen und dem Hut tief ins Gesicht gezogen, huschte heraus. Er schlich gebückt zwischen den Autos davon. Allein durch seinen penetranten Rasierwasser-Duft, den er wie eine Schleppe hinter sich her zog, hätte sie ihn identifizieren können. So stank nur Opa Bieberbeck oder ... »Doktor Scherzinger!« Der bestieg sein Auto und düste davon.

Natürlich fragte sich Penelope das, was sich alle an ihrer Stelle gefragt hätten: ›Was hat Scherzinger spätabends in dem Wohnwagen zu suchen?‹ Als sie wieder in Gedanken verstrickt, aber dieses Mal ohne Magengrummeln darüber nachdachte, öffnete sich die Wohnwagentür ein weiteres Mal und

... ›Mama!‹, fiel Penelope lautlos aus dem Mund und ›Ich werd verrückt!‹ hinterher.

Mutter Bieberbeck schlich zwischen den Autos entlang und verschwand sich mehrmals umblickend im Haus. Penelope setzte, immer noch an den Golf gelehnt, das hirnlastige Puzzle trotz einiger fehlender Teile zusammen. Sie musste über das überraschende Ergebnis vergnügt schmunzeln. ›Der Doktor und meine Mutter!‹, dachte Penelope und ›Bravo!‹

Horsts klappriger Wohnwagen entwickelte sich also zunehmend zu einer multifunkionalen Liebeslaube für die elterlichen Seitensprünge.

Das Geschäft von Horst Krause, Opa Bieberbeck und René begann richtig zu florieren. Die Autos im Garten waren so begehrt, dass sie nicht schnell genug repariert und fertig gestellt werden konnten. In Polen hatte Horst mittlerweile einen kleinen Verteilerring von Autohändlern aufgebaut, die als Zwischenhändler die Autos abnahmen, um sie dann natürlich mit Gewinn an die polnischen Autoliebhaber weiterzuverscherbeln. Die Aufgabenteilung der kleinen Krause-Bieberbeck-Firma, die natürlich weder angemeldet noch besonders legal operierte, war klar abgesteckt.

»Du handelst den Preis aus!«, sagte Horst zu Opa.

»Ich mach die Wagen wieder flott! Und René ist für die Verschönerung zuständig!«

Horst kaufte also die gebrauchten, alten Schrottautos auf, nachdem Opa Bieberbeck durch hartnäckige Feilscherei den

Preis bis unter die absolute Untergrenze gedrückt hatte. Horst richtete die Wagen im Garten wieder her und René möbelte sie visuell auf, sodass sie nicht nur einwandfrei fuhren, sondern auch noch einen ästhetischen Augenschmaus abgaben. Alle drei zusammen kutschierten dann zwei Wagen, die alle auf Opa zugelassen waren, nach Polen und verdealten sie dort mit Opa Bieberbecks Verhandlungsmethoden und riesigem Gewinn. Die drei wurden ein eingespieltes Team, deren Kapazitäten bald an Grenzen stießen. Die Nachfrage nach den Krauseschen Schrottautos war größer als das Angebot. Opa Bieberbeck kam in Hinblick auf Umsatz- und Gewinnsteigerung auf die Idee, das Geschäft einfach auszuweiten und den Betrieb zu vergrößern.

»Mein Kumpel Paul«, sagte Opa Bieberbeck, »war früher Automechaniker. Jetzt ist er nicht nur in Rente, sondern auch noch stinkgelangweilt.«

Horst kapierte zunächst nicht, worauf Opa Bieberbeck hinauswollte.

»Wir stellen Paul an«, schlug Opa Bieberbeck vor, »zahlen ihm fünfzehndreißig die Stunde und steigern dadurch die Reparatur-Kapazität um das Doppelte.«

»Genial!«, juchzte Horst.

René versuchte die Euphorie etwas zu bremsen und fragte:

»Und wer soll, bitte schön, die ganzen Mühlen schleifen, lackieren und aufmöbeln?«

»Du!«, fiel es Horst und Opa übereinstimmend aus dem Mund.

»Ich??? Ich bin jetzt schon an meiner Leistungsgrenze angelangt!«, widersprach René vehement.

»Na, dann muss eben noch eine Arbeitskraft verpflichtet werden!«, sagte Horst und »Hermes!« fiel Opa ein. »Ja, Hermes kann zumindest Schleif- und Polierarbeiten übernehmen.«

Der kleine Familienbetrieb wurde also mit Paul als Reparateur und Hermes als Schleifer und Polierer erweitert, sodass damit die Kapazitätsgrenze deutlich angehoben werden konnte. Von da ab standen noch mehr Autos im Garten. Dem Autohandel schienen keine Grenzen gesetzt zu sein. Eine weitere Expansion im Bieberbeckschen Garten war kaum mehr aufzuhalten.

»Wo soll das noch hinführen!«, stöhnte Vater Bieberbeck. Seine Frau schüttelte ratlos den Kopf.

Paul, ein rüstiger Rentner mit enormen Gewichtsproblemen, der so dick war, dass er unter kein Auto passte, kam jetzt jeden Morgen um elf. Er arbeitete fünf Stunden, trank dabei sechs Flaschen Bier und blieb nach der Arbeit noch im Garten oder im Haus sitzen. Dort trank er weiter, bis er ziemlich voll war. Meistens wurde er dann von René so gegen sieben nach Hause gefahren.

Paul knöpfte sich meistens den Motor und die Elektrik der Wagen vor, während Horst immer unter den Autos lag und vor allem Schweißarbeiten ausführte. Opa saß, mit Anzug und Fliege und einer qualmenden Zigarre zwischen den Lippen, im

Garten auf dem Klappstuhl und blätterte in Zeitungen auf der Suche nach billigen Schrottwagen. Wenn ihm ein Auto ins Auge sprang, nahm er seinen Filzstift und zog einen wackeligen Kreis um die Annonce. Wenn genügend Kreise in der Zeitung waren, verjagte er Penelope vom Telefon, rief die Autobesitzer an und vereinbarte für den Abend Besichtigungstermine. Die nahmen dann er und Horst nach einstudierter Strategie wahr.

Horst betrachtete das Auto mit fachmännischen Augen und versuchte es dann mies zu machen.

»Elektrik im Arsch!«

»Auspuff defekt!«

»Bodenblech durchgerostet!«

»Lenkung hat Spiel!«

»Zylinderkopfdichtung am Ende!«

»Nur noch zwei Monate TÜV«, peitschte Horst das vernichtende Urteil über den Wagen aus sich heraus.

»Opa vergiss es!«

Er kritisierte fast alles, auch das, was in Ordnung schien.

»Da ist allerhöchstens noch der Schrottpreis drin!«, sagte dann der Opa, nachdem ihm Horst so die besten Verhandlungsvoraussetzungen zugespielt hatte.

»Aber ich bitte Sie«, versuchte der Verkäufer sein Gefährt zu retten. »Erstbesitzer, nur 120 Tausend Kilometer ...«

»Ja, ja, ja, und Getriebeschaden, Rahmen verzogen, Kühlergrill verbogen, Reifen abgefahren, Sitze durchgesessen und, und, und ...«, platzte Horst wieder dazwischen.

Die beiden waren ein eingespieltes Team und zogen damit jeden der Verkäufer über den Tisch.

Manchmal fuhr auch Hermes mit. Und manchmal auch Paul. Aber meistens war der abends schon zu besoffen, sodass er weder verständlich reden konnte noch zu qualifizierten Analysen fähig war.

Paul aß natürlich nach der Arbeit mit den beiden Familien zu Abend. Und zwar nicht wenig.

»Ich schaff das nicht!«, sagte Lore zu Hektor nach dem Essen, als beide allein in der Küche waren.

»Ist ja nicht mehr lange!«, versuchte Hektor das Problem herunterzuspielen.

»Kannst du nicht mal Thekla sagen, dass sie auch mal mit anpacken soll!«

»Aber Schatz, Thekla, Horst, Jenny, François und René sind doch auf Besuch hier. Sie sind unsere Gäste. Wir können sie doch jetzt nicht auch noch zum Arbeiten verdammen.«

»Nein? Warum eigentlich nicht?«

»Weil, weil ...«

»Essen tun sie ja auch, seit Wochen und ...«

»Aber nicht mehr lange!«

»Das sagst du immer!«

»Ja, Himmel Herrgott, sind es denn meine Verwandten oder deine?«

»Meine!«

»Na siehst du!«

»Und wer kam auf die Idee sie hierher zu holen?«

»Das spielt doch gar keine Rolle!«

»Aber natürlich!«

»Nein!«

»Doch!«

»Mama?, können Jenny, René, Thekla und Horst immer bei uns bleiben?«, platzte Julus, bereits im Schlafanzug und barfuß, in das Streitgespräch der Bieberbecks.

Lore und Hektor verstummten, schauten ihren Jüngsten an und sagten synchron:

»Ab ins Bett!«

Als Horst wieder mal mit dem Schweißapparat in der Hand unter einem der Autos lag und Paul im Motorraum vergraben hing, Hermes schliff, René vor sich hin lackierte und Opa im Gartenstuhl mit der Zeitung in der Hand vor sich hin röchelte, tauchte ein weißes Fahrzeug mit grünen Streifen vor dem Haus auf, das Horst verschweißen, Paul den Schraubenschlüssel aus der Hand fallen und Opa wie automatisch aus dem Schlaf hochschrecken ließ, als ob der Albtraum nicht hinter, sondern noch vor ihm liegen würde. Es waren dieselben Streifenpolizisten, die wegen des Ladendiebstahls schon einmal bei den Bieberbecks aufgetaucht waren. Opa sprang aus seinem Gartenklappstuhl auf und empfing die beiden Polizisten lächelnd mit ausgebreiteten Armen. Die beiden waren von so viel Herzlichkeit sofort ziemlich eingeschüchtert. Als Opa ihnen auch noch bereitwillig eine Zigarette aufnötigte, hätten sie eigentlich wissen müssen, dass der alte Schlawiner wieder dabei war, seine *Um-den-Finger-wickel-Methoden* anzuwenden. Und tatsächlich, nachdem die beiden Polizisten den Grund ihres Besuches vorgebracht hatten – ein anonymer Anruf, wonach auf dem Gelände der Bieberbecks eine illegale Autoreparaturwerkstatt betrieben wurde – spannte Opa den Faden und fing mit der Wickelei an.

»Autoreparaturwerkstatt? Ha!«, wiederholte Opa, lachte und zeigte mit einer ausschweifenden Geste auf den Garten.

»Meine Herren, sagen Sie ehrlich, ist das eine Autoreparaturwerkstatt???«

»Na ja«, sagte der mit den drei Sternen an der Uniform, wobei er den Rauch aus seinem Mund entweichen ließ, »Des vielleicht net grad ...«

»Sehen Sie!«, platzte Opa dazwischen und wollte das Gespräch schon wieder in eine ganz andere Richtung wickeln. Was ihm allerdings nicht gelang, weil der dreisternige Uniformist mit »Abr ... Abr doarum goats doch gar net!« das Thema auf keinen Fall wechseln wollte.

Der andere versuchte dann, ebenfalls mit qualmendem Kopf, zu erklären, worum es tatsächlich ging.

»Es goat doarum Herr Bieberbeck, ob hier Schwarzarbeit gmacht wird ond a Gwerbe ohne Gwerbeschei betrieba wird?!«

»Gewerbeschein? Natürlich!«, sagte Opa und brüllte, so laut er konnte, über den Garten hinweg: »Hoooorst, gib mal den Gewerbeschein!«

Horst zuckte zusammen, die Schweißerbrille noch immer auf der Stirn. Er kam mit kleinen Schritten ganz langsam auf Opa und die Polizisten zu. Er sagte, und das klang, als ob er versehentlich was ganz Großes in die Hose gemacht hätte.

»Äh ... Ge...werbe ... also, ich wusste gar nich ... dass ...«

»Waaaassss????!!!!«, brüllte Opa Bieberbeck und fauchte Horst an wie der Vater, der plötzlich die voll gemachte Unterhose seines Sohnes riecht.

»Bist du denn wahnsinnig! Du hast keinen Gewerbeschein! Hier braucht man aber einen!«

Und dann schickte er Horst mit einer zackigen Handbewegung weg zum Höschenwechseln. Den Polizisten erklärte er, als spräche er über einen Schwachsinnigen:

»Sie müssen wissen, meine Herren, mein Schwiegersohn kommt aus der Ehemaligen!« Dabei tippte er sich an die Stirn, woraufhin die beiden Uniformierten lachten, ohne zu merken, dass Horst weder der Schwiegersohn von Opa war noch dass der Opa ihnen mal wieder eine schmuckvoll inszenierte Komödie vorspielte.

»Tja, was machat mir denn dao?«, wollte dann der Dreisternige wissen und schaute Opa erwartungsvoll an.

»Ein Gewerbeschein muss her!«, sagte Opa, ohne Zweifel aufkommen zu lassen. Die Polizisten nickten.

»Am besten, ich fahr mal mit zu eurem Chef und klär das Weitere mit ihm!«, schlug Opa ganz selbstlos vor. Er erhoffte sich natürlich, durch die jahrelange Bekanntschaft mit demselben nicht nur eine unspektakuläre Lösung des Problems, sondern auch, dass er dadurch erfahren würde, wer die anonyme Petze war.

Die Hörprobe in der Polizeidienststelle ergab, dass Opa den Anrufer als einen der ätzenden Nachbarn identifizierte, dessen stinkender Rottweiler ständig die Fußwege voll kackte. Der Gewerbeschein wurde mit Hilfe des Polizeidienststellenleiters beim Gewerbeamt beantragt. Er wurde rückwirkend ausgestellt, sodass ab jetzt Opa Bieberbeck und Horst Krause ganz legale Gewerbetreibende und Geschäftsinhaber waren.

Jenny nervte mit ihrem Geigenspiel nicht nur Penelope, die immer fluchtartig das Zimmer verließ, sondern auch alle anderen Familienmitglieder. Jenny zupfte und strich unmotiviert auf den Saiten herum, sodass in den Köpfen der Zuhörer die Nerven zum Zerreißen angespannt wurden. Man merkte der Geigerin beim Geigen an, dass sie überhaupt keine Lust hatte zu geigen. Die Violine wurde ihr vor ein paar Jahren von den Eltern zum Geburtstag geschenkt, weil sie es, wie Horst immer erklärte, »besser haben sollte als wir«. Was Jenny wiederum viel schlechter fand. Sie hasste nicht nur Geige, sondern auch jedes andere Musikinstrument. Oder spätestens dann, wenn sie es spielen musste. Und Geige musste sie. Täglich mindestens eine Stunde. Außerdem bekam sie zu Hause in Lutzo zweimal die Woche eine Stunde Unterricht von einem Geigenlehrer, der ihr nicht nur ziemlich erfolglos versuchte Geige beizubringen, sondern auch hinter Thekla her war wie andere höchstens hinter einer Stradivari. Mozarts *Kleine Nachtmusik* konnte sie angeblich schon spielen, wie Thekla stolz verkündete. Sicher hätte sich der verstorbene Wolfgang Amadeus entsetzt die Ohren im Grab zugehalten, wenn er mit anhören hätte müssen, wie Jenny seine Serenade zu Grunde richtete. Bei der Familien-Weihnachtsfeier und anderen Festtagen musste dann Jenny immer streichend ran. Sie griff dabei dermaßen falsch in die Saiten, dass sich den musikalischeren Zuhörern die Nackenhärchen senkrecht aufstellten und sich der Körper mit Gänsehaut überzog.

»Dieses Scheißgerät!«, fluchte Jenny und zerrte unmotiviert am hohen C herum, dass dieses wie missbraucht aufheulte.

»Du kannst es ja irgendwo heimlich abstellen und unauffällig vergessen!«, schlug Hermes augenzwickernd vor. »Zum Beispiel in der Straßenbahn!«

»Hahaha!«, entgegnete Jenny und wollte diesen Vorschlag beim Gedanken an ihren cholerischen Vater nicht so recht ernst nehmen.

»Oder ... Moment!«, sagte Hermes und verließ ganz aufgeregt Penelopes Zimmer. Er kam kurze Zeit später mit seinem Kassettenrecorder unter dem Pullover zurück, stellte ihn aufnahmebereit ein und befahl, während er sich die Ohren zuhielt: »Spiel!«

Jenny spielte auf der Violine ihr Standard-Übungsprogramm, während Hermes alles, mit den Fingern in den Ohren, aufnahm.

»Wenn du keinen Bock hast, leg einfach die Kassette ein!«, sagte Hermes und schmunzelte. Jenny schmunzelte auch und hielt sich von nun an strikt daran.

Der nunmehr legale Autohandel ließ Opas und Horsts geschäftsorientierte Fantasie ins Uferlose abheben. Horst schlug vor, den Garten möglichst schnell zu überdachen, um auch an regnerischen Tagen problemlos arbeiten zu können. Er zeichnete abends bei Kerzenlicht in seinem Wohnwagen bereits Pläne für eine richtige Autowerkstatt im Garten. Opa Bieberbeck dagegen sah in der Autowerkstatt eine glorreiche Zukunft und eine Möglichkeit auf seine alten Tage hin noch reich zu werden. Opa Bieberbeck entschied sich den Führerschein zu machen!

»Dann geh ich nicht mehr aus dem Haus!«, protestierte Penelope.

Oma Bieberbeck wiederum sah sich endlich bestätigt, dass ihr Mann nun völlig übergeschnappt und geisteskrank war. Sie schlug durch Oma Krause unterstützt vor, den Opa endlich entmündigen zu lassen, bevor er noch Gelegenheit haben würde, alle anderen ins Unglück zu fahren. Aber der Opa strotzte vor Selbstbewusstsein, sodass ihm weder Penelope noch die zwei großmütterlichen Hyänen etwas anhaben konnten. Auch sein Sohn Hektor stieß beim Vater auf den entschlossenen Sturkopf, der durch nichts von seinem Vorhaben abzubringen war.

Also kurvte Opa Bieberbeck mit einem nagelneuen Audi der Fahrschule Engel durch die Straßen und machte die Stadt unsicher. Opa Bieberbeck war nicht unbedingt fahrunbegabt. Er hielt sich allerdings nicht an die vom Fahrlehrer gepredigten Regeln. Er fuhr nach eigenem Gutdünken und so, wie er sich das Autofahren nun mal vorstellte, sodass Opas Führerschein eher ein langfristig angelegtes Projekt schien. Opa Bieberbeck sollte trotz zwei überfahrener Katzen und drei Auffahrunfällen den heiß ersehnten Führerschein nie bekommen.

»... Das Hochwasser an der Oder sinkt. Das Wasser geht zurück, der normale Pegelstand der Oder ist fast erreicht. An der Hochwasserabwehr beteiligten sich Tausende Menschen aus Ost und West. Ihr selbstloses und – ohne viele Worte zu machen – aufopferndes Engagement hinterließ einen tiefen menschlichen Eindruck. Dazu gehört nicht nur das solidarische Zusammenhalten der Menschen aus der Oderregion und die spontane Hilfsbereitschaft vieler aus Deutschland angereister Helfer. Vor allem bei Bundeswehr, Polizei, Technischem Hilfswerk, Feuerwehren und weiteren Hilforganisationen gab es eine bewundernswerte individuelle Einsatzbereitschaft. Dadurch konnte der drohende Bruch der Deiche abgewendet und das Hochwasser in Griff bekommen werden.
Der Bericht des Deutschen Wetterdienstes ausgegeben um 6 Uhr 30: Über Ostdeutschland entwickelt sich eine ausgedehnte Hochdruckzone. Dabei dringt merklich warme Luft aus Nordost nach Brandenburg ...«
Kurznachrichten und Wetterbericht des Ersten Deutschen Fernsehens

7 Vater Bieberbeck musste von einem seiner Kollegen erfahren, dass im Hochwassergebiet an der Oder das Wasser mittlerweile so weit zurückgegangen war, dass bereits die ersten Aufräumarbeiten begonnen hatten. Die Menschen kehrten langsam wieder in ihre Heimat zurück. Vater Bieberbeck war in einem klassischen Dilemma. Erstens wollte er nicht, dass die Krauses so plötzlich wieder aus seiner Welt verschwanden. Zu sehr hatte er sich an sie gewöhnt. Und vor allem an Thekla! Zweitens aber hatte er auch nicht vor, seinen über alles geliebten Rasen ganz in den Wind zu schreiben und von einer Autoreparaturwerkstatt zubauen zu lassen. ›Was war zu tun?‹, fragte sich Hektor und riet sich selbst: ›Aussitzen! Abwarten! Kommt Zeit, kommt Rat! Oder »Quod differtur non aufertur«[4]‹, wie es der Lateiner in Hektor zu sagen pflegte.

Von Mutter Bieberbeck aus hätten die Krauses noch ein Leben lang hier bleiben oder auch schon übermorgen zurückfahren können. Ganz egal, Mutter Bieberbeck beschäftigten momentan ganz andere Dinge, die mit den Krauses direkt nichts zu tun hatten. Und doch indirekt mit ihnen ganz eng verbunden waren. Mutter Bieberbeck hatte die tägliche Hausarbeit satt! Immer kochen, aufräumen, putzen, spülen, waschen ging ihr mit der Zeit ziemlich auf den Keks, sodass der anfing zu bröckeln und schließlich ungenießbar wurde. Mutter Bieberbeck hatte keine Lust mehr für ihren Mann und die Kinder, für Oma und Opa den Haustrottel zu spielen, an dem der tägliche Ballast wie Rotz an der Wange hängen blieb. Sie musste raus! Und öfter als einmal die Woche zum Volkshochschulkurs Italienisch.

[4] Aufgeschoben ist nicht aufgehoben.

Mutter Bieberbeck hatte kurzzeitig Germanistik studiert. Nach dem abgebrochenen Studium hatte sie fast zwei Jahre in einem Kinderbuchverlag als Lektorin gearbeitet, bevor sie, mit Hermes schwanger, schließlich ausscheiden musste. Vielleicht sollte sie ...

Bevor sie sich gedanklich noch intensiver damit auseinander setzen konnte, traf sie, wie durch Zufall oder außerirdische Fügung, ihren früheren Verlagsleiter bei Tengelmann an der Wursttheke.

Nein, ganz so zufällig und außerirdisch war es dann doch nicht. Lore rief nämlich zuerst eine alte Kollegin an. Die gab ihr den Tipp mit Tengelmann und der Wursttheke, wo Herr Dr. Schindel jeden Dienstag und Freitag kurz vor Ladenschluss einkaufte. Also stellte sich Lore mit ihrem Einkaufswagen, von 18 bis 18 Uhr 30 am darauf folgenden Dienstag im Gang zwischen Frischwarentheke und Teigwarenartikel auf. Sie schoss, als sie Herrn Dr. Schindel tatsächlich mit seinem Einkaufswagen zur Wursttheke rollen sah, blitzschnell hinter den Regalfluchten hervor und brauste scheppernd direkt in Dr. Schindels Wagen. Zuerst vernahm man beidseitiges Entsetzen und verhaltenen Schindel-Protest, der in den Worten »Passen Sie doch ...« Ausdruck fand und von Mutter Bieberbeck noch mit: »Werner?!« unterbrochen werden konnte.

»Lore?!«

Nicken. Der Zusammenstoß war vergessen. Freude. Dann das übliche Programm. Die letzten fast fünfzehn Jahre wurden im Schnelldurchlauf zwischen 100 Gramm Salami und einem Stück Mettwurst, »Ja es darf auch mehr sein!«, zum Besten gegeben.

Während der ganzen Erzählerei ließ Lore durchklingen, dass sie am liebsten oder zumindest teilweise aus dem Haushalt aus- und wieder in den Beruf einsteigen wollte.

»Komm doch einfach mal vorbei!«, sagte Dr. Schindel.

»Morgen?«

»Äh, ja, warum nicht.«

»Bis dann!«

»Ich freue mich!«

»Ich auch!«

Kuss. Kuss.

»Tschüss!

»Ciao!«

Penelope war von den *Spice Girls* so beeindruckt, dass sie selbst sofort eine Girl-group gründen wollte.

Das war wieder einmal typisch für Penelope. Sobald sie irgendetwas beeindruckend fand, musste sie das auch unbedingt und sofort haben. Egal ob es nun Klamotten, Freunde oder Leistungen waren. So war auch ihr Körperkult zu erklären. Sie orientierte sich an den durchtrainierten, perfekt geformten Starathletinnen mit Modelfigur. Franziska van Almsick und Magdalena Brzeska waren ihre Leitbilder, an deren Körpern sie sich maß. Penelope verfolgte verbissen das, was sie sich vorgenommen hatte, und setzte alle möglichen

Hebel in Bewegung, sodass das Vorhaben auch meistens gelang.

Penelope trommelte also für die Girl-group ihre Freundinnen zusammen, die sich schnatternd in Penelopes Zimmer versammelten, um über ihre musikalische Zukunft zu beraten. Jenny dagegen suchte fluchtartig das Weite.

Die ersten Übungsstunden wurden angesetzt. Zunächst wurden Covernummern von bekannten Hits zu viert, manchmal auch zu fünft nachgesungen. Der Gesang klang nicht nur nicht synchron, sondern hörte sich auch noch grauenvoll an. Das Geigenspiel von Jenny war dagegen ein wohlklingender Ohrenschmaus. Die Folge dieser Gesangsverirrung war, dass sich die Mädels in kürzester Zeit heillos zerstritten. In schöner Regelmäßigkeit schieden alle zwei, drei Wochen ein, zwei der Gruppenmitglieder im Streit aus. Die verbleibenden Sängerinnen, die sich den einfallsreichen Namen *Bad Girls* verpassten, arbeiteten hartnäckig an ihrem Gesang. Sie hörten sich zwar nie wie die *Spice Girls* an. Aber immerhin klangen sie nach kurzer Zeit nicht mehr so, dass der mehrstimmige tonale Erguss den Zuhörer wie ein fieser Stromschlag traf. Neben dem Gesang wurden auch choreographische Schrittfolgen einstudiert, die sich wirklich sehen lassen konnten. Ja, tänzerisch, in zum Teil selbst geschneiderten Kostümen, waren die Sängerinnen wirklich ganz schön anzuschauen. Hermes stand öfter heimlich im Flur und schaute durchs Schlüsselloch den leicht bekleideten Frauen beim Tanzen zu.

Natürlich wollten Penelope und die anderen nicht nur für

sich und immer nur im Zimmer singen. Und tanzen. Und üben. Sie wollten auch irgendwann mal ihre Kunst öffentlich machen und vor kreischenden Jungs in großen Hallen und Clubs auftreten. Das obligatorische Schulfest kurz vor den Ferien erschien ihnen ideal für den ersten öffentlichen Auftritt. Die Freundinnen übten noch öfter und verbissener, um bis dahin bestens für den Start ihrer Karriere präpariert zu sein.

Durch das kreative Chaos im Bieberbeck-Haushalt angespornt und durch das Kindererziehen geistig nicht ausgelastet, gab sich Thekla nicht mehr allein mit dem Mutterglück zufrieden, sondern drängte darauf, sich ebenfalls zu verändern. Ideen hatte sie im letzten Jahr, in dem sie sich fast ausschließlich um François gekümmert hatte, genügend angesammelt. Von Töpfern über Musizieren bis zum Studium verschiedener Fremdsprachen gingen die Pläne. Eine Idee stand allerdings ganz oben auf Theklas Liste. Sie hatte schon immer ein Faible für Gemälde und Bilder. Die alten Meister der Malzunft hatten es ihr schon während der Schulzeit angetan. Als einen der Höhepunkte während ihrer neunjährigen Paukerei in der damaligen DDR bezeichnete sie immer den Besuch im Zwinger-Museum Dresden. Da stand sie mit offenem Mund und fragenden Augen so groß wie Marmeladenglasdeckel vor den riesigen Ölbildern und staunte und konnte es nicht fassen, wie man nur so atemberaubend schön malen konnte. Seit dieser Zeit spukte in Theklas Kopf der Wunsch herum, ebenfalls irgendwann einmal zu Pinsel und Farbe zu greifen. Das Irgendwann wurde bei neuerlicher Überlegung aus der ungewissen Zukunft in die Gegenwart gedacht und zum Jetzt. Ja, Thekla spürte ein Kribbeln in den Fingern, was sie als eindeutiges Zeichen interpretierte, sich augenblicklich ihren lang aufgesparten und bisher nie erfüllten Wunsch doch noch zu erfüllen.

Am Abend, als Horst mal wieder seine Schrottwagen an den polnischen Mann zu bringen gedachte und Lore in der Volkshochschule kurste, und noch bevor Hermes' Walnuss das kugelförmige Ziel im Garten traf, gestand Thekla Hektor, an dessen behaarte Brust geschmiegt, mit verführerischer Stimme ihren lang gehegten und geheimsten Wunsch. Hektor begriff zunächst, sicher gedanklich schon bei der fleischlichen Lust angekommen, nicht, was Thekla mit »malerischem Talent«, »zeichnerischer Lust« und »bildnerischem Ausdruck« meinte. Mit kurz gehechelten, fast lautlosen »Ja«s versuchte er sich seine Ahnungslosigkeit nicht anmerken zu lassen. Während er mit seinen Pädagogenfingern die Spagettiträger von Theklas Nachthemd langsam über die Schultern schob, versuchte Thekla ihre Pläne konkreter zu offenbaren.

»Ich will malen!«, sagte sie, als Hektor die Spagettiträger schon bis zu den Ellenbogen geschoben hatte.

»Jetzt?«, fragte Hektor völlig überrascht. Er war umso erleichterter, als Thekla ein lächelndes »Nein, nein, überhaupt und ab morgen!« hervorstieß, sodass er sich in seinem

Vorhaben bestätigt sah und noch angespornter die Träger über die Arme hinweg vom Körper zog. Theklas Nachthemd fiel wie der Umhang einer zu enthüllenden Statue bis zum Bauch. Hektor konnte jetzt, geblendet von so viel schöner nackter Haut, Thekla überhaupt nicht mehr folgen und applaudierte mit unzähligen Blanko-Jas Theklas näheren Erläuterungen. Der Wohnwagen fing an sich zu bewegen, bis Hermes' scharf geschossene Walnuss traf und Hektor und Thekla wieder mal stoppte.

Schon am nächsten Morgen fuhr Thekla mit Hektor in die Stadt und kaufte unter dessen skeptischem Blick, was sie für ihre »Selbstverwirklichung« brauchte. Staffelei, Pinsel, Farben, Stifte und Aquarellblöcke verschwanden ebenso in Hektors Kofferraum wie Malbücher für Anfänger und Fortgeschrittene.

»Was hat *die* denn vor?«, fragte Penelope Hermes. Und Hermes fragte Jenny.

»Das ist wieder irgendeine ihrer Marotten!«, sagte Jenny und tippte sich an die Stirn. Vor Monaten war's das Flötenspiel! Jetzt die Malerei!«

»Du meinst ...«

»Mama sieht sich womöglich schon als van Gogh!«, sagte Jenny und griff sich dabei ans Ohr.

Das ehemalige Schlafzimmer der Bieberbecks und jetzige Zimmer von Thekla wurde kurzerhand zum Atelier umfunktioniert, in dem der Selbstverwirklichungsprozess von Thekla Krause seinen unaufhaltsamen Gang nehmen sollte. Die Sessel der Couchgarnitur waren durch alte, zum Teil verschlissene Leintücher abgedeckt. Der Teppichboden wurde durch übrig gebliebene PVC-Reste geschützt. Thekla selbst stand verhüllt von einem alten dunkelblauen Overall ihres Mannes, der ihr nicht nur zu groß, sondern auch noch viel zu weit war, an der Staffelei und zeichnete alles, was ihr unter den Pinsel und die Augen kam. Blumen, Blumentöpfe und Blumenvasen. Uhren. Armbanduhren, Küchenuhren und Kuckucksuhren.

»Oh Gott, grauenvoll!«, sagte Penelope, als sie Theklas erste Versuche sehen konnte.

»Sicher wird das auch nicht besser!«, vermutete René.

»Na ja, solange sie uns damit in Ruhe lässt!«, sagte Jenny und vermutete bereits das Schlimmste.

Es war neben Jenny, Hermes, Penelope und René auch allen anderen Bieberbecks und Krauses nach den ersten Kunstwerken klar, dass Theklas Malerei nicht in die Kunstgeschichte eingehen würden. Auch wenn sie besser, ihre Motive von Tag zu Tag immer gewagter und den Originalen immer ähnlicher wurden. Der Stillebenzyklus war bald beendet, sodass Thekla, mit Beendigung des Anfänger- und nach Eintritt ins Fortgeschrittenen-Malbuch, nur noch Menschenstudien und Porträts malte. Zunächst musste François daran glauben. So wie es schien, war es ihm völlig gleichgültig von Thekla in den unterschiedlichsten Gefühlslagen abgepinselt zu werden. Nach nicht allzu langer Zeit war François verschwommen auf unzähligen Aquarellblättern verewigt und auch in Öl mit dickem Strich für die Nachwelt festgehalten. Anschließend fahndete

Thekla auf der Suche nach neuen Motiven, angespornt durch den Erfolg ihrer François-Serie, in der Bieberbeck- und Krause-Familie nach weiteren Gesichtern.

»Hab ich's doch gewusst!«, stöhnte Jenny. »Jetzt geht das erst richtig los.«

»Wer ist bereit sich von einer Künstlerin schick abbilden zu lassen?«, fragte Thekla beim Abendessen.

Niemand schaute von seinem Teller auf. Alle taten, als ob sie taub wären. Einzig Opa Bieberbeck.

»Hier!«, sagte er, sodass allen anderen ein Stein vom Herzen fiel.

Natürlich machte Opa das nicht umsonst.

»Also, ein kleines Entgelt müsste schon sein«, sagte er, »ich meine eine kleine Aufwandsentschädigung.«

Thekla willigte ein. Nach drei Sitzungen und ebenso vielen Porträts kam der Opa Thekla allerdings zu teuer. Man muss ehrlichkeitshalber sagen, dass Theklas Bilder von Opa Bieberbeck wirklich gar nicht so schlecht waren. Ja, man konnte ihn eindeutig erkennen, obgleich manche Gesichtspartien überdeutlich und beinahe schon karikaturistischen Charakter hatten, andere wiederum fast völlig in den Farben verschwanden. So klebte jetzt zwischen Opa Bieberbecks Wangen eine Nase, die auf dem Bild zwar in Form und Farbe mit der wirklichen völlig identisch war, aber darüber hinaus mindestens den doppelten Umfang hatte. Ein überdimensionierter Zinken, wie der von Gérard Depardieu, schaute den Betrachter naseweis an, was natürlich sofort schadenfrohes

Schmunzeln bei den anderen Familienmitgliedern auslöste. Ansonsten war Opa Bieberbeck ganz gut getroffen. Das erstaunliche Ergebnis ermutigte die anderen aber keineswegs, sich ebenfalls Theklas kritischem Zeichenblick auszusetzen.

»Na, wer will noch?«, fragte Thekla in die Runde.

Und als sich niemand meldete, sagte sie: »Wie wär's mit dir, Horst?«

»Lass mich mit deinen Spirenzien in Ruhe!«, kläffte der und legte sich wieder unter seine Autos.

»Ich hab unendlich viel zu tun, entschuldige mich«, sagte Lore und machte den geschäftigsten Eindruck, den man sich vorstellen konnte.

»Jenny?«

»Geigenübungen!«, schoss Jenny wie aus der Pistole zurück.

»Hermes?«

Hermes wurde knallrot und als ihm nichts einfiel, schoss er »Ich auch!« hinterher.

Da die Omas mit sich selbst und ihren Hobbys beschäftigt, Penelope und René nie da waren, blieben nur noch Julus und Hektor. Julus wollte zwar, aber ihn wollte Thekla nicht. Hektor konnte nicht Nein sagen, weil Liebe eben nicht nur blind macht, sondern auch das sieht, was nicht ist und niemals sein wird.

»Ästhetisch hochinteressante Gemälde!«, »Atemberaubende Kunstwerke!«, lauteten Hektors euphorische Fehleinschätzungen der 50 mal 40 Zentimeter großen Aquarelle. Er konnte sich selbstverständlich Theklas weiteren künstlerischen

Entwicklungen nicht entziehen und stellte sich ganz selbstlos »zur Verfügung«.

Nach der Schule saß also Vater Bieberbeck verkrampft auf dem Leintuch verhängten Sessel Thekla gegenüber und ließ sich von ihr mit dem scharfen Blick eines Seziermessers malen. Zu Hektors Verkrampfung gesellte sich nach wenigen Minuten ein angenehmer Zustand der Erregung. Der Grund war Theklas Overall. So weit und groß, wie er war, lud er zu aussichtsreichen Einblicken ein. Der Latz vor Theklas Brust war, wie der Overall selbst, eigentlich für die Brust und den Körper eines durchtrainierten ein Meter neunzig Mannes konzipiert, sodass er, trotz zweimal viel zu heiß gewaschen, noch immer mehrere Nummern zu groß für Theklas schmalen Brustumfang war. Der Latz hing also so weit nach vorne, dass sich der Ausschnitt an den Achseln wie ein Bumerang vom Körper wölbte und Hektors Augen direkt zu Theklas Brüsten durchblicken konnten. Ja, Thekla trug unter dem Overall nur einen Büstenhalter, sodass Hektor die kleinen Brüste, von den schnellen Pinselbewegungen angepeitscht, wie unter Strom vibrieren sah.

Dieses bewegende Körperspiel ließ auch Hektor nicht unbewegt, sodass er immer wieder ruckelnd die steife Sitzhaltung aufgab, woraufhin Thekla wie zu einem ungezogenen Kind »Halt still!« zischte.

Alles lief mit dem Krause-Bieberbeckschen Autohandel prächtig, bis René die in ihn gesetzten Erwartungen nicht mehr einzulösen gewillt war und seine Lackierarbeiten immer mehr vernachlässigte. Der Grund war sein neues Motorrad. Das hatte er sich von seinem ersten selbst ersparten Geld angeschafft. Er schraubte nun viel lieber an seiner gebrauchten Kawasaki herum als die Schrottwagen zu lackieren.

Außerdem trieb sich René nächtelang in Diskotheken und auf Partys herum, sodass er morgens nur schwer aus den Federn kam und Opa, Paul und Horst zunehmend hängen ließ. Als René zwei Nächte hintereinander nicht nach Hause kam, machten sich Thekla und Horst ziemliche Sorgen. Die versuchte René allerdings mit »Ich war bei ´nem Freund!« zu zerstreuen, woraufhin Penelope verschämt grinste.

»Das ist doch normal«, sagte Hektor, »René will eben seinen eigenen Weg gehen.«

»Aber René ist doch fast noch ein Kind«, gab Thekla zu bedenken.

»Na ja, mit achtzehn kann man schon mal zwei Nächte wegbleiben und sich Gedanken über die Zukunft machen«, zeigte sich Hektor verständnisvoll.

»Meinst du?«

Penelope horchte auf und dachte: ›Na ja, wenn das so ist.‹

René war ständig unterwegs und kaum mehr im Garten anzutreffen, sodass Paul jetzt auch die Lackierarbeiten übernahm.

Aber es kam noch schlimmer.

»Mama, Papa, ich geh nicht mehr zurück!«, sagte René eines Morgens am Frühstückstisch.

Zuerst kapierten Horst und Thekla gar nicht, was ihr Sohn damit meinte.

»Wohin zurück, mein Sohn?«, fragte Horst.

»Na, nach Hause natürlich!«

Noch immer schien Horst auf dem Schlauch zu stehen. Zu sehr hatte er sich offenbar schon an sein neues Zuhause gewöhnt.

»Du meinst ...«, tastete sich Thekla langsam an den Gedanken heran.

»Nach Lutzo!!!«, sagte René.

Horst zuckte zusammen. Thekla erschrak. Und auch Jenny schien beunruhigt.

Eine lange Pause entstand. Es war nicht so sehr die Idee, dass sich René auf eigene Beine stellen wollte, die die Krauses beschäftigte. Viel beunruhigender war der Gedanke an Rückkehr. Fast vier Wochen waren die Krauses jetzt nun schon bei den Bieberbecks. Thekla hatte sich an Hektor gewöhnt, Horst an Opa und die Autos und Jenny auch ein wenig an Hermes.

»Tja, irgendwie kann ich dich schon verstehen«, sagte Horst, »wenn ich so jung wie du wäre, würde ich auch hier bleiben wollen.« Er schaute mit verträumtem Blick und fügte leise hinzu: »Selbst in meinem Alter noch ...«

»Aber Horst«, platzte Opa in Horsts sentimentalen Gedankengang, »du hast doch Platz in Lutzo, ′nen großen Garten?! Horst, in Lutzo ist die Zukunft! Ja, da baun wir ′ne schöne Autoreparaturwerkstatt hin!«

Opas Gedanke hatte Horsts Kopf sofort in Beschlag genommen.

Horsts Augen funkelten. Er schloss die Lider und sah die Werkstatt schon fix und fertig in seinem Garten stehen.

»Die Schrottmühlen können wir nach wie vor hier kaufen«, träumte Opa weiter. »Reparieren tun wir sie dann bei dir in der Werkstatt. Und von da nach Polen ist es auch nicht mehr so weit!«

»Sag mal«, fragte Hermes am Abend Jenny, als die sich wieder mal in seinem Zimmer auf dem Bett breit gemacht hatte. »Sag mal, möchtest du auch hier bleiben?«

»Ich?«, fragte Jenny erstaunt.

»Ja du! So wie René?«

»Hm, ist mir eigentlich egal!«

»Wie, egal???«

»Na ja, mir ist es egal, wo ich bin.«

Als Hermes noch immer schaute wie mit Bauklötzen auf den Augen, sagte sie: »Hier oder in Lutzo oder irgendwo anders. Ich glaube, es kommt darauf nicht an.«

»Worauf dann?«

»... Dass man weiß, was man tut. Hier, in Lutzo, oder irgendwo anders.«

»Und das weißt du?«

»Hm, eigentlich nicht so recht. Und du?

»Auch nicht.«

Angespornt durch die geheuchelten Komplimente der Bieberbecks und Krauses, strebte Thekla nach Höherem. Sie streckte sich mit allen zur Verfügung stehenden Pinseln nach der künstlerischen Decke. Es genügte ihr offenbar nicht mehr, ihre in kurzer Zeit ziemlich umfangreichen Gemälde den Familienmitgliedern allein zu präsentieren, die dann mit gespielt klingenden »Ah!«'s und »Oh!«'s und »Schön!, Wirklich sehr schön!«-Kommentaren Bewunderung signalisierten. Thekla kam, sicher auch durch Hektors unüberlegte und an den Haaren herbeigezogenen Vergleiche wie »ein früher August Macke!« oder »ein Egon Schiele wäre stolz auf dich«, auf die Idee ihre Kunst einer breiteren Öffentlichkeit vorzustellen. Die von Hektor losgetretene Lawine konnte von ihm, nachdem er die Folgen seiner Einschätzung überblicken konnte, auch nicht mehr rückgängig gemacht werden. Thekla hatte sich in den Kopf gesetzt ihr bisheriges künstlerisches Schaffen, was sich auf lächerliche zweieinhalb Wochen beschränkte, auszustellen.

»Was?«, fragte Horst, als wollte er es nicht glauben. »*Was* willst du?«

»Ausstellen!«, antwortete Thekla trocken. »Ich will meine Bilder ausstellen!«

»Ja, äh, ja warum nicht«, versuchte Hektor sie zu unterstützen.

»Klar, gute Idee!«, bestätigte der Opa.

»Du spinnst ja!«, entgegnete Horst, wobei nicht ganz klar war, ob er nun den Opa meinte oder seine Frau.

»Warum? Thekla malt doch wie dieser Mucke!«, versuchte Opa Hektor zu zitieren.

»Macke, Opa, Macke!«, verbesserte Hermes.

»Ist doch egal«, versuchte Hektor beim Thema zu bleiben, »auf jeden Fall sind Theklas Bilder allemal ausstellungswürdig.«

»Dass ich nicht lache!«, schrie Horst und lachte, dass die Tassen am Frühstückstisch wackelten, »Hausfrauenschrott!!! Hausfrauenschrott mit ... mit ... mit Macken!!!«

Niemand widersprach jetzt. Außer Hektor natürlich.

»Ach was, so ... so ... so stimmt das ... das ... äh ... nicht. Thekla hat einen ... einen ... einen ganz ... ganz individuellen Stil!«, sagte Hektor dozierend. »Ja, Thekla schafft es, eine ... eine ... aufregende Mischung aus ... aus ... aus ganz ... ganz Persönlichem, das unfiltriert ... also ... ganz direkt ... die Leinwand heimsucht und ... und der sich immer mehr ... immer mehr vervollkommnenden Technik ... die, die ... die mit jedem Bild ... also immer perfekter ... ja, ja perfekter ... ein Ganzes ergibt.«

Jetzt schauten die anderen, als ob Hektor der mit den Macken wäre.

»Na, was meinst du?«, fragte Hektor seine Frau.

Lore schienen die Worte verloren gegangen zu sein. Auf jeden Fall konnte sie nur noch nicken. Also nickte sie.

»Und du?«, fragte Hektor Penelope.

Nicken.

Dann Hermes.

Nicken.

Dann Julus und Opa.

Nicken.

Ohne dass Horst gefragt worden war, brüllte der schon wieder mit Tränen in den Augen: »Hausfrauenschrott! Nichts als Hausfrauenschrott!«

Jetzt war Thekla natürlich wieder eingeschnappt.

»So, so Hausfrauenschrott! Und deine Schrottmühlen vor dem Haus, was ist das?«

»Was hat das denn damit zu tun?«, fragte Horst.

»Das kann ich dir sagen, das Kind im Mann spielt gern mit seiner Eisenbahn.«

»Mama meint, die Schrottautos sind nichts als Spielerei«, half René seinem Vater auf die Sprünge.

»WAS, ja bist du denn völlig übergeschnappt?!«, brüllte jetzt Horst. »Spielerei??? Das ist eine Möglichkeit Geld zu verdienen und deinen Hausfrauenschrott damit zu finanzieren.«

»Aber mit Theklas Bildern lässt sich doch auch Geld verdienen«, sagte Opa und sah sich selbst schon wieder mitverdienen.

»Was?«, fragte Horst und brüllte wieder: »Mit dem Hausfrauenschrott?!«

»Deine Frau hat Talent!«, versuchte Hektor Horst zu beruhigen und zwischen den Eheleuten zu vermitteln. »Warum soll sie mit ihrer Kunst nicht den Schritt in die Öffentlichkeit wagen? Oder was meint ihr?«

Beschämte Blicke und einhelliges Kopfnicken.

»Na also, es wird sich doch irgendwo ein Raum finden lassen, wo Thekla ihre Kunstwerke ausstellen und vielleicht das eine oder andere Bild verkaufen kann.«

»Ja, ja, und ich kümmere mich am besten gleich um die Vernissagefeier!«, schlug Opa Bieberbeck vor und Lore ahnte bereits wieder Schlimmes.

»Mit Musik und ein paar Getränken!«, sagte er, als ob das schon beschlossene Sache wäre.

Auch Julus meldete sich jetzt, mit dem Dirndl einer Freundin als Heidi verkleidet, zu Wort.

»Vielleicht könnte Jenny was auf ihrer Geige spielen!«

Jennys Blick verdunkelte sich und wurde zu einem schwarzen Loch, das drohte Heidi mitsamt der Berge auf Nimmerwiedersehen zu verschlucken.

»Gute Idee!«, sagte Thekla, »vielleicht was von Schubert!«

Die anderen nickten, während die Omas »Die kleine Forelle« vor sich hin summten. »Und wir ...«

»Nein!«, schrie Horst und wehrte den Vorschlag der Omas ab, noch bevor diese ihn aussprechen konnten.

»Vielleicht sollten die Omas singen, ohne dass Jenny spielt«, versuchte Hermes für Jenny noch zu retten, was zu retten war.

»Und eins und zwei ...!« Und schon fingen die Omas im Duett von der lustigen Forelle an zu trällern. Es klang furchtbar, sodass alle außer Hermes, Jenny und den Singenden natürlich, der Überzeugung waren, dass die Vernissage ohne eine Gesangseinlage über die Bühne gehen musste.

»Also nur Jenny!«, sagte Thekla und schien damit ebenfalls in deren schwarzes Loch zu verschwinden.

»Und wo soll das bitte schön stattfinden!«, versuchte jetzt Mutter Bieberbeck die Höhenflüge der anderen wieder einzubremsen.

»Da fällt uns schon noch was ein!«, antwortete Opa Bieberbeck und schaute Thekla und seinen Sohn verschwörerisch an, sodass die nur nickten, als ob an der Ausstellung, der Vernissage und vor allem der Feier keine Zweifel mehr bestünden.

Hektor hatte die Leiterin der Volkshochschule, in der nicht nur Lore Italienisch paukte, sondern auch Hektor gelegentlich Latein unterichtete, gefragt, ob sie nicht die Flurwände der Volkshochschule für eine »junge, überaus begabte ostdeutsche Malerin« zur Verfügung stellen wollte.

»Frau Lichte-Berg bedenken Sie, das ist nicht nur für die Künstlerin eine Chance, sondern auch für Sie und Ihre Volkshochschule ... äh, sagen wir mal ... äh ... es ist ein Verdienst, das in der Öffentlichkeit Ansehen verdient, ja ... äh ... Vereinigungs ... äh ... im gesamtdeutschen ... äh ... und so weiter ... äh ... Sie wissen schon!«

Und ob Frau Lichte-Berg wusste. Sie überlegte nicht lange und willigte ein.

Die Ausstellungsvorbereitungen liefen auf Hochtouren. Opa Bieberbeck war tatsächlich nicht davon abzubringen, die Vernissage-Feier vorzubereiten. Die wurde von ihm generalstabsmäßig, mit genauen Uhrzeiten und Programmpunkten geplant. Die Leiterin der Volkshochschule Frau Lichte-Berg, eine Mitfünfzigerin und in den Augen von Opa Bieberbeck nicht unattraktiv, überließ ihm fünfhundert Mark und die gesamte Organisation der Feierlichkeit. Dafür bedankte er sich mit Komplimenten und Blicken, die Frau Lichte-Bergs Wangenrouge noch rouger werden ließen.

Die Familienmitglieder wurden unverzüglich und ohne Chance zu entkommen für Vorbereitungsarbeiten eingespannt. Das Anfertigen der Passepartouts, das Einrahmen der Bilder sowie die Pressearbeit wurde unter Hektor, Lore, Hermes, René und Penelope aufgeteilt. Horst weigerte sich »für diese Schnapsidee auch nur einen einzigen Finger zu krümmen.«

Die Omas standen für die Arbeiten ebenfalls nicht zur Verfügung. Sie hielten sich bis zur Vernissage wieder ununterbrochen in ihrem Zimmer hinter verschlossener Tür auf. Es wurde vermutet, dass die beiden tatsächlich unermüdlich an Schuberts *Forelle* übten, obwohl Opa Bieberbeck Thekla, Lore und den anderen hoch und heilig versprochen hatte, beim Festprogramm die Omas und deren Forelle nicht zu berücksichtigen.

Jenny wurde dazu verdonnert, ihre Geige in ihrem Zimmer noch schamloser zu malträtieren. Sie überlegte zusammen mit Hermes, wie sie sich aus dieser verhängnisvollen Situation unbeschadet herausstehlen konnte.

»Scheiße!!!«, fluchte Jenny und drosch in Hermes' Zimmer auf ihre Geige ein.

»Hee, beruhige dich!«, versuchte Hermes Jenny abzulenken, »wir finden schon 'ne Lösung.«

»So, und was für eine?« Jenny schaute mit einer Laune, so finster, dass es Hermes angst und bange wurde.

»Du könntest ... könntest krank werden.«

»Vergiss es. Das zählt bei Mama nicht.«

»Flucht!«

»Nicht übel. Aber zu kurzfristig!«

»Schmeiß die Geige einfach weg!«

»Dann kann ich mich gleich hinterherschmeißen. Sonst macht das Papa!«

»Scheiße!!!«, fluchte Hermes jetzt.

»Siehste, zum Kotzen!«, bestätigte Jenny. »Ich muss spielen, ob ich will oder nicht, das ist klar.«

»Ja, oder zumindest musst du anwesend sein!«, sagte Hermes und dabei flog ihm ein Gedanke durch den Kopf, der es sich zwischen seinen Synapsen ziemlich gemütlich machte.

»Ja, aber wenn ich anwesend bin, muss ich auch spielen!«, konterte Jenny. »Und du weißt ja, was das bedeutet!«

Das wusste Hermes natürlich ganz genau.

»Folge!«, kombinierte er, »du musst anwesend sein und am Spielen gehindert werden!«

»Hä? Von wem?«

»Lass dich überraschen!«

Jenny gab also das noch nicht wieder begonnene Üben auf und verließ sich ganz auf Hermes.

Die Vorbereitungen liefen prächtig, sodass die Bilder im Nu mit Passepartout versehen und kurze Zeit später auch mit den von Frau Lichte-Berg zur Verfügung gestellten Holzrahmen, gerahmt waren. Sie konnten planmäßig einen Tag vor Eröffnung der Ausstellung von Hektor und Thekla an die Wände der Volkshochschulflure gehängt werden. Opa Bieberbeck bezirzte dabei Frau Lichte-Berg, dass der das Wangenrouge auf die Stimme schlug und sie nur noch, durch ständiges Räuspern unterbrochen, sprechen konnte.

Mutter Bieberbeck traf sich am Tag nach der Begegnung an der Wursttheke im Tengelmann mit Herrn Dr. Schindel im Kinderbuchverlag. Herr Schindel bot ihr ab sofort eine Halbtagsstelle an.

Als Lore mit der brandaktuellen Nachricht nach Hause kam, fiel Hektor aus allen Wolken.

»Das kannst du doch nicht machen!«, sagte er, als ob ihn seine Frau verlassen wollte.

»Doch Hektor, kann ich, oder warum nicht?«

»Weil ... weil ... das ... das hast du doch nicht nötig, Lore! ... warum ... warum ...?«, grübelte Hektor und kam dabei auf höchst abwegige Gedanken. »Lore, du kannst doch unsere Familie nicht vernachlässigen!!!«

»Ich vernachlässige nicht unsere Familie, ich gehe einfach nur arbeiten, wie du!«

»Aber ... aber ... das brauchst du doch nicht ... Ich ... ich ich verdiene doch genug!«,

»Ich will aber, Hektor, ich will!«, antwortete Lore.

»Genau!«, mischte sich Penelope ein.

»Aber die Kinder! Penelope, Hermes, Julus!«

»Na ja, mit achtzehn kann man schon mal zwei Nächte wegbleiben«, zitierte Hermes seinen Vater verschmitzt. Und Penelope ergänzte: »Das ist doch normal. René will eben seinen eigenen Weg gehen. Mit achtzehn kann man sich schon mal Gedanken über die Zukunft machen.«

»Seid ihr jetzt alle übergeschnappt!«, fragte Hektor entsetzt.

»Nee, nur du, Papa!«, sagte Julus und grinste übers geschminkte Gesicht.

»Es wird Zeit, dass Mama endlich wieder auf eigenen Beinen steht!«, behauptete Penelope.

»Aha, du willst uns also auseinander dividieren!«, keifte Vater Bieberbeck seine Tochter an.

»Lass doch, Hektor!«, versuchte Lore die Situation zu beruhigen. »Ich werde zunächst nur morgens, wenn die Kinder in der Schule sind und Julus im Kindergarten ist, im Verlag arbeiten. Später werde ich und natürlich auch wir weitersehen!«

Lores Worte klangen so, als ob daran nichts mehr zu rütteln wäre. ›Bravo!‹, dachte Penelope und: ›Ein großer Schritt zu Mamas Emanzipation.‹

Jenny und Hermes saßen jetzt öfter zusammen. Und meistens in Hermes' Zimmer. Jenny erzählte und Hermes hörte ihr zu. Normalerweise gab Jenny die Geschichten der Bücher zum Besten, die sie gelesen hatte. Canetti, Kafka, McEwan. Hermes lauschte diesen spannenden Storys, die für ihn von Jenny nacherzählt noch viel aufregender klangen als selbst gelesen. Jennys Plaudereien empfand Hermes wie Kino im Kopf. Mit geschlossenen Augen auf dem Bett liegend waren sie für ihn umso entspannender.

»Ich glaube, Mama macht Ernst!«, sagte Hermes mit dem Blick an der Decke.

»Na hoffentlich«, entgegnete Jenny.

»Vielleicht bricht dann alles zusammen.«

»Und wenn schon; kann was Neues beginnen.«

»Vielleicht hast du Recht. Lieber ein Neuanfang als ständig das Alte mit sich herumzuschleppen.«

»Ja, man muss sich auch mal lösen können, Neues ausprobieren, Dinge tun, die man nicht für möglich hält.«

»Was zum Beispiel?«

»Keine Ahnung!«

»Geige spielen!«

»Schlechtes Beispiel. Zu Fuß durch Afrika!«

»Eins zu Null für dich. Mit dem Fahrad an den Nordpol!«

»Eins eins! Allein um die Welt!«

»Zwei eins. Zu zweit um die Welt.«

»Zwei zwei. Sich verlieben.«

Pause.

»Du bist dran«, sagte Jenny.

»Sich hemmungslos verlieben!!!«

Jenny und Hermes lachten.

»Unentschieden.«

Wieder Pause.

»Einfach ausziehen, dem Leben das Fürchten lernen!!«, sagte Hermes.

»Gewonnen«, Jenny.

Keine zwei Tage später war auch Penelope vom Emanzipationsvirus infiziert. Penelope war siebzehn, in der 12. Klasse des Sophie-Scholl-Gymasiums und verfolgte eindeutig andere Lebensgewohnheiten und Vorstellungen als die ihrer Eltern. Es kam immer wieder zu Auseinandersetzungen hinsichtlich ihres Freitzeitverhaltens, da sie ständig später nach Hause kam als von Vater Bieberbeck erlaubt. Manchmal kam Penelope auch gar nicht. Was bei Hektor die schlimmstmöglichen Wutanfälle provozierte. Hektor wollte einfach nicht begreifen, dass seine Tochter nicht mehr zwölf war; dass sie eigene Wege ging und auf den elterlichen Rat nicht nur nichts mehr hielt, sondern ihn auch noch aus Trotz und mit einer lapidaren Handbewegung ablehnte. Immer öfter blieb Penelope die Nacht über bei einer Freundin. Wobei meistens die unzureichende nächtliche Busverbindung als Ausrede herhalten musste. In Wirklichkeit ging ihr ihre Familie, von Lore einmal abgesehen, mit ihren besserwisserischen Ratschlägen ziemlich auf die Nerven.

Penelope bereitete also, von René inspiriert, ihren Absprung aus dem Hort der Familie vor. Natürlich war Penelope nicht bescheuert und wusste, dass eine eigene Wohnung oder ein Zimmer in einer WG ohne Einkommen nicht zu realisieren war. Oder höchstens nur mit Unterstützung ihrer Eltern, die sie, konsequent, wie sie gerne sein wollte, wiederum ablehnte. Penelope begann also zuächst einmal in einem Fitnessstudio zu jobben. Dreimal die Woche, nach der Schule oder abends, saß sie für fünfzehn Mark die Stunde an der Kasse eines Tempels für Körperfetischismus oder mixte an der Bar Powermilchmixgetränke oder Calciumvitaminaufbaubrühen für die ausgepowerten Sportler. Die schütteten nicht nur das Gesöff gierig in sich hinein, sondern ließen sich auch von Penelopes Erscheinung visuell voll laufen. Penelope kam sich ziemlich gut dabei vor. Und noch besser, als ein breitschultriger Engel mit Muskeln wie Tetrapacks und schulterlangen Locken an die Bartheke flog und ihr mit seinem himmlischen Lächeln den Kopf verdrehte. Der Engel hatte einen irdischen Namen, hieß Arthur, war drei Jahre älter als Penelope und beruflich Sportstudent und überzeugter Bodybuilder.

Penelope mixte ihm ein Erbeervitaminpowermilchmixgetränk. Sie war völlig durcheinander und mixte und mixte und schüttete den ganzen Powermilchmixdrink mit Erdbeerstückchen anstatt ins Glas auf die Stretchhose von Arthur. Sie entschuldigte sich und lachte. Er lachte auch und sagte: »Macht nichts!« und dachte: ›Scheiße!‹

Penelope dachte nichts mehr. Sie war ganz leer im Kopf und leicht im Herzen. Die beiden kamen sich nicht nur beim Aufwischen der beerigen Milchmix-Sauerei näher, sondern vor allem danach. Als der Engel fertig bodygebuildet auf Penelope und deren Schichtende wartete, um mit ihr dann in seinem Sportwagen davonzufliegen, hat es zwischen den beiden richtig gefunkt. Dieses Mal blieb Penelope über Nacht nicht bei einer Freundin, sondern im Himmelbett bei ihrem Engel, der ihr dort schwebend das Himmelreich auf Erden bereitete. Penelope wurde ernsthaft vom Liebesvirus erwischt und war von nun an bis über beide Ohren verknallt.

Hinter Penelope und an deren Hand schwebte der Engel bald ins Esszimmer der Bieberbecks zum Frühstück. Die Familie fiel natürlich aus allen Wolken.

Mutter Bieberbeck schaute, wie man schaut, wenn man begreift, was gleich passieren wird.

Hermes schaute gar nicht, sondern stocherte weiter in seinem Haferkleieschleimmüsli herum.

Opa zwinkerte Penelope auffällig zu. Julus pfiff durch seine Zahnlücke. Jenny pfiff auch. Den Omas dagegen blieb der Mund offen stehen.

»Das ist Arthur!«, sagte Penelope wie selbstverständlich und setzte sich an den gedeckten Tisch.

Arthur sagte: »Hallo!«, und setzte sich daneben.

Vater Bieberbeck schaute zunächst nur ganz kurz von seinem weich gekochten Ei auf. Er antwortete ebenfalls noch verschlafen »Morgen!«, und schaufelte das Dottergelb weiter in sich hinein. Plötzlich musste ihm aber aufgefallen sein, dass es nicht irgendwann, sondern morgendlich früh war. Und dass ein fremder junger Mann an der Seite seiner Tochter am Tisch saß. Der sah verdächtig danach aus, als ob er nicht erst seit ein paar Minuten im Haus gewesen war, sondern ...

Vater Bieberbeck blickte erneut vom Dottergelb auf und glotzte Arthur an, als ob er nach dem weich gekochten Ei jetzt ihn verspeisen wollte. Was er dann, sicher angesichts der Tetrapacks, doch nicht tat. Er fixierte abwechselnd Penelope, dann seine Frau und wieder Arthur. Dann sprang er vom Tisch auf und fragte in ruhigem, aber scharfem Ton: »Was soll das?« in die Frühstücksrunde.

Penelope blickte ihren Vater verwundert an, dann ihre Mutter und zuletzt Arthur. Der stand jetzt auf, reichte dem Vater die Hand und schickte ein freundliches »Ich bin der Freund ihrer Tochter!« hinterher. Wieder pfiff Julus durch die Zahnlücke. Hermes stocherte noch immer im Müsli herum. Und der Mund der Omas wollte noch immer nicht zugehen.

Natürlich fühlte sich Vater Bieberbeck schändlich übergangen. Er schaute missmutig seine Frau an und fragte in noch schärferem Tonfall: »Wusstest du das?«

Nachdem Lore bejahend nickte, ging Vater Bieberbeck der ausgestreckten Hand von Arthur aus dem Weg und verließ türeknallend das Esszimmer.

Was diese überempfindliche Reaktion bedeuten sollte, fragten sich nicht nur Penelope, sondern auch Lore, Hermes, Thekla, Horst, Opa, Julus, René und Jenny. Nur die Omas signalisierten, jetzt wieder mit geschlossenen Mündern, dass sie Hektor ganz und gar verstanden. Arthur konnte sich ein Schmunzeln nicht verkneifen, was wiederum von den Omas mit abschätzigen Blicken kommentiert wurde und Penelope zu einem Lachen provozierte.

Opa stand auf, klopfte Arthur auf seine Tetrapacks, sagte mit vollem Mund und deshalb fast unverständlich: »Herzlich willkommen, mein Junge!«

Nach einem kurzen Huster, bei dem das Vollkornbrötchen schneller herausgeschleudert wurde, als die aufhaltende Hand vor dem Mund dies verhindern konnte, fügte er, während winzige Brotbatzen durch die Esszimmerluft segelten, hinzu:

»Ich muss! Fahrstunde!«

Er wollte gerade mit einem »Tschüss ihr Lieben!« das Esszimmer verlassen, als er sich noch einmal zu Arthur umdrehte. Opa flüsterte Arthur, der den fliegenden Brotbröckelchen gerade elegant ausgewichen war, vertraulich ins Ohr:

»Sag mal, hast du mal 'ne Kippe für mich?«

Der durchtrainierte Bodybuilder glotzte ziemlich ungebildet und griff dann wie selbstverständlich in die Tasche. Er zog eine halb volle Packung Zigaretten heraus und überreichte sie Opa Bieberbeck, als wäre es der Schatz vom Silbersee.

»Schenk ich Ihnen!«

Noch bevor Penelope Arthur über Opas Schnorr-Gewohnheiten aufklären und den Handel rückgängig machen konnte, war Opa Bieberbeck bereits über alle Berge.

Er saß mittlerweile schon im Auto der Fahrschule Engel, gab wieder mal zu viel Gas, ließ die Kupplung wie immer schnalzen und brauste unter dem Protest von Fahrlehrer Richard Engel reifenquietschend los.

»Die meisten Bewohner der vom Oder-Hochwasser überfluteten Orte kehrten am Wochenende in ihre Häuser zurück. Für das gesamte betroffene Gebiet wurde der Evakuierungszustand aufgehoben. Nur in einigen Orten steht noch Wasser in den Häusern. Brandenburgs Ministerpräsident rechnet mit Gesamtschäden in Milliardenhöhe. Die Behörden seien angewiesen, den Hochwasseropfern flexibel zu helfen. Ein großer Teil der Ernte im betroffenen Gebiet gilt als verloren.«

Nachrichtenmeldung

8 Die Vernissage wurde natürlich ein Desaster, wie übrigens alle Feierlichkeiten der Familie Bieberbeck. Wobei es auch dieses Mal nicht nur Verlierer, sondern auch Gewinner gab.

Zuerst hielt Frau Lichte-Berg vor einer beträchtlichen Anzahl geladener und einer Hand voll ungeladener Vernissage-Gästen eine engagierte Rede. Der Lichte-Berg-Vortrag unterstrich im Allgemeinen das Anliegen, jungen, unbekannten Künstlern ein Forum zu bieten. Im Speziellen bezogen sich die Worte von Frau Lichte-Berg auf die Künstlerin Thekla Krause, »die in Ostdeutschland ... räusper ... räusper ...aufgewachsen, durch eine Naturkatastrophe ... räusper ... gezwungen ... räusper ... räusper ... wurde ihre Heimat kurzzeitig zu verlassen ... räusper ... was sie als Katharsis räusper ... räusper ... auch in ihren Bildern versucht ... räusper ... zu verarbeiten räusper ... räusper.«

Der Rede von Frau Lichte-Berg konnte man kaum zuhören, geschweige denn folgen, weil unzählige von Opa Bieberbecks

Blicken provozierte Räusperer die Worte zerräusperten und unverständlich werden ließen. Was aber die Anwesenden nicht weiter störte. Die waren gedanklich ohnehin schon beim Buffet, wo belegte Brötchen, Sekt, Wein und Orangensaft ungeduldig darauf warteten, vertilgt zu werden.

Nach Frau Lichte-Berg ergriff Vater Bieberbeck das Wort und fing an zu reden. Er ignorierte Opa Bieberbecks sportive Time-Zeichen endlich Schluss zu machen und hörte erst wieder auf, als Hermes, Julus, Jenny und Opa plötzlich an einem Satzende frenetisch klatschten, dass erstens kein Weitersprechen mehr möglich war und zweitens die anderen Gäste dachten, das Ende der Rede wäre erreicht und ebenfalls mit in den Beifall einstimmten.

Kaum war der Applaus verklungen, quasselte Opa Bieberbeck einfach drauflos, um Hektor nicht wieder zu Wort kommen zu lassen.

»Ich möchte mich kurz fassen, das Buffet wartet. Zuvor hören wir aber noch von Jenny Krause auf ihrer Geige gespielt, Schuberts *Lustige Forelle.*«

Applaus.

Jenny stand mit der Geige in der Hand vor den versammelten Vernissagebesuchern in einem von Penelope geborgten Kleid und sah, das erste Mal nicht in ihren Schlabberklamotten, fast so aus, wie Hermes sie im Bad sehen durfte. Ja, durch das sexy geschnittene Kleid wurde ihre ansonsten von schlabbrigen Pullis und weiten Hosen verborgende 1A Figur noch betont. Ihr Anblick allein brachte sicher viel mehr bei den Gästen zum Schwingen als Schubert und alle Forellen dieser Welt, mehr als Jennys Geigenspiel jemals zu Stande bringen konnten. Jenny wusste noch immer nicht, wie Hermes es jetzt noch verhindern wollte, dass den Zuhörern ob ihres grauenvollen Gegeiges die Haare zu Berge stehen sollten. Hermes hatte ihr lediglich vor Ausstellungsbeginn gesagt, sie solle ab jetzt bis zum Konzert »auf keinen Fall« mehr darauf spielen. Zuvor hatte er sich mit Jennys Geige ziemlich lange auf der Herrentoilette eingeschlossen.

»Aber stimmen kann ich sie doch noch?«

»Bloß nicht! Außerdem ist das gar nicht mehr notwendig!«

Jenny verstand zwar nicht, was diese Andeutungen zu bedeuten hatten, hielt sich aber, nachdem ihr Hermes »Vertrau mir!« zugeflüstert hatte, eisern daran.

Jetzt klemmte sie die Geige zwischen Kopf und linke Schulter. Sie legte die eine Hand auf den Geigenhals und hielt in der anderen den Bogen. Auf der Stirn perlte bereits der Bach, in der die herbeigegeigte Forelle lustig schwimmen sollte. Jennys verzweifelter Blick traf Hermes. Der zog die Mundwinkel wie ein Springseil bis zu den Ohren und nickte mit dem Kopf, was nur ›Mach schon!‹ bedeuten konnte. Jenny schrappte mit dem Bogen über die Saiten, sodass nicht nur ein verzerrter Ton durch die Volkshochschulflure entwich, sondern auch noch ein ungewohntes »Going!« in die Luft schnalzte. Mit ihm verabschiedete sich die G-Saite von der Geige. Dann wieder »Going!« Die C-Saite. Die Augen der Zuhörer schauten, als ob sie sich verhörten. Jenny strich weiter. »Going!« H-Saite.

Dann nahm Jenny die Geige mit der letzten intakten Saite aus dem Schulterkopfklammergriff und hielt sie demonstrativ in die Luft, wobei die gesprungenen Saiten wie Kletterrosen von der Geige zu Boden hingen, und sagte: »Kaputt, das Scheißding!«, woraufhin ein befreites Lachen der Zuhörer den Goings durch die Flure folgten.

Hermes ließ den Daumen nach oben schnalzen und Jenny zwinkerte ihm verschwörerisch zu. Bis auf die ratlosen Gesichter der Bieberbecks und Krauses war die anfänglich angespannte Stimmung jetzt plötzlich völlig gelöst, sodass sie von den Omas blitzschnell ausgenutzt werden konnte. Beide schossen in identischen Kostümen aus der Menge und platzierten sich dahin, wo zuvor noch Jenny gestanden hatte. Sie versuchten, noch bevor Thekla, Hektor oder jemand anderes einschreiten konnte, summend den richtigen Ton zu finden. Es gelang ihnen zwar nicht, was sie aber nicht davon abhalten konnte, trotzdem stimmgewaltig anzufangen. Die beiden sangen Schuberts *Lustige Forelle*, so als ob sie nicht lustig, sondern vor lauter Lachen schon tot wäre. Und genauso mussten es auch die Zuhörer empfunden haben. Zuerst verhaltenes Kichern, dann auffälliges Gegackere und zuletzt prustendes Gelächter, das in frenetischem Applaus erstickt wurde. Peinlich berührt standen die Omas sich verneigend vor den Vernissagegästen und ließen sich feiern, während Lore, Thekla, Penelope, Jenny, René, Hermes, Horst und Hektor dieselbe Farbe auf die Gesichter schlich.

Anschließend wurde endlich das Buffet eröffnet, sodass

sich alle darauf stürzten, als ob sie völlig ausgehungert und nahe am Verdursten wären.

Nach der Verköstigung widmeten sich die Besucher, meist mit einem Glas Weißwein in der Hand und dem wissenden Blick des Kunstkenners im Gesicht, den Bildern und dem Star des Abends: Thekla. Aufgedonnert und herausgeputzt, wie sie war, zog sie mehr Aufmerksamkeit auf sich als alle ihre Gemälde zusammen. Ein tief glänzendes Abendkleid mit Schwindel erregendem Dekolltee zog die Blicke ebenso auf sich, wie die hoch gesteckten Haare mit roter Schleife, sodass viel mehr über Theklas Äußeres geredet wurde als über ihre Bilder. Horst sah neben Thekla in seinem zu engen Zweireiher mit speckigem Kragen und den zu kurzen Ärmeln wie ihr stark vernachlässigter Butler aus. Nichtsdestotrotz strahlte er, stolz auf seine hübsche Frau, mehr als alle anderen. Die Bilder fand er zwar immer noch »abgrundtief hässlich«, dafür gefiel ihm seine Frau umso besser. Ihr atemberaubendes Aussehen ließ ihn auch nicht von ihrer Seite weichen. Hektor verging dabei beinahe vor Eifersucht. Er merkte vor lauter Theklafixierung gar nicht, dass am Ohr seiner Frau Lore ebenfalls ein Mund hing und scherzte: Scherzinger!

Ja, auch Scherzinger war da, von wem auch immer eingeladen, und kümmerte sich den ganzen Abend ausschließlich um Lore Bieberbeck, bis beide plötzlich, ohne dass es die anderen bemerkten, für eine halbe Stunde verschwanden. Als Penelope ihre Mutter dann wieder neben Dr. Scherzinger an der Wand zwischen *Der Großvater am Mittag* und *Der*

Großvater am Morgen angelehnt entdeckte, hatte Lore plüschrote Flecken am Hals und ihr Kopf glühte, als ob sie einen halbstündigen Jogginglauf hinter sich gebracht hätte. Penelope zwinkerte ihr beim Vorbeigehen zu, woraufhin sich die Flecken vom Hals auch auf Lores Gesicht legten.

Hermes und Jenny verdrückten sich, kurz nachdem Oma Krause und Oma Bieberbeck lautstark in ein Streitgespräch mit Frau Lichte-Berg verwickelt waren, ziemlich schnell von der Party. Jetzt konnte Jenny die überfällige Frage endlich loswerden: »Wie hast du die Saiten ...«

»Mit der Nagelfeile!«

»Was? Du hast ...«

»... die Saiten auf dem Klo mit der Nagelfeile am Geigenhals so dünn geraspelt, dass sie bei der kleinsten Berührung reißen mussten.«

»Genial!«, entlockte es Jennys Mund, bevor sie einen warmen Schmatzer auf Hermes' Lippen pflanzte.

Die größte Überraschung der ganzen Ausstellungseröffnung war aber, dass wider Erwarten an zwei Bildern, nämlich *Hektor mit nacktem Oberkörper* und *Hektor mit Badetuch* zwei rote Punkte klebten. Die Bilder waren tatsächlich für 250 DM pro Stück verkauft worden. Es waren nicht nur die schlechtesten Aquarelle, die den Besitzer wechselten, sondern auf ihnen machte Hektor als Motiv auch noch eine katastrophale Figur. Sein schmalbrüstiger, nackter Oberkörper sah auf dem Bild noch kümmerlicher aus als in Wirklichkeit. Und sein nur mit einem Badetuch spärlich verhüllter Ganz-Körper auf dem anderen Bild entlarvte das ganze Ausmaß von Hektors Pädagogengestalt. Das Gemälde erinnerte entfernt an Hilfeaufrufe aus den Hungerregionen dieser Welt. Hektors Miserior. Der Käufer der Bilder war ein gewisser Herr Grün. Markus Grün hieß der Mann und war ein Kollege von Hektor Bieberbeck. Natürlich musste vermutet werden, dass Herr Grün nur Strohmann war, der in Hektors Auftrag die Bilder ein für alle Mal dem Blick der Öffentlichkeit entziehen sollte. Markus Grün bestand darauf, die Gemälde sofort mitnehmen zu dürfen, was ihm Thekla nicht abschlagen konnte, sodass am nächsten Morgen, wo am Abend zuvor noch Hektor mit Badetuch und nacktem Oberkörper hing, nur zwei Nägel frech aus der Volkshochschulwand linsten. Hermes entdeckte drei Tage später die Bestätigung für die Strohmann-Theorie; als er nämlich im Keller auf der Suche nach Hektors alten Benutzerhandbüchern für den Computer unter einem Stapel Pädagogik-Zeitschriften *Hektor mit nacktem Oberkörper* und *Hektor mit Badetuch* versteckt fand.

Opa Bieberbecks Fahrkünste hielten sich in Grenzen, zumindest was den Führerschein anbetraf. Selbst nach zweiundzwanzig Fahrstunden durfte er noch lange nicht an die Prüfung denken. Opa Bieberbeck war Herrn Engels Sorgenkind. Wenn Herr Engel nicht so gutmütig und im Prinzip felsenfest davon überzeugt gewesen wäre, dass bei ihm jeder

»wi-wi-wirklich je-je-jeder!«, wie er immer mit seinem reizenden Sprachfehler betonte, die Führerscheinprüfung bestehen könnte, dann hätte er Opa Bieberbeck nahe legen müssen, sein Geld besser anderweitig zu investieren.

»W-w-wenn Sie, Herr Bi-Bi-Bieberbeck, sich genau a-a-an das ha-ha-halten, was ich Ihnen sa-sa-sage, ist das a-a-alles kein Pro-Pro-Problem!«

Aber daran hielt sich Opa Bieberbeck natürlich nicht. Nie. Opa Bieberbeck fuhr. Er fuhr einfach drauflos und kümmerte sich um Blinker, Spiegel und Bremsen wenig bis gar nicht. Der dickleibige Herr Engel, der eingequetscht neben ihm im Beifahrersitz saß, kommentierte stotternd mit scharfem Ton und verkniffenem Gesicht, was Opa gerade wieder Mal vergaß.

»R-R-Rückspiegel!«, »B-B-Blinker setzen!«, »Über Sch-Sch-Schulter sch-sch-schauen!«, »Spur w-w-wechseln!«, rief Herr Engel.

Opa Bieberbeck wechselte abrupt, ohne Rückspiegel, Blinker und Schulterbeschau, begleitet von Reifenquietschen und Hupen, von der rechten Fahrbahnseite zur linken.

Eigentlich war Herr Engel macht- und hilflos und Opa Bieberbeck weder lernfähig noch -bereit. Opa Bieberbeck fuhr einfach und irgendwie drauflos und gefährdete dadurch nicht nur sich selbst, sondern vor allem auch Herrn Engel. Und alle anderen, die sich mit oder ohne Räder auf die Straße wagten, natürlich auch. Herr Engel betätigte öfter die Pedale auf der Beifahrerseite als Opa Bieberbeck die seinen. Fürs Bremsen war für gewöhnlich ohnehin Herr Engel zuständig, während Opa Bieberbeck dafür umso mehr Gas gab. Kuppeln war meistens überflüssig, weil der Opa die Gänge unter Ächzen des Getriebes nicht einlegte, sondern brutal einrammte.

Zweiundzwanzig Stunden war Opa Bieberbeck bereits auf den Straßen der Stadt unterwegs. Dabei fabrizierte er beim Einparken bisher nur zwei kleinere Auffahrunfälle, was vor allem den aufmerksamen Vollbremsungen von Herrn Engel zu verdanken war. Einparken war die größte Schwäche von Opa Bieberbeck. Die Parklücken waren immer viel zu klein. Oder genügend große gab es einfach nicht. Der Opa war also gezwungen sich unlauterer Mittel zu bedienen, um sich den nötigen Platz zu verschaffen. Außerdem fuhr Opa Bieberbeck während dieser zweiundzwanzig Stunden einen Rottweiler krankenhausreif und eine Katze tot, die beim Straßeüberqueren nicht mehr rechtzeitig ausweichen konnte. Opa hatte das Tier erst bemerkt, als Herr Engel ihn, nach der von ihm veranlassten Vollbremsung, völlig entgeistert angeglotzt hatte.

Opa Bieberbeck steuerte auf eine Kreuzung zu, deren Ampel gerade im Begriff war von Grün auf Rot zu wechseln. Herr Engel auf dem Beifahrersitz konnte just in diesem Moment das Jucken in seinen Nasenflügeln nicht mehr ignorieren, sodass er, als die Ampel gerade auf Gelb umstellte, mit zusammengekniffenen Augen und verzerrtem Gesicht, ein lautes »Hatschi!« in seinen Schoß nieste. Und noch einmal. Opa Bieberbeck lachte schmunzelnd »Gesundheit!« aus sich heraus, gab Gas und rauschte an der *Halt!* signalisierenden Ampel vorbei. Bei einem erneuten, spritzenden »Hatschi!« und Opa Bieberbecks süffisantem »Gesund...«, donnerte er in einen gerade abbiegenden Reisebus. Herr Engel flog, weil nicht angeschnallt, durch die Windschutzscheibe und landete auf einem Yorkshire-Terrier. Opa Bieberbeck blieb eingequetscht hinter dem Lenkrad sitzen und sah Sterne vor seinen Augen aufblitzen und hörte Engel in den Ohren summen. Er dachte noch, dass der Herr Engel so schön singen kann, als Stimmen ertönten und die Sterne erloschen. In Opas Hirnkasten überschlugen sich das letzte Mal die Gedanken und feierten rauschende Feste.

Opa Bieberbeck sah sich jetzt selbst. Er sah sich steigen. Nach oben. Und fliegen, im Engelsgewand mit angeklebtem Bart und Flügeln aus Autoschrottteilen. Er sah sich schweben. Vorbei an den applaudierenden Bieberbecks, die wie zum Familienfoto aufgereiht schauten und ... Cheese! ... Klick!

Und wieder ein anderes Bild.

Ein Polizeichor als Spalier!, singend, schräg und schwäbisch. »Muass i denn, muass i denn zum Städele hinaus ...«, grölten sie und Opa Bieberbeck grölte mit. Bis der als Champagnerflasche verkleidete Supermarktleiter »Cheese!« schrie, woraufhin den Bullen das Singen verging und ... Klick!

Frauen, auf Miyake-Wolken sitzend, fuhren an Opa Bieberbeck vorbei. Und er an ihnen. Mit Vollgas und ohne Rückspiegel, aber bunt blinkend. Immer weiter, bis die Frauen-Wolken zurückblieben, immer kleiner wurden und mit ihnen der Opa auch. Und verschwand. Aufgelöst, ganz weit weg und ... Klick! ... und aus.

»Das darf doch nicht wahr sein!«, schluchzte Hermes. »Opa doch nicht! Opa ist doch nicht totzukriegen!«

War er doch. Ja, Opa Bieberbeck kam tatsächlich bei dem von ihm verursachten Verkehrsunfall ums Leben. Herr Engel wurde schwer verletzt. Der Yorkshire-Terrier war auch tot.

»Warum nur?«, fragte Hermes.

Julus starrte apathisch seine Maggy an, als ob es die vielleicht wissen könnte.

Penelope legte den Kopf an Arthurs Schulter und weinte in die Tetrapacks.

Lore und Hektor blieben von der Arbeit zu Hause.

Die Omas zündeten eine Kerze mehr an und versuchten sofort mit Opa Kontakt aufzunehmen.

Paul trank jetzt noch mehr als gewöhnlich und ging gar nicht mehr nach Hause.

Hermes schloss sich in sein Zimmer ein und ließ nur Jenny nach mehrmaligem Klopfen zu sich.

»Warum nur?«, fragte Hermes mit verheulten Augen.

»Keine Ahnung!«, sagte Jenny, »ich glaube, darauf gibt es keine Antwort. Und wenn, dann eine, die niemand von uns versteht. Man kann sich nur damit abfinden.«

»Ich will mich nicht damit abfinden.«

»Ich weiß, wer will das schon. Und dennoch, Opa ist tot und durch nichts auf dieser Welt wieder lebendig zu machen. Das Einzige, was uns bleibt, ist die Erinnerung. An Opa! Und die muss nicht traurig sein. Im Gegenteil, die Erinnerung an Opa ist total lustig, weißt du noch, wie er sich im Rasen tanzend verewigt hat ...«

Hermes nickte. Ein Lächeln schob sich auf seinen Mund und gleichzeitig kullerten ihm Tränen über die Wange.

»Oder wie er sich beim Nachbarn wegen der Anzeige gerächt hat?«

Wieder Nicken von Hermes und Tränen.

»Er hat doch dem Köter vom Nachbarn eine Abfuhr erteilt, oder?«

Nicken. Tränen.

»Kannst du dich noch erinnern, wie der den Köter in den Kofferraum gelockt hat?«

»Mit Salami und Schinkenwurst von der rotbackigen Wurstverkäuferin!«, schluchzte Hermes.

»Und als der Hund im Kofferraum war ...«

»... hat Opa zugeschlagen ...«

»... und René ist dann im Affenzahn durch die Stadt ...«

»... erst spät abends ist René mit dem Köter wieder aufgekreuzt ...«

»... und der Opa hat ihn scheinheilig *gefunden* und rübergebracht ...«

»... und der Nachbar ist beinahe verrückt geworden!«

»Und der Opa hat sich weggeschmissen vor Lachen!«

Jetzt haben Jenny und Hermes, ganz in Gedanken bei Opa, gelacht und sich gegenseitig die Tränen aus dem Gesicht gewischt.

Einen Tag vor Opa Bieberbecks Beerdigung hatte Hermes Geburtstag. Fünfzehn Jahre wurde er und war, angesichts von Opas Tod, alles andere als erfreut.

Mama Bieberbeck backte wie jedes Jahr einen leckeren Schokoladenkuchen, den die Krauses und Bieberbecks mit vielen »Mmmh«'s und »Ah«'s und »Namnamnam«'s in sich hineinschlemmten. Die Feier war ganz und gar eine Familienangelegenheit. Soll heißen, Freunde von Hermes nahmen nicht teil. Hermes hatte nämlich keine. Und meistens konnte er auch ganz gut ohne leben. Zumindest 364 Tage im Jahr. Nur einmal vermisste er sie mehr denn je. Am Geburtstag. Wegen der Geschenke natürlich. Keine Freunde, keine Geschenke von den Freunden. Also war Hermes' Geburtstag meist eine freudlose Angelegenheit. Nicht so dieses Mal. Kurioserweise war der verstorbene Großvater dafür verantwortlich. Oder besser sein Geschenk. Das schönste Geschenk bekam er nämlich posthum vom Opa. Der alte Geizkragen und Schnorrer hatte es tatsächlich übers Herz gebracht, Hermes' Lieblingswunsch nicht nur zu erraten, sondern auch noch zu erfüllen.

Der Küchentisch war voll gestellt mit Geschenken.

»Auspacken! Auspacken!«, schrie Julus.

Die anderen nickten.

Also packte Hermes aus.

Zuerst das Geschenk vom Vater.

»Ein Roman über die griechische Geschichte!«, sagte Hektor, als Hermes den tausendseitigen Schmöker in der Hand hielt.

»Danke!«, murmelte Hermes und wusste, dass er nicht eine einzige Seite davon lesen würde.

Arthurs Geschenk war so schwer, dass er es beinahe nicht vom Tisch heben konnte.

»Damit du mal so aussiehst wie ich!«, sagte Arthur und meinte das sicher nicht ironisch.

Es war eine Hantel.

»Danke!«, murmelte Hermes erneut und sah die Hantel bereits neben dem Bett einstauben.

Von Penelope gab´s dann zwei Kinofreikarten. Von Julus ein gemaltes Selbstbildnis, das Hermes hinter den Schrank hängte. Von den anderen Erwachsenen bekam er wieder mal Unterwäsche und die längst überfälligen Klamotten. Nur Jenny hatte nichts zu verschenken. Sie zwinkerte Hermes viel versprechend zu und spannte ihn mit »Ich hab später 'ne Überraschung für dich!« auf die Folter.

Zuletzt öffnete Hermes das Geschenk von Opa, das in einer überdimensionierten Schuhschachtel verpackt war.

»Ich werd verrückt!!!«, drang es aus Hermes.

»Co-muter. Co-muter!«, schrie Julus.

»Das ist ein Mac!!!«, sagte Arthur, so als ob ein Ufo auf dem Küchentisch gelandet wäre. Und auch die anderen schauten so, als ob nicht ein Mac, sondern der Opa aus der Schachtel schauen würde. Hermes traute seinen Augen kaum.

Es war ein Mac. Ein Macintosh Laptop.

Allen war klar, dass das Gerät sicher nicht gekauft war. Oder zumindest nicht zum regulären Preis erworben. Hehlerware oder gestohlen oder durch irgendein halb legales oder illegales Geschäft beschafft. Hermes war's egal. Opa war der Größte! Auch wenn der alte Schlawiner sicher, wie Hermes vermutete, mit diesem Geschenk irgendwie darauf spekulierte, mit Hermes' Hilfe und übers Internet an Frauen und Geld zu kommen. Es war das großartigste Geschenk, das Hermes je bekommen hatte.

Arthur blieb diese Nacht, wie die Tage davor, bei Penelope, sodass Jenny in Julus' und Julus in Mama Bieberbecks Bett nächtigte. Hermes hatte bereits die Augen geschlossen. Jenny lag ebenfalls schon im Bett und las bei funzelnder Nachttischlampe noch in der *Blendung*, als die Lampe plötzlich ausging und der halb volle Mond wie angeknipst zum Fenster hereinschaute. Hermes dachte gerade an Opa und an den *Macintosh*. Er dachte: ›Teufelskerl!‹ und ›Irgendwie bescheuert, dass es ihn nicht mehr gibt‹, als er plötzlich einen kühlen Hauch an seinem aus dem Bett hängenden Fuß spürte. Der Hauch hauchte das Bein entlang, verschwand und tauchte in seinem Gesicht wieder auf. Hermes schlug die Augen auf und sah über sich gebeugt ... JENNY!

»Üüüüü-berrrrr-rasch-ungggggg!«, hauchte sie, fast singend, mit tiefer, zärtlicher Stimme. Sie drückte dabei ihre

Lippen sanft auf Hermes´ fleischige, hob daraufhin seine Bettdecke hoch, kroch darunter und bedeckte sich anschließend ganz damit. Hermes lag wie ein Stein im Bett und starrte zum Fenster hinaus. Er spürte, wie sein Körper anfing abzutauchen. Er spürte, wie er von Jenny nach unten gezogen und fortgetragen wurde. Weit weg. Ohne zu wissen wohin. Hermes fing an zu fliegen, ähnlich wie Opa Bieberbeck, ohne dabei in einen Reisebus krachen zu müssen. Hermes stieg und schwebte, mit offenen Augen und den süßesten Lippen an seinem Mund. Er stieg immer höher, bis er endlich dort ankam, wo er niemals zuvor war.

Hermes brachte die ganze Nacht über kein Auge zu. Jenny blieb ebenfalls wach – nicht eine Sekunde an Schlaf denkend.

Irgendwann standen beide dann auf und stellten sich ans Fenster. Sie kühlten ihre nackten Körper mit der frisch hereinwehenden Nachtluft. Sie schauten in den glitzernden Himmel und schwiegen in die Dunkelheit hinaus. Bis eine Sternschnuppe, wie bestellt und verabredet, in beider Augen sprang und Hermes Jenny zuflüsterte:

»Wünsch dir was!«

Jenny dachte nicht lange nach und sagte: »Ich hab´s!« Und dann: »Jetzt du!«

Hermes schaute sie verträumt an und flüsterte: »Ich auch!«

Er küsste sie und spürte seine kribbelnden Beine, wie sie schwankten, sah die Sterne, sah sie anfangen zu hüpfen und den Himmel tanzen. In Hermes zog plötzlich unter der Bauchdecke ein Gewitter auf, das grollte und donnerte, als wollte der ganze Hermes augenblicklich untergehen. Er taumelte wie auf warmem Vanillepudding schwankend zurück zum Bett, fiel und blieb regungslos auf der Daunendecke liegen. Jenny legte sich dazu. Hermes dämmerte mit grummelndem Bauch leise furzend dahin.

»Sag mal, hier riecht's doch irgendwie ... irgendwie komisch«, flüsterte Jenny in die Dunkelheit.

Und als Hermes nicht antwortete, richtete sich Jenny auf und fragte noch lauter:

»Riechst du nichts?«

»Nö!«, drang aus Hermes wenig überzeugend.

»Klar, hier riecht's ... nach ... nach ... angebrannt!«, sagte Jenny. »Ja, angebrannt!« Sie stand auf, ging zur Tür. »Vom Flur!«

»Es brennt!«, hörten Hermes und Jenny jetzt Arthur.

Und »Bei Oma!«, Penelope.

Hermes schnellte wie ein Klappmesser aus seiner horizontalen Lage hoch und war wieder hellwach.

»Feuer!!!! Feuer!!! Es brennt!«, tönte durch den Flur und durchs Haus.

Alle kamen, fast nackt und nur mit übergeworfenen Morgenmänteln oder schlabbrigen Unterhosen bekleidet, aus ihren Zimmern gestürzt. Sie rannten völlig aufgelöst und mit panischem Blick in Oma Bieberbecks Zimmer. Die lag noch immer, jetzt nicht mehr schlafend, sondern vielmehr bewusstlos im Bett. Oma Krause hatte sich aus eigener Kraft aus dem verrauchten Zimmer geschafft. Sie saß jetzt hustend im Treppenhaus und fluchte unverständlich, weil durch unzählige Huster unterbrochen, vor sich hin. Sie gab dem verstorbenen Opa Bieberbeck die Schuld an dem Brand, da sie der festen Überzeugung war, dass der sich damit an ihr und seiner Frau noch posthum rächen wollte.

Ganz so Unrecht hatte die Oma nicht. Es war zwar nicht Opa selbst. Sondern die Kerze, die die Omas für ihn ins Fenster gestellt hatten. Die Omas schliefen bei offenem Fenster, sodass die Kerze auf dem Fenstersims, vom nächtlichen Wind angefeuert, bedrohlich flackerte und sich verzehrte. Sie warf schattenhafte Fratzengesichter ins Zimmer und an die Wände. Im Zimmer der Omas zog es wie Hechtsuppe. Die Fratzengesichter an den Wänden überschlugen sich und drehten Pirouetten auf den Tapeten. Aber die Omas ratzten seelenruhig vor sich hin. Die Kerze auf dem Fenstersims verging sich schließlich am blumigen Vorhangstore, der lebensmüde in Flammenrichtung wehte. Die lodernde Opa-Flamme packte entschlossen zu und verschlang den Vorhang mit flammendem Feuermaul. Anschließend machte die Flamme sich gefräßig knabbernd und knisternd an der hölzernen Vorhangstange zu schaffen. Dann schleckte sie heißhungrig an den Tapeten herum. Um sich dann schlussendlich an der antiken Kommode zu vergreifen.

Penelope und Lore schafften Oma Bieberbeck aus dem Zimmer und Arthur, Horst, Hektor und Paul kümmerten sich um den kokelnden Zimmerbrand. Sie schleppten aus dem Bad Putzeimer mit Wasser gefüllt heran, um sie auf Vorhang, Wände und Kommode zu kippen. Die Flammen wurden darunter begraben und das Feuer gelöscht. Jenny alarmierte den Notarzt, der mit Martinshorn und Blaulicht und unendlich vielen Schaulustigen aus der Nachbarschaft angekarrt kam. Die Sanitäter sackten die beiden Omas ein und nahmen sie unter lautstarkem Protest von Oma Krause mit.

Horst war gar nicht so sehr über das durch den Brand verwüstete Zimmer aufgebracht, sondern vielmehr über den esoterischen Spleen seiner Mutter. Jetzt hatte er endlich einen konkreten Anhaltspunkt und vor allem einen sichtbaren Beweis für die lebensbedrohliche Wirkung von Oma Krauses Hobby.

»Das hat ein Nachspiel!«, kündigte er vollmundig an.

Die anderen Familienmitglieder, zunächst einmal froh, dass die Omas mit einem blauen Auge davongekommen waren, starrten Horst fragend und mit rot entzündeten Augen an.

»Die Renovierung bezahlen natürlich die Omas. Und mit dem esoterischen Zinnober ist es jetzt ein für alle Mal Schluss, sonst werden sie noch ihr blaues Wunder erleben!«, prophezeite Horst.

Das hörte sich an wie eine Drohung. Er wischte sich den Ruß mit seinem karierten Taschentuch, das beinahe so groß wie eine Tischdecke war, aus dem Gesicht. Was unter dem *Blauen Wunder* zu verstehen war, sollte von den anderen nur erahnt werden. So entschlossen, wie Horst sich jetzt anhörte, konnte das eigentlich nur Abschiebung ins Altenheim bedeuten.

Am nächsten Morgen besuchten die Bieberbecks und Krauses in Vollbesetzung, ohne Opa Bieberbeck natürlich, dafür aber mit Paul, die beiden Omas im städtischen Krankenhaus. Oma Krause ging es bereits wieder bestens und auch Oma Bieberbeck hatte sich schneller als erwartet erholt. Sie war bei vollem Bewusstsein und nach ihrer Rauchvergiftung wieder ganz gut bei Atem. Horst musste von Thekla und Lore am weiteren Wutausbruch gehindert und zur Vernunft angehalten werden; was er nur schweren Herzens und in Rücksicht auf den Familienfrieden zu Wege brachte. Am liebsten hätte er Oma Krause in der Luft zerfetzt. Zumal sie, unverbesserlich wie sie war, bereits wieder mit Spekulationen und Prognosen gemeingefährlich um sich warf.

Als Hermes Oma Bieberbeck so im Krankenbett liegen sah, musste er wieder an Opa denken. Ständig musste er an Opa denken. Alles erinnerte ihn jetzt an ihn. Und seinen Tod. Hermes verließ das Krankenzimmer. Jenny ging ihm nach.

»Traurig?«, fragte sie.

Hermes nickte. Dann sagte er:

»Ich glaube, meine Erinnerung spielt verrückt.«

»Wie verrückt?«

»Immer wenn ich einen auffälligen Geruch rieche, wie jetzt zum Beispiel ...«

»Franzbranntwein!«, unterbrach ihn Jenny.

»Ganz egal, immer dann kommt mir sofort Issey Miyake in den Sinn.«

»Issey Miyake???«

»Ja, Issey Miyake! Und mit Issey Miyake ist Opa in meinem Kopf. Und mit ihm der Tod ... Auch wenn ich irgendjemand gut Gekleideten sehe, wie den Mann da vorne jetzt, dann fällt mir sofort der beige Sommeranzug von Opa ein.«

»Und mit ihm der Tod«, ergänzte Jenny.

Und Hermes nickte. »Es geht sogar so weit«, fuhr er fort, »dass ich, wenn ich jemanden etwas trinken sehe ... Hier – wie die Frau in dem Sessel«, Hermes zeigte auf eine Frau im Nachthemd, die auf dem Flur an einer Schnabeltasse nippte, »dann denke ich sofort an irischen Whiskey.«

»Ich glaube, das gibt sich wieder, mit der Zeit«, versuchte Jenny Hermes zu trösten.

Als am Tag vor der Beerdigung, die wegen Omas Krankenhausaufenthalt um drei Tage verschoben wurde, Hermes von der Schule nach Hause kam und den Computer seines Vaters einschaltete, leuchteten drei Worte als e-mail-Mitteilung auf, die Hermes erstarren ließen und Schweißausbrüche bescherten.

»Ich komme! Marianne«, stand auf dem Bildschirm und darunter die erklärenden Worte: »Ich freue mich auf dich H. P. Bin sehr wahrscheinlich schon morgen bei dir. Alles Liebe, deine Marianne.«

›Oh nein, die schweizerische Sozialarbeiterin macht Ernst!‹, dachte Hermes. Und dann: ›Ich muss das unbedingt verhindern!‹

Hermes tippte in den Computer: »Liebe Marianne. Es tut mir Leid, aber du kannst nicht kommen. Zumindest nicht morgen. Und auch nicht übermorgen. Und überübermorgen auch nicht. Und ... da ich gar nicht da bin. Ja, ich bin ab morgen, nein schon ab heute auf einer Geschäftsreise, ich meine Fortbildung und komme nie mehr ... ich meine so schnell nicht wieder. Also bitte komm nicht und bis dann, ich melde mich. H. P.«

Hermes schickte dann die e-mail ab. Er wartete und wartete. Keine Antwort kam zurück. ›Verdammt‹, dachte er, ›bestimmt ist die Alte, offenbar in Verkennung der Situation, schon unterwegs.‹

Die Katastrophe schien nicht mehr abwendbar zu sein. Hermes brachte in der folgenden Nacht, in Gedanken jetzt nicht bei mehr Opa, sondern bei Marianne, kein Auge zu. Er überlegte, wie er das über ihn hereinbrechende Unglück umleiten und vielleicht doch noch verhindern konnte. Es fiel ihm aber einfach nichts ein. Also erzählte er die ganze Geschichte von H. P. Jenny, die sich beinahe ins Höschen machte vor Lachen. Nach kurzer Überlegung streifte Jenny ein Geistesblitz, der nicht nur das Problem mit Marianne in den Griff zu kriegen versprach, sondern auch Hermes′ schlechte Laune wieder aufhellte.

Am Morgen der Beerdigung wurde Opa Bieberbeck das erste Mal so richtig von der ganzen Familie vermisst. »Wer soll die Grabrede halten?«, fragte Lore Bieberbeck mit betrübter Stimme in die Frühstücksrunde.

Jedem fiel, ohne lange darüber nachdenken zu müssen, nur Opa Bieberbeck ein, der für sämtliche Reden zu feierlichen oder weniger feierlichen Anlässen zuständig gewesen war. Der Opa konnte nicht mehr, die Väter wollten nicht, Thekla fiel nichts ein, Lore hatte anderweitig genug zu tun und den Omas wurde es einstimmig verboten.

Es gab nur eine, die Opa Bieberbeck literarisch das Wasser reichen konnte. Jenny! Das wusste natürlich niemand außer Hermes. Also schlug der, um Ernsthaftigkeit bemüht, mit Grabesstimme vor. »Jenny soll sie schreiben und Papa kann sie ja dann vorlesen!«

Alle starrten zuerst Hermes, dann Jenny an, auf deren Wangen sich ein hauchdünner Schimmer Rot legte. Der Vorschlag wurde dann schließlich doch angenommen. Aber nicht, weil die Familienmitglieder von Jennys schriftstellerischer Genialität überzeugt gewesen wären, sondern in Ermangelung einer schreibwilligen Alternative. Jenny zog sich also in ihr Zimmer zurück und brütete über der Rede. Sie versuchte sich an literarischen Formulierungen und einem opagerechten Stil.

Hermes hielt es am Trauertisch nicht mehr aus und stahl sich still und leise davon. Er setzte sich zu Jenny ab.

Um elf brachen dann alle gemeinsam zum Friedhof am anderen Ende der Stadt auf. Dort wurden die Trauergäste bereits von unzähligen, ebenfalls schwarz gekleideten, jüngeren Damen empfangen, die niemand von den Bieberbecks und Krauses kannte. Die Damen waren, den verheulten Augen nach zu schließen, offenbar in ernsthafte Trauer um Opa Bieberbeck verfallen.

»Seine Freundinnen!«, flüsterte Hermes Jenny zu, als er die Tussi von der Strandpromenade unter den Frauen erkannte.

Jenny pfiff anerkennend durch die Zähne. Neben den Freundinnen waren auch noch unzählige Kumpel von Opa Bieberbeck um das Grab drapiert. Auch einige Polizeibeamte in Uniform gaben ihm die letzte Ehre. Die Bieberbecks wurden allerdings den Eindruck nicht los, dass die Polizisten eindeutig etwas gegen Opa in der Hand hatten. Er musste ihnen mit seinem Abgang mal wieder zuvorgekommen sein.

Am Grab wurde dann wirklich sehr viel geweint. Vor allem von den jungen Frauen. Jenny steckte Vater Bieberbeck den Zettel mit der Grabrede zu und Vater Bieberbeck fing nach einigem Räuspern mit Grabesstimme an zu reden. Er las die Zeilen stockend und stotternd, mit langen Pausen und peinlich berührten Verzögerungen, vom Zettel ab. Er las, obgleich sich alles in ihm sträubte. Er wollte nach jedem Wort aufhören und konnte nicht, weil ihn alle Umherstehenden mit erwartungsvollen Augen anstarrten und wie Kletten an seinen Lippen hingen.

»Meine lieben Trauergäste! Wie ihr alle schon bemerkt haben werdet: Opa ist tot! Opa hat sich aus dem Staub gemacht und zwar mit Vollgas und überhöhter Geschwindigkeit und ohne sich an alberne Konventionen wie Ampeln oder rechts vor links zu halten, wie es dem Opa schon immer eigen war. Opa hielt sich an rein gar nichts und lebte anarchisch und mit dem Schmunzeln eines Molotow-Cocktails in den Tag hinein. Natürlich war er ständig am Schnorren und ging uns mit seinem penetranten »Haste mal ...« hin und wieder gehörig auf die Eier. Seine Klauerei war auch nicht immer lustig. Obwohl darüber viel gelacht wurde. Sein stinkender Miyake-Duft drehte so manch einem von uns den Magen um. Und dennoch, Opa war´n klasse Typ. Einzig, einmalig und kaum zu übertreffen. Jetzt hat er sich verduftet und zockt bestimmt im Himmel die Engel ab. Mach´s gut Opa, halt die Ohren und alles Sonstige steif und lass dich vom himmlischen Gesäusel nicht mürbe machen. Ciao bis irgendwann.«

Nach ein paar pastoralen Worten vom Gemeindepfarrer, wurde der Sarg in das Grab gelassen. Dann händeschüttelnd kondoliert. Während sich die Totengräber anschließend an die Arbeit machten, trafen sich die Trauernden zum obligatorischen Leichenschmaus im Gasthaus *Zur goldenen Gans.*

Dort tauchte auch, wie zum falschen Stichwort, eine Frau auf, die Hermes und Jenny schon lange erwartet hatten. MARIANNE. Hermes erkannte sie sofort, ohne sie jemals zuvor gesehen zu haben. Sie sah haargenau so aus, wie Hermes sie sich vorgestellt hatte. Marianne war ein Musterbeispiel für eine schweizerische Sozialpädagogin, die sich in emotionalen Fragen ans Internet wandte. Hermes und Jenny sprangen vom Tisch auf. Sie stürzten auf Marianne zu, die gerade im lindgrünen Sommerkleid die Gaststätte betrat und sich allein schon optisch von der schwarzen Trauermasse abhob.

»Sie sind bestimmt auf der Suche nach H. P.?«, fragte Hermes und erntete ein breit grinsendes Lächeln.

»Kommen Sie!«, sagte Jenny, ging voraus und verließ, von Hermes und Marianne gefolgt, die *Goldene Gans*.

»Wir müssen Ihnen die betrübliche Mitteilung machen, dass H. P. bei einem Verkehrsunfall gestorben ist!«, sagte Hermes vor der Gaststätte in traurigem Ton.

Es klang wie die offizielle Mitteilung in den Acht-Uhr-Nachrichten.

»Nein!!!«, schrie Marianne entsetzt auf und wiederholte, als ob sie es nicht glauben wollte: »H. P. ist tot?!«

»Ja!«, sagte Jenny.

Und »Ja!«, sagte Hermes. Beide ließen keinen noch so kleinen Zweifel zu.

»Ein Glas Wasser!«, stöhnte Marianne und drohte aus den Latschen zu kippen.

Hermes und Jenny blieb nichts anderes übrig als Marianne stützend wieder in die *Goldene Gans* zu begleiten, wo sie sich zu den interessiert aufblickenden Trauergästen setzte.

»Eine Freundin von …«, erklärte Hermes und Marianne schluchzte dazwischen:

»Er war so verständnisvoll, so mitfühlend, so ...«

»Sie haben ja Recht!«, versuchte sie Hermes, dem die Lobhudelei richtig peinlich war, zu unterbrechen. Noch peinlicher wurde es ihm allerdings, als Jenny beinahe anfing zu platzen vor Freude. Sie hielt sich die Hand vor den Mund und verdeckte ihr Grinsen. Was wiederum von den anderen als Ausdruck des Entsetzens interpretiert wurde. Als die Lachfalten Jenny bereits deutlich unter der Hand hervorkrochen, stürzte sie durch die Gaststube auf die Toilette. Die Omas quetschten daraufhin mitleidvoll »Arme Jenny!« aus sich heraus. Das löste wiederum bei Hermes einen Lachanfall aus, der ebenfalls nur durch die Hand vor dem Mund kaschiert und mit anschließendem überfallartigen Spurt aufs Klo verheimlicht werden konnte. Jenny und Hermes saßen beide auf dem Klodeckel in einer Kabine eingeschlossen und verpissten sich beinahe vor Lachen.

Als sie wieder zurückkamen, fanden sie Marianne bereits voll integriert in der Trauergemeinde vor. Bloß gut, dass die meisten der Trauernden schon ziemlich besoffen waren und sich deshalb kaum mehr darüber wunderten, als Marianne immer von Opa als H. P. und einem Mann in ihrem Alter sprach. Irgendwann stand sie dann ganz feierlich auf und fing an, pathetisch und mit Tränen in den Augen, ein Gedicht zu rezitieren. Die anderen verstummten und schauten sich ehrfurchtsvoll mit ebenso wässrigen Augen an.

»Freilich ist es seltsam, die Erde nicht mehr zu
bewohnen. Aber Lebendige machen alle den Fehler, dass

sie zu stark unterscheiden. Engel, sagt man, wüssten oft nicht, ob sie unter Lebenden gehen oder Toten. Schließlich brauchen sie uns nicht mehr, die Frühentrückten. Aber wie könnten wir sein ohne sie?«

»Rainer Maria Rilke!«, fügte Marianne nach einer Pause hinzu: »Mein Lieblingsdichter!«

Sie setzte sich wieder, woraufhin sich die anderen die Tränen aus dem Gesicht klatschten.

Da das Essen nicht nur von den Verwandten besucht wurde, sondern es sich Opas Kumpel ebenfalls nicht nehmen ließen am Schmaus teilzuhaben, wurde selbstverständlich ordentlich getrunken. Nach kürzester Zeit waren die Trauergäste ziemlich alkoholisiert. Die anfänglich gehemmten und gelähmten Zungen lockerten sich schnellstens. Es wurde heftig diskutiert. Das Thema war selbstverständlich Opa Bieberbeck. Die Feier wurde immer ausgelassener, sodass Opas Kumpel Trinklieder auf ihren verstorbenen Freund anstimmten und immer lauter grölten. Die Omas verfluchten die Schnapsnasen dafür und wünschten ihnen die Pest an den Hals. Worüber die Suffköppe wiederum nur lachten und den Omas Schlüpfrigkeiten an den Kopf warfen. Vater Bieberbeck war noch immer von seiner Rede so benommen, dass er auf der Eckbank in sich versunken im Eck saß und vor sich hin stierte. Selbst das heimliche Getätschel von Theklas Hand auf seinem Knie unterm Tisch vermochte es nicht, ihn auf andere Gedanken zu bringen.

Horst war ebenfalls schon ziemlich knülle, als er plötzlich von einem entfernten Verwandten und mit spitzer Zunge hören musste: »Alfons könnte ja noch leben!«

»Tut er aber nicht!«, nuschelte Horst über den Tisch hinweg ins erhitzte Onkel-Tante-oder-was-auch-immer-Gesicht.

»Ja!«, zischte es zurück, »weil ihr ihn nämlich ins Grab gebracht habt!«

Der Verwandte sprang vom Stuhl auf und zeigte mit dem Finger auf Horst und René. Horst verstand den Affront nicht genau, schaute seinen Sohn René fragend an, der nur abwinkte, als wollte er sagen: ›Lass ihn doch reden, den alten Spinner.‹

»Ihr habt ihn doch zum Führerschein genötigt!«, brüllte der Typ weiter. »Führerschein mit siebenundsiebzig!«

Er lachte gekünstelt, wie kaum zu glauben.

»Moment!«, mischte sich jetzt Thekla ein und sagte leise und vermittelnd, indem sie die Hand von Hektors Knie nahm:

»Ich glaube, das war Opa Bieberbecks alleinige Entscheidung!«

Die Kumpel verstummten.

Die anderen, außer den Omas, nickten.

»Ha! Alfons und eine Entscheidung! Dass ich nicht lache!«, schrie das Gesicht und lachte dann doch nicht, sondern brüllte weiter, jetzt lauter als zuvor: »Gezwungen habt ihr ihn, ja gezwungen, um eure Geldgier auf Kosten von Opa zu befriedigen!«

Irgendwie schien der Typ in eine falsche Filmspule gerutscht zu sein, in der er sich, sicher auch durch den Alkohol bedingt, immer mehr in eine absurde Situation hineinspielte, die zu eskalieren drohte. Jetzt sprang auch Horst auf und brüllte, dass sich die Worte überschlugen.

»Du Erbschleicher ... verdammter! Du hast ... du hast doch mit Opa ... nie ... hast du doch ... gar nichts zu tun gehabt! Was willst du überhaupt hier! Du Arschloch ... aufgeblasenes ... Arschloch! Dir lass ich ... Arschloch ... gleich die Luft raus!«, schrie's und sprang dem Typen an den Hals. Er zog ihn am teuren Sakkokragen über den Tisch.

Hektor versuchte, plötzlich aus seiner Lethargie erwacht, dazwischenzugehen. Er war aber im Faustkampf und der körperbetonten Schlichtung nicht so geübt wie im Umgang mit verbalen Streitereien. Er schlug versehentlich Horst mit der Faust ans Kinn. Der war von dem überraschenden Hektor-Schlag zwar nicht so sehr körperlich, sondern vielmehr emotional getroffen, und brüllte:

»Aha, du schlägst dich also auf die Seite dieses Arschlochs! Hätte ich mir ja gleich denken können, dass deine Unterstützung und Hilfe nur geheuchelt war!«

Er gab seinem Verwandten daraufhin noch einen gewaltigen Schubs, sodass der vom Tisch über den Stuhl fiel und auf dem Boden landete. Dabei zog er die Tischdecke mit allem, was darauf stand, mit sich und einem riesigen Getöse nach unten. Dann zwängte sich Horst an den erstaunt dreinglotzenden Trauernden vorbei, schrie:

»Thekla, Jenny, René, wir gehen!«, und stampfte zur *Goldenen Gan*s hinaus. Thekla, Jenny und René wollten zwar nicht. Sie trauten sich aber keinesfalls sich dem Familienoberhaupt in dieser Situation zu widersetzen und trotteten mit »Tut uns Leid!« Vater Krause hinterher.

Auch Lore und Hektor sprangen jetzt auf und folgten ihnen. Sie versuchten Horst wieder zu beruhigen und alles als ein dummes Missverständnis zu deklarieren. Hektor versuchte den ausgeflippten Verwandten und sich selbst in schierer Verzweiflung auch noch mit »Erare humanum est«[5] zu entschuldigen. Auch Hermes, Julus und Penelope blieb nichts anderes übrig als sich dem flüchtenden Familientrupp anzuschließen.

Horst war so in Rage, dass er die Entschuldigung von Hektor nicht annehmen konnte und sturschädlig, wie er schon immer war, mit Karacho zu den Bieberbecks zurückfuhr. Er packte in Windeseile die Koffer, nötigte seine Frau mit François und Jenny, die unauffällig ihre Geige hinter Penelopes Schrank verschwinden ließ, ins Auto einzusteigen und düste, ohne zu winken, nach Ostdeutschland zurück.

»Und was ist mit den Schrottautos!«, schrie ihm Hektor hinterher.

»Schenk ich dir!«, zischte Horst und ließ die Reifen quietschen.

Der Abgang der Krauses hätte Opa Bieberbeck sicherlich gefallen. Die Beerdigungsfeierlichkeit wäre ebenfalls ganz nach seinem Geschmack gewesen. Das harmonische Friede-Freude-Eierkuchen war dahin. Es war richtig Feuer unterm Dach. Und der Teufel los.

[5] Irren ist menschlich.

»... Die Not und das, was in diesen Sommerwochen zu lernen war, hilft den Menschen solidarisch zu sein. Es gab keinen Gegensatz zwischen Ost- und Westdeutschen. Im Zeichen der Flut gab es keine Ost- Westmenschen mehr. Die gegenseitigen Vorurteile wurden abgebaut, viele persönliche Kontakte und Freundschaften sind entstanden, die sich entwickeln und ihre Wirkung auf Dritte nicht verfehlen werden, insofern gibt es auch ein besseres Miteinander ...«
Morgennachrichten im Deutschen Fernsehen

9

Paul und die Omas zogen Horst, Jenny, Thekla und François eine Woche später nach. René blieb dagegen in der Stadt bei seinem Freund wohnen. Das Haus der Krauses, das fast bis zum Dach mit Wasser voll gelaufen war und bei der Rückkehr der Krauses sich in einem erbärmlichen Zustand präsentierte, war kaum mehr wieder zu erkennen.

Die Farbe der Fassade war vollkommen abgewaschen. Fingerdicke Risse schlängelten sich wie die Krampfadern von Oma Bieberbeck die Mauern entlang. Innen hingen die Tapeten als Fetzen von den Wänden. Die Böden waren aufgeworfen und gewellt und sahen aus wie eine bucklige Hügellandschaft. Zum Glück war das Haus, die Mauern und die Zimmer, durch das sonnige Wetter bedingt, bereits völlig getrocknet. Es stank zwar *kotz*erbärmlich, aber mit den Renovierungsarbeiten konnte sofort begonnen werden.

Finanziell wurden die Krauses wie die meisten Hochwassergeschädigten durch Spenden unterstützt.

Die Schrottmühlen standen noch weitere Wochen im Garten der Bieberbecks. Sie wurden dann von Paul abgeholt und nach Ostdeutschland gekarrt; oder sofern sie nicht mehr fahrtüchtig waren, verschrottet. Jetzt bekam Vater Bieberbeck endlich wieder seinen Rasen zurück. Der sah zwar nicht mehr englisch, sondern ziemlich verwüstet aus. Sein Zustand traf das Wort Rasen nur noch unzureichend. Acker oder Schlammplatz wäre in diesem Zusammenhang viel zutreffender gewesen. Vater Bieberbeck kümmerte sich ab jetzt in jeder freien Minute um die Rekonvaleszenz seines Gartens. Sobald er von der Schule nach Hause kam, sprang er in seine gärtnergrüne Latzhose. Er stampfte mit seinen Gummistiefeln in den maroden Garten und grub um, walzte und säte wieder feines, englisches Gras. Er nässte und redete mit sanften Worten den Wuchs herbei. Bis die ersten Halme tatsächlich wieder aus dem Boden sprießten.

»Schaut, er kommt, er kommt!!«, schrie er und tanzte vor dem Haus wie einst Horst und Opa, als aus der ersten Schrottmühle schwarze Wolken drangen.

Hermes stand am Fenster und schaute seinem ausflippenden Vater zu.

Seit Wochen drehte sich bei Vater Bieberbeck alles um seinen Rasen. So merkte er auch nicht, dass die anderen Familienmitglieder ihre eigenen Wege gingen. Penelope war fast nicht mehr zu Hause und schlief jetzt immer, außer wenn die beiden wieder mal Zoff hatten, bei Engel Arthur im Himmelbett. Hermes war voll und ganz in seinen neuen Laptop vertieft, wobei er wieder im Internet und unter Pseudonymen nach Kommunikationspartnern fahndete. Außerdem versuchte er schulisch noch zu retten, was zu retten war. Das war leider nicht viel. Das Ergebnis war am Schuljahresende eindeutig im Zeugnis abzulesen. Es waren einfach zu viele Fünfen, die Hermes zwangen, noch mal von vorne zu beginnen.

»Tut mir Leid!«, sagte Luhmann und sah dabei aus, als ob er es selber nicht glauben wollte.

»Mir auch!«, sagte Hermes und nahm die Katastrophe in Empfang.

Hermes blieb also sitzen und Vater Bieberbeck war wild entschlossen seine Drohung wahrzumachen. Dass Hermes in ein Internat geschickt werden sollte, stand außer Frage. In welches war allerdings noch völlig unklar. Hermes war's egal.

Mutter Bieberbeck zog sich ebenfalls immer mehr aus der Familie zurück. Sie ging ganz und gar in ihrem neuen Beruf auf, der zugleich der alte war. Von morgens bis mittags war sie im Verlag. Nachmittags saß sie dann im ehemaligen Zimmer von Opa Bieberbeck, das jetzt zu ihrem Arbeitszimmer geworden war, durfte nicht gestört werden und beschäftigte sich mit dem, was sie auch im Verlag tat: Kinderbücher lektorieren. Abends war sie dann, hin und wieder und immer öfter, bei so genannten Geschäftsessen oder Arbeitsgesprächen. Sie kam erst spät in der Nacht und meistens mit einem kleinen Schwips nach Hause. Mutter Bieberbeck schien diese Veränderung wirklich gut zu bekommen. Sie sah blendend aus, war schick gekleidet, aufregend geschminkt und roch nach einer schmackhaften Gewürzmischung. Vater Bieberbeck war so mit seinem dämlichen Rasen beschäftigt, dass ihm die Veränderung seiner Frau gar nicht auffallen wollte. Erst als Mutter Bieberbeck in einem Nebensatz ankündigte für eine Woche zu einer Kinderbuchmesse nach Italien zu fahren, schreckte Hektor, auf seinem Rasen kniend, auf. Er schaute sie verwundert an, als ob sie ihm plötzlich fremd geworden wäre, und stammelte:

»Lore!? Du?! Nach Italien? Allein!?«

»Nein, nicht allein!«, antwortete sie im schwarzen Kostüm und Feinstrumpfhosen, was nur ›Aber ohne dich!‹ bedeuten konnte, und fügte dann: »Mit dem Verlag, beruflich!« hinzu, als ob sich Hektor deswegen keine Sorgen zu machen brauche.

Machte er sich auch nicht. Dafür wuchs viel zu viel englisches Gras in seinem Kopf. Penelope dagegen, notorisch neugierig, wie sie war, witterte natürlich den Braten.

Mutter Bieberbeck fuhr also für eine Woche nach Bologna. Penelope rief Dr. Scherzinger an, bei dem sich allerdings nur der automatische Anrufbeantworter meldete und in Penelopes Ohr sprach: »Hier ist die Praxis von Dr. med. Johannes Scherzinger. Wir haben Urlaub. Unsere Praxis ist bis Montag in einer Woche den fünfundzwanzigsten geschlossen.

Bitte wenden Sie sich in dringenden Angelegenheiten an die Vetretungspraxis von Dr. Morel Tel. 3456791.«

›Dachte ich mir doch!‹, dachte Penelope und dann: ›Bravo!, Mama wacht auf! Der Emanzipation nächster Teil!‹ Dabei grinste sie, sodass Hermes, auch ohne zu fragen, ihre Gedanken erraten konnte.

Das Schulfest am Ende des Schuljahres sollte Hermes' letzter Auftritt in seiner alten, vertrauten Schulwelt sein. Und Penelopes erster in Richtung Musikkarriere. Zumindest sah sie das selbst am liebsten so. Fünf leicht bekleidete und wie aus einem Ei gepellte Schönheiten standen auf der Bühne der Schulaula und bewegten sich aufreizend im flackernden Licht. Sie versuchten sich synchron zu der Musik aus den Boxen zu bewegen, die in einer Lautstärke dröhnte, dass der Aulaboden wie unter Strom dazu vibrierte. Manchmal sangen die *Bad Girls* auch, die sich als eine Mischung aus *Tic Tac Toe* und den *Spice Girls* definierten. Und dennoch darauf bestanden »Ganz, ganz anders, Hihihi!« zu sein. Der deutsche Hip-Hop-Gesang, indem es natürlich um alles ging, was siebzehnjährige Mädchen bewegte, also Liebe-Liebe-Liebe, war aber durch die viel zu laute musikalische Play-back-Begleitung fast nicht zu hören, geschweige denn zu verstehen. Was höchstwahrscheinlich auch beabsichtigt und wenn nicht, zumindest von Vorteil war. Hermes stand inmitten der wild dazu tanzenden Schüler- und Lehrer/Innen. Er war sogar irgendwie auch ein klitzeklein wenig stolz auf seine ältere Schwester, die für viele, die jetzt mit gierigen Augen zur ihr aufblickten, ein begehrenswertes Wunsch-Lust-Objekt wurde. Madonna für Arme. Nur schöner und halb so unerreichbar.

»Zzzzzt!, du sag mal ...«

»Keine Chance!«, sagte Hermes und ließ die H&M-Burschen abblitzen.

Hermes konnte ihnen kaum aus dem Weg gehen. Sie suchten, von Penelopes Anblick wie hypnotisiert, einmal mehr seine Nähe wie Schmeißfliegen einen stinkenden Kadaver. Obgleich Hermes mittlerweile nicht minder schlecht oder gut roch als alle anderen durchschnittlich riechenden Schüler.

Hermes sah auch einige Lehrer mit glitzernden Augen hoch zur Bühne linsen, um einen Blick in Penelopes tief ausgeschnittenes Dekolltee zu wagen. Selbst der ätzende Klassenlehrer Luhmann stand in der Aula und glotzte mit spiegeleiergroßen Augen durch seine Brillengläser, als ob ihn der Speichel im Mund beinahe davonschwemmen wollte.

Hermes wurde etwas wehmütig. Gleichzeitig war er auch wieder heilfroh diese ruhmlose Vergangenheit endlich hinter sich lassen zu können. Ja, jetzt konnte er sie endlich ablegen wie eine zu lang getragene, juckende Unterhose. Er hatte sich kolossal verändert. Also war es nur konsequent, das Zurückliegende zu lassen, wo es war, und sich aufzumachen, auch ohne genau zu wissen wohin.

Hermes fiel Jenny ein. ›Man muss sich auch mal lösen können, Neues ausprobieren, Dinge tun, die man nicht für möglich hält.‹

Und dann: ›Mit dem Fahrrad zum Nordpol.‹

Und dann wieder Opa. Dieses Mal aber nicht sein Tod und die Trauer, sondern sein drittliebster Lieblingsspruch: »Irgendwo geht immer ein Lichtlein auf!«

›Und wenn nicht, bleibt's eben dunkel‹, dachte Hermes und winkte mit der Hand Penelope zu, die winkte zurück und ein halbes Dutzend H&M-Gesichter strahlten wie Glühwürmchen.

Als Vater Bieberbecks Rasen zentimeterhoch, grün wie Spinat und flauschig wie ein Plüschteppich war, Mutter Bieberbeck auch mal eine Nacht wegblieb, weil die Geschäftsessen nicht mehr nur im Verlag, sondern angeblich im Mehr-Sterne-Hotel in anderen Städten stattfanden, und Penelope sich zu Hause gar nicht mehr blicken ließ, neigten sich die Sommerferien dem Ende zu. Jetzt kehrte auch Hermes, auf Hektors Initiative ins Internat verbannt, der Familie den Rücken, sodass von der viel beschworenen Familiengemeinschaft nur noch ein verstreuter Haufen zurückblieb.

Hermes saß gemäß Opas Prophezeiung bei Kerzenlicht in seinem Zimmer, während draußen eine sternenklare Nacht die Welt in glitzernde Dunkelheit tauchte. Er schaute aus dem Fenster zu den Sternen hoch und dachte an Opa, an Jenny, an die Krauses und Bieberbecks, an das, was war, und an das, was noch kommen wird.

Und dann sah Hermes am Himmel was zwinkern und zwinkerte zurück ...

Nachspiel

»Das Hochwasser bewirkte in ganz Brandenburg folgende Schäden:
Gesamtschaden 647 Millionen DM.
27,5 Millionen DM Schaden für die Wirtschaft.
31,4 Millionen DM Schaden für die Landwirtschaft.
100,6 Millionen DM Kosten für die Kommunen.
200,7 Millionen DM Aufwendungen durch das Land.
229,7 DM Aufwendungen für den Bund.«
Nachrichtenmeldung im Deutschen Fernsehen

Hermes wurde tatsächlich vom Vater ins Internat geschickt. Sein Vater glaubte, es wäre besser, wenn Hermes sich weit weg von Zuhause ganz auf die Schule konzentrieren könnte. Dafür berappte er monatlich eine Stange Geld. Hermes konnte das nur recht sein. Er hatte sich im Internat ganz gut arrangiert. Zwar schrieb er vierhundert Kilometer von Zuhause entfernt noch immer ziemlich schlechte Noten, dafür war er aber über beide Ohren in eine erstklassige Schönheit aus einer Klasse über ihm verliebt. Alle vier Wochen fuhr er übers Wochenende nach Hause. Da hatte sich während seiner Abwesenheit ebenfalls einiges verändert. Penelope hatte sich von ihrem Bodybuilder getrennt, die Gesangskarriere an den Nagel gehängt und studierte jetzt Jura. Lore Bieberbeck arbeitete Vollzeit im Verlag und war dabei ziemlich erfolgreich. Ob Doktor Scherzinger weiterhin erfolgreich bei ihr war, bleibt ein Geheimnis. Hektor Bieberbeck war noch immer der Alte, nur dass ihm jetzt die Haare auch hinten ausgingen. Julus war in der Schule, hatte 'ne Freundin und wollte kein Mädchen mehr sein. Die Omas hatten für sich den Buddhismus entdeckt, reisten ständig nach Tibet und lebten nach wie vor zusammen bei den Krauses.

Die Krauses! Horst und Thekla hatten sich getrennt. Horst hatte ganz legal in Lutzo eine Autoreparaturwerkstatt aufgemacht und lebte mit einer Geliebten zusammen. Paul war Teilhaber, trank noch immer und hätte gerne was mit Oma Krause gehabt. Die aber nicht mit ihm. Thekla war schwanger geworden (über den Vater darf spekuliert werden) und war mit François und Jenny zu deren Geigenlehrer in die nächstgrößere Stadt gezogen. Jenny machte gerade Abitur mit Auszeichnung und wollte danach Germanistik studieren. Und René war mittlerweile Krankenpfleger und wohnte noch immer bei seinem Freund.

Die Krauses und Bieberbecks hatten sich gegenseitig verziehen und sich wieder versöhnt. Sie trafen sich bei Familienfesten und an Weihnachten, manchmal auch Ostern, schrieben sich regelmäßig zu den Geburtstagen und telefonierten öfter miteinander.

Nach der neuen Rechtschreibung

Titelillustration von Karoline Kehr
Druck & Buchbindearbeiten: Clausen & Bosse
Printed in Germany 2000
ISBN 3-357-00933-1

Altberliner im Internet: http://www.altberliner.de